로열 셰프
영애님

fio
ret

로열 셰프 영애님 2

초판 1쇄 인쇄 2020년 7월 20일
초판 1쇄 발행 2020년 8월 20일

지은이 리샤
발행인 오영배
편집 편집부
표지·내지디자인 오정인
제작 조하늬

펴낸 곳 (주)삼양출판사 · 피오렛
주소 서울시 강북구 도봉로 173
대표 전화 02-980-2112 / **팩스** 02-983-0660
편집부 전화 02-987-9393 / **팩스** 02-980-2115
블로그 blog.naver.com/dan_gul
출판등록 1999년 3월 11일 제9-00046호

ISBN 979-11-283-9962-6 (04810) / 979-11-283-9960-2 (세트)

fioret 은 (주)삼양출판사의 로맨스 판타지 문학 브랜드입니다.

로열 셰프
영애님

Royal Chef Lady

Ⅱ

리샤
장편소설

fio
ret

Contents

4장

나는 문을 지키고 선 경비병들을 살피고 다시 입을 열었다.

"로웨나 황비님의 자작극이 분명해요."

로웨나 황비가 차에 넣으려고 우유를 찾을 때 보았다. 가까이 있는 밀크 저그를 흔들어 보더니, 일부러 멀리 있는 저그의 우유를 차에 부었다. 그리고 분명히 그 우유는 덩어리져 있었다.

'우유는 산에 섞이면 응고되지.'

그래서 치즈를 만들 때나 생크림을 만들 때 일부러 레몬즙을 넣는 것이다.

'우유는 상하면서 응고되기도 하니까 그런 것을 찾으면 즉시 사용인을 다그쳐야 맞아.'

황후가 다시 한 번 물었다.

"네 목을 걸고 단언할 수 있느냐?"

"네."

짚이는 건 우유뿐만이 아니었다. 황비는 오늘 과할 정도로 황후를 자극했다. 황후가 그녀를 혐오한다는 것을 보여 주려는 것처럼.

'황후의 짓으로 몰아가려고 했던 거야.'

황후의 생각도 나와 같은지 입술을 꽉 짓씹었다.

"음흉한 계집……."

"……."

"그런데 영애는 어째서 내게 이런 것을 이야기해 주는 거지?"

"저는……."

음식으로 나쁜 짓을 하는 것도 싫고, 로웨나 황비가 못된 일을 꾸민 걸 아는데 침묵하기 힘들었다.

'하지만 더 큰 건…….'

난 손을 꼼지락거리다가 그녀를 힐끔 올려다보았다.

"황후 폐하에게 미움받고 싶지 않아요."

아무 짓도 안 할 테니까 내 쪽은 건드리지 말아 주라, 하는 눈빛을 본 황후가 눈을 가늘게 좁혔다. 그러더니 이내 아하하! 웃음을 터뜨렸다.

"난 현명한 사람을 좋아하지. 그리고 영애는……."

"……."

"아주 현명하구나."

"칭찬 감사합니다."

"황도에 오면 나를 찾아라. 이번 일에 도움을 받았으니 귀하게 대접하마."

나는 치맛자락을 잡고 무릎을 굽혔다.

"멀리서 폐하의 안녕을 기원하겠습니다."

귀한 대접은 괜찮아! 하는 의미였다. 황후가 싱긋 웃으며 말했다.

"겸손한 사람도 좋아한단다."

안 좋아해 주는 쪽이 더 기쁜데요…….

황후가 무언가 생각난 듯 다시 입을 열었다.

"혹시 무슨 독을 썼는지도 알고 있나?"

"네?"

"알면 일이 더 쉬워지지. 유통책을 잡아들여서 매입자를 토설하게 하면 되거든."

"독의 종류는…… 모르겠어요."

내가 눈치를 보자 황후는 괜찮다는 듯 내 뺨을 가볍게 두드렸다.

"이것만으로도 큰 도움이 되었어."

난 양심이 콕콕 찔려서 손가락만 꼼지락거렸다. 사실은 로웨나 황비가 먹은 독의 정체를 알고 있었으니까.

*　　*　　*

음독 사건이 발생한 지 나흘째가 되었다. 난 로웨나 황비에게 은밀히 불려갔다. 방으로 들어가자 황비가 새하얀 낯빛으로 내게 생긋 미소지었다.

"자, 이리 앉으렴."

황비가 침대 옆의 간이 의자를 가리켰고, 나는 조심스레 의자에 앉았다.

"몸은 괜찮으신가요?"

"아직 어지럽긴 하지만."

황비는 이마를 가볍게 쥔 채 눈을 감았다. 기다란 속눈썹이 빛에 반사되어 반짝였다. 황후도 그랬지만, 황비도 정말 아름다운 사람이었다. 그 속에 맹독이 있다는 게 믿기지 않을 정도였다. 황비가 내 손을 다정히 잡으며 물었다.

"그래, 내가 병상에 있는 동안 어찌 지냈니?"

"황후 폐하께서 챙겨 주셨어요."

"……솔직하구나, 아주."

어차피 알고 물어본 거면서.

그녀의 목소리는 부드러웠지만, 눈빛엔 성에가 끼어 있었다. 무엇보다 황후는 며칠 내내 오직 나만을 찾았다. 정원으로 불러서는 과자도 주고, 사탕도 주면서 살뜰히 챙겼다. 그럴 때마다 멀리서 지켜보는 시선을 느꼈다. 고레일이 감시한 결과 로웨나 황비의 시녀였다.

"황후 폐하와 무슨 이야기를 나누었을까? 내게 이야기해 주련?"

나는 잠시 고민하다가 천천히 입을 열었다.

"황비님께서 음독하셨다는 걸 폐하께서 알고 계세요."

"뭐라고?"

황비의 동공이 바짝 수축하고, 숨결이 거칠어졌다.

"그걸 영애가 어떻게 알지? 누가 그런 소리를 황후에게 지껄이는 걸 본 거니?"

"그게, 음……. 제가 말씀드렸거든요."

"……!"

한동안 충격을 감내하듯 눈을 감고 있던 그녀가 나를 노려보았다.

"그걸 영애가 어떻게 알고, 왜 황후에게……!"

버럭 소리를 내질렀다가 애써 침착한 표정을 지었다.

"황후의 줄을 잡겠다는 거니?"

"……."

"너는 틀렸어. 황후는 에이레네 사비에르를 며느리로 들일 거다."

"……."

"같은 성녀인 너와 사비에르의 딸은 필연적으로 맞붙어야 할 터. 그때 황후가 누굴 도울 것 같지?"

황비가 내 손을 거칠게 놓으려던 찰나, 내가 그녀의 손을 다시 잡았다.

"저는 황후 폐하의 줄을 잡을 생각이 없어요."

"뭐?"

"황비님. 저는 황비님께서 드신 독이 타란 텔라라는 건 황후 폐하께 말씀드리지 않았어요."

황비의 눈이 바르르 떨렸다. 내가 독의 정체까지 안다는 것에 소스라치게 놀라서 이를 악물었다.

"그걸, 그걸 어떻게……."

'전문가인 도미니크에게 물어봤지. 황비와 같은 증상을 만들 수 있는 산성 독은 타란 텔라 하나뿐이랬어.'

황비가 싸늘한 표정으로 물었다.

"어째서?"

가슴이 쿵쿵 뛰었지만, 나는 차분히 말하려 노력했다.

"타란 텔라는 아주 희귀해서 정체만 알면 유통책을 잡는 건 일도 아니잖아요. 유통책이 잡히면 황비님께서 매입하셨다는 것도 드러날 테니까……."

"……."

"제가 황후 폐하의 손을 잡으려 했다면 독의 정체까지 알려드렸겠지요."

그렇다면 로웨나 황비는 곧바로 역풍을 맞았을 테고.

난 조심스럽게 이어 말했다.

"목숨까지 위험할 수 있는 일을 강행하신 이유가 뭔지 알고 있어요."

4황자가 성녀와 결혼하는 것을 막기 위해서.

두 사람이 결혼하게 되면 황태자는 점점 설 자리를 잃어갈 거다. 그래서 독을 준비한 것이다. 황후를 위험에 빠뜨려야만 결혼을 저지할 수 있었으니까.

하지만 로웨나 황비도 이게 몹시 위험한 일이란 건 알고 있었기에 주저했다. 그래서 되도록 나를 포섭하려 했지만—

[글쎄요. 사비에르 영애와 비교해 본 적이 없어서 모르겠어요. 앞으로도 비교할 생각은 없습니다.]

난 정쟁에 끼어들지 않겠다는 선언과 다름없는 말을 했다. 그래서 황비는 기어이 무리수를 두고 말았다. 양손으로 황비의 손을 잡았다.

"황후 폐하께서 궁지에 몰리면 더 큰 전쟁이 초래될 거예요."

"내게 방법은 이것뿐이야. 네가 내 아군이 되지 않는 한!"

"아군은 아니어도 친구를 염려할 순 있어요."

"뭐?"

"제 염려가 이번처럼 도움이 될 수도 있겠죠."

"……."

"사실 낯을 가려서 바로 친해지지는 못하지만요……. 천천히 시간을 들이면……."

우물쭈물 말하자 황비는 나를 묘한 표정으로 바라보았다. 그리고 얼마 후 웃음을 터뜨렸다.

"아하하!"

눈꼬리에 물기가 어릴 정도로 웃던 그녀가 내 뺨을 쓰다듬었다.

"좋아, 천천히 친구가 되어 볼까?"

내가 조그맣게 고개를 끄덕이자 황비는 다정한 목소리로 이어 말했다.

"난 친구에겐 끝없이 다정하단다."

— 하며.

황비는 곧바로 황궁에 연락했다. 자신은 독을 먹은 적이 없고, 그저 피로가 쌓여 각혈했을 뿐이라고 말했다.

조사관들이 황궁으로 복귀하는 것을 보고 나는 소파에 털썩 누워 버렸다.

　'거짓말을 몇 번이나 했더니 양심이 아파…….'

　나는 한숨을 푹 내쉬었다. 두 사람을 생각하는 척했지만, 사실은 음흉한 계략이 있었다. 일이 돌아가는 분위기를 봤을 때 패자가 되는 쪽은 황후였다. 결국 황후는 살기 위해 세력을 모을 거다. 그렇게 되면 후·비들의 문제가 아니었다. 황제가 나서 황후를 제압하려고 하겠지.

　'그건 내전이라고.'

　그리고 전쟁엔 포털이 필요하다. 한쪽이 사비에르를 포섭하면, 다른 쪽은 나를 포섭하려 들 거다. 사람 죽이는 일에 도움을 주는 건 절대로 싫었다.

　"아가씨는 안전하신 거예요?"

　시트론이 걱정 어린 목소리로 물었다.

　"어떻게든 된 것 같아. 문제가 있긴 해도."

　"문제요?"

　그때 노크 소리가 들려왔다. 시트론이 문을 열자 두 명의 시녀가 서로를 노려보다가 우리를 보며 생긋 웃었다.

　"폐하께서 영애와 다과를 함께 하시길 바라십니다."

　"로웨나 황비님께서 함께 산책하시고 싶으시다 전하셨습니다."

　"순서를 지키시게. 황후 폐하의 명이 우선이야."

　"막 기운을 회복하신 로웨나 황비님께서 영애를 애타게 찾으십니다. 배려해 주시지요."

문제는 이거였다. 이번 일을 해결하려다가 황후와 황비 두 사람의 눈에 들어 버린 것!

'으아아.'

난 울고 싶어졌다.

"내궁의 기강이 이토록 엉망이었나."

"만인의 어머니신 폐하께서 설마 편찮으신 황비님의 청을 거절하실까요."

"저……."

나는 신음을 삼키고 시녀장들을 보았다.

"두 분을 같이 뵈면 안 될까요?"

"……."

"……."

가열하게 다투던 시녀장들이 입을 다물었다. 그녀들도 내가 상대방을 따라가느니 차라리 함께 만나는 게 낫다고 생각한 듯했다. 시녀장들은 내 말을 전하겠다며 가서는 얼마 지나지 않아 돌아왔다.

"모시겠습니다."

"가시지요."

나는 시녀장들의 뒤를 쭐레쭐레 쫓아갔다. 정원으로 들어간 나는 테이블에 모인 황후와 황비들, 그리고 선별된 말벗들을 발견했다.

"왔는가."

"왔구나."

황후와 황비가 동시에 자신의 옆자리를 가리켰다. 난 잠시 고민하다가 그들 사이에 앉았다. 그녀들은 서로를 노려보았지만, 별말은 없었다. 나는 쭈뼛쭈뼛 눈치를 보며 조심스레 입을 열었다.

"그런데 저는 왜 부르셨는지……."

로웨나 황비가 생긋 웃으며 테이블에 상자를 올려놓았다.

"열어 보렴."

조심스럽게 상자를 열었다. 그 안에는―

"이건!"

놀라서 황비를 쳐다보니 그녀가 생긋 웃었다.

"마음에 들었으면 좋겠구나."

물방울 모양의 진주, 고혹적인 빛깔과 우아한 자태. 사비에르 영애가 황후에게서 받았다는 티어 블랙이었다.

"이걸 어째서 제게……."

눈을 동그랗게 뜬 나를 보고 황비는 우후후, 웃었다.

"소중한 사람에겐 귀중한 보석을 내려야지."

어리둥절한 내 앞에 또 하나의 상자가 놓였다. 이번엔 황후였다. 그녀가 눈썹을 까딱 들어 올리며 말했다.

"이런. 의견이 같군."

"폐하께서는 왜……."

"내 것도 열어 보게."

황후의 상자를 열자 그곳에는 다이아몬드가 들어 있었다. 그것도 주먹만 한 것이었다.

"영원의 보석이라고 불리는 건 군이 말하지 않아도 알 테고."

"……."

"의미는 '오래도록 곁에서 말벗을 해 주었으면 좋겠다' 정도로 할까."

다른 황비며 말벗들이 기함을 하고 두 개의 상자를 쳐다보았다. 두 사람이 준 보석은 그만큼 근사했다. 까막눈인 내가 보아도 어마어마하게 귀하다는 걸 알 수 있었다. 로웨나 황비와 황후의 시선이 허공에서 부딪쳤다. 나는 터져 나오려는 신음을 가까스로 삼켰다.

'큰일 났다.'

그냥 마음에 든 게 아닌가 봐. 쏙 들어 버렸어…….

'어, 어쩌지.'

나는 손을 테이블 아래서 손을 달달 떨었다.

그 후로 며칠이 지났다. 나는 그간 황후와 로웨나 황비의 지극한 관심을 한 몸에 받았다. 매일같이 경쟁하듯 찾아대서 결국 오늘은 참지 못하고 탈출해 버렸다. 프렌시프의 마차 안에서 숨어 있는데 밖에서 조그만 발소리가 들려왔다. 난 쪼그려 앉아 창밖으로 눈만 빼꼼 내밀었다.

'헉!'

밖에 있던 도미니크 황자와 눈이 마주쳤다. 삐딱하게 서 있던 그가 나오라는 듯 눈짓하기에 나는 꾸물꾸물 마차 밖으로 나갔다.

"저, 저하……."

"여기서 뭐 하십니까."

"피신이요……."

"호위는 또 놓고 오셨고요."

"하지만 호위를 데려가면 무슨 일이 있었던 거냐고 꼬치꼬치 물을 테니까……."

"귀찮은 게 목숨보다 중요합니까?"

"하지만 황궁의 기사님들은 훌륭하니까 괴한이 숨어들지 못할 거예요."

"외부의 적보다 내부의 적이 더 위험한 법이죠."

"내부의 적도 물리쳐 주실 거잖아요."

난 활짝 웃으며 말했다.

"저하가!"

그는 어쩔 수 없단 얼굴로 웃다가 다시 얼굴을 굳혔다.

"이리 숨어계시면 힘들겠죠."

"조심할게요……."

"부디."

나는 슬그머니 그의 눈치를 보았다.

"여기 있다고 말씀하실 거예요?"

"……."

"돌아가기 싫어요."

"제가 말하지 않아도 들키실 겁니다."

"왜요?"

"곧 마차 정비 시간이니까요."

내가 시무룩 어깨를 떨구자 그는 한숨을 내쉬었다.

"따라오십시오."

"네?"

"여기 있다간 들킨다지 않았습니까."

도와주려나 보다!

난 먼저 걷는 그를 얼른 따라갔다. 도미니크는 사람들이 없는 곳을 훤히 알고 있었다. 샛길로 들어가자 머리만 부딪치지 않을 정도로 작은 문이 나왔다. 우리는 문을 열고 들어가서 한참 계단을 올라갔다. 그리고 보인 건 —

"와아 — !"

새순이 돋기 시작한 광활한 들과 푸릇푸릇한 나무들. 색색의 집, 구름 위로 날아가는 새. 동부가 한눈에 보이는 것 같았다. 가슴이 뻥 뚫리는 것 같은 기분이었다.

'첨탑으로 들어가는 쪽문이었구나.'

"쪽문을 어떻게 아세요?"

순찰하다 발견했나 싶었는데 도미니크는 말이 없었다. 잠시 후에야 그가 천천히 입을 열었다.

"어릴 적에 잠깐 이곳에 있었습니다. 죽을 곳을 찾아 헤매다 발견했죠."

"……왜 죽고 싶으셨어요?"

"사람을 죽이는 게 두려워서."

"……."

"죽이지 않으면 내가 죽어야 한다는 현실이 고단해서."

나는 그가 신관의 핏줄이라는 것을 떠올렸다. 축첩이 가능한 황제가 유일하게 손을 뻗을 수 없는 사람이 신관이었다. 그래서 그는 그릇된 태생이었고, 환영받지 못한 아기였으며 버려져야 했다.

전장에서 공로를 세워야 존재를 인정받을 수 있는 불행을 떠안고 살아온 것이다. 아무런 말 없이 그를 올려다보다가 손을 뻗었다. 그의 뺨에 닿자 찬기가 느껴졌다.

"저하가 살아계셔서 기뻐요."

"……."

"견뎌내 줘서, 살아서 날 만나 줘서 고마워요."

도미니크의 눈동자가 일렁였다. 눈을 꽉 감은 그가 내 손을 감싸 쥐었다.

*　　　*　　　*

쾅! 사비에르 후작이 책상을 내리쳤다. 황도에 떠도는 소문을 전한 중년의 사내가 어깨를 바짝 움츠렸다.

"그, 그깟 소문은 흘려들으십시오. 뭣 모르는 얼뜨기들이 함부로 입을 놀린 게 아닙니까……."

"소문의 발원지가 동부 별궁이지 않나!"

"하지만 정말로 황후 폐하께서 에이레네 아가씨를 두고 프렌시프의 계집애에게 푹 빠지셨을 리는……."

사비에르 후작이 서류를 내던지며 다시 의자에 몸을 붙였다.

'그래, 그깟 계집애가 내 딸의 자리를 꿰찰 수는 없다.'

소문에 불과한 것이겠지만, 시기가 시기인 만큼 신경이 쓰였다. 프렌시프에서 요구한 배상액을 해결하기 위해 수면 위의 사업을 대부분 정리했다.

그 덕에 호사가들 입에서 별별 소문이 다 오르내렸다. 사비에르의 내리막길이 시작되었다는 둥, 가문의 역사를 두고 말하면 사비에르가 어떻게 프렌시프를 뛰어넘겠냐는 둥. 사비에르 후작은 얼굴을 일그러뜨렸다.

"통신석을 가져와라."

남자가 허겁지겁 뛰어나가 통신석을 가지고 돌아왔다. 신호를 맞추자 통신석이 곧 점멸을 시작했다. 이윽고 황후의 목소리가 들려왔다.

[그래.]

"무강하셨습니까."

[사비에르에서 잘만 해 준다면야 무강하지 아니할 이유가 없지.]

황후의 날 선 목소리에 후작은 인상을 찌푸렸다.

[안부나 묻자는 건 아닐 테고. 무슨 일이지?]

"황도에 얄궂은 소문이 돌고 있습니다."

[시시한 자들의 입방정이 하루 이틀 일이던가.]

"그야 저도 알고 있습니다만, 폐하와 관련된 소문은 흘려듣기 힘들지요."

[무슨 소문이기에.]

사비에르 후작이 입매를 우그러뜨렸다.

"폐하께서 프렌시프의 딸을 각별하게 아끼신다더군요."

물론 소문을 믿는 건 아니었다. 황후는 곁을 잘 내주지 않는 사람이었기에 사비에르조차 수없이 문을 두드린 후에야 겨우 틈을 얻을 수 있었다. 그런데 황후가 의뭉스럽게 웃음을 흘렸다. 후작의 표정이 굳었다.

"설마 사실인 것은 아니겠지요."

[사비에르 영애와 나란히 두어도 좋을 아이였네. 영리해. 로웨나의 헛짓거리를 중간에서 수습한 것도 그 아이일 것이야.]

"폐하!"

사비에르 후작이 벌떡 몸을 일으켰다.

[프렌시프는 가문의 역사며 권력이며 재력까지 모자람 없는 가문일세.]

"그게 무슨 말씀이십니까."

[공의 그릇에 품어 보게나.]

"척을 져온 세월이 기백 년입니다. 이제 와 어찌 합을 맞춘단 말입니까!"

[그러니 더욱 그대 대(代)에서 마무리해야지 않겠는가.]

그 말을 마지막으로 통신석의 불빛이 사라졌다. 책상 위에 놓인 물건을 와르르 쓸어내린 후작은 그러고도 한참을 씨근덕거렸다. 제국의 물자가 사비에르의 손안에서 움직일 적엔 황후가 이 정도로 오만하진 않았다.

'수를…… . 수를 써야 한다.'

다시 제국을 움직이는 항로가 되어야 했다.

'아니, 다시는 나를 무시할 수 없도록 더 높은 곳을 봐야지.'

그러려면 방법은 하나뿐이었다.

"당장 조슈아를 불러들여라!"

성녀 에이레네와 쌍둥이인 장남의 이름이 그의 입에서 나온 건 근 5년 만의 일이었다.

*　　　*　　　*

나는 흔들리는 도미니크의 눈동자를 가만히 보고 있었다. 다 타고 남은 재와 같기도 하고, 마른 성벽 같기도 한 묘한 회색의 눈동자가 시리도록 푸르게 빛났다.

"⋯⋯."

"⋯⋯."

우리는 한참 동안 서로를 바라봤다. 아무런 말 없이 그저 시간을 흘려보내는 것만으로 가슴이 수런거렸다. 빗방울이 하나둘 떨어지기 시작하고 나서야 난 퍼뜩 정신을 차렸다.

"젖겠어요. 어서 안으로―"

그가 내 손목을 잡았다.

"전 오늘 돌아갑니다."

"네?"

"부황께서 환궁을 명하셨습니다."

"아⋯⋯."

난 아쉬움에 말을 흐렸다. 그가 황도에 돌아가면 언제 다시 보게 될지 모른다. 내가 시무룩 고개를 떨구니 그가 말했다.

"다시 보게 될 거예요."

"언제요?"

"당신이 원하면 언제라도."

농담이라고 생각했다. 그는 황자였기에 고작 레이디 하나가 원한다고 사사롭게 움직일 수 있는 신분이 아니다. 도미니크가 빙그레 웃으며 내 눈가를 손끝으로 문질렀다.

"곧 다시 보죠."

'정말로 언제 볼 수 있는 거예요?'

궁금했지만, 왠지 떼를 쓰는 것 같아서 말할 순 없었다. 우리는 함께 탑을 내려왔다. 그가 나를 성내까지 바래다주었고, 아쉬워하며 그와 인사를 나누었다.

그날 저녁부터 정말로 도미니크를 볼 수 없었다. 동부제가 끝난 후에 나도 별궁을 나섰지만, 며칠 동안 왜인지 쓸쓸한 기분이었다.

*　　*　　*

프렌시프 성에 돌아온 건 보름만의 일이었다. 난 고레일의 손을 잡고 마차에서 폴짝 뛰어내렸다.

"고생 많았어."

란슬롯이 다정하게 웃으며 날 반겨 주었다. 가웨인은 내 뺨을 살짝 꼬집다가 인상을 썼다.

"뭐야, 살이 빠졌잖아."

그런가? 하긴 별궁에서 바짝 긴장해 있느라 제대로 식사를 하지 못했다.

"그것들이 괴롭히기라도 했어?"

"아니요?"

나 혼자 괴로운 거였지.

황후는 황궁의 상시 출입패를 주었고, 로웨나 황비는 꼭 황궁에 와 달라고 당부했다.

[로열 키친의 음식을 맛보러 온다고 생각하렴.]

'로열 키친의 음식이 궁금하긴 해.'

하지만 황궁에 가면…… 두 편으로 나뉜 장난감 병정들이 치고받고 싸우는 상상이 들었다. 오소소 소름이 돋아 난 고개를 절레절레 흔들었다.

'그건 싫다.'

그렇게 생각하고 있는데 날 부르는 목소리가 들려왔다.

"세니아나."

"할아버지!"

할아버지가 손을 뻗었다. 무심결에 잡다가 난 깜짝 놀라서 눈을 끔뻑였다.

'산책할 때마다 잡아 버릇했더니.'

내가 굳어 있으니 할아버지가 손을 끌어당겼다. 란슬롯과 가웨인이 우리를 따라왔다. 할아버지가 나를 데려간 곳은 식당이었다. 들어가자마자 놀라서 탄성을 터뜨렸다.

"와아 —!"

상다리가 부러진다는 말이 이런 걸까. 온갖 산해진미가 테이블에 가득했다. 셀 수 없이 많은 접시를 본 나는 당황해서 오빠들을 쳐다보았다. 가웨인이 의자를 빼 주었고, 란슬롯은 나를 자리에 앉혀 주었다. 오빠들이 내 양옆에 앉고, 할아버지가 맞은편에 앉았다.

뭐부터 먹어야 할까, 고민하며 쭉 둘러보다가 알았다. 가족들 앞엔 접시가 놓여 있지 않았다.

"안 드세요?"

"우린 먼저 했어."

그러고 보니 식사시간이 지났을 시간이었다.

'나 때문에 일부러 와 준 걸까?'

혼자 먹기 민망해하니까 가웨인이 파스타 접시를 덥석 집어서 내 앞으로 옮겨 주었다.

"카르보나라 좋아하지?"

엄청!

특히 수셰프 제레미의 카르보나라는 한 접시를 다 비우고도 아쉬울 지경이었다. 포크로 돌돌 말아 호록 빨아들였다. 담백한 면에 코팅된 계란 소스가 얼마나 고소한지 모른다.

"맛있어요!"

발을 동동 구르며 말하자 란슬롯이 말했다.

"아곤의 음식도 먹어 봐."

"아곤이 음식을 했어요?"

총주방장인 그는 메뉴 선정과 음식의 검수, 그리고 할아버지의 식사 정도만 맡았다. 접객 만찬에서 종종 메인 메뉴를 만들기도 했는데, 내가 세니아나가 된 이후로는 볼 수 없었다.

'아곤의 음식이라니……'

수많은 요리사가 꿈꾸는 로열 키친. 그곳에서도 세 손가락 안에 들었던 명장의 요리.

란슬롯이 내게 접시를 건넸다.

"아곤의 특기인 메르게즈다."

'메르게즈라면 소시지의 일종인가.'

음식을 보는 것만으로 가슴이 콩닥거렸다. 나는 곧장 나이프를 들었다. 탱글탱글한 메르게즈는 별로 힘을 주지 않았는데도 부드럽게 잘렸다. 포크로 찍어 조심스럽게 입에 넣는데, 가웨인이 씩 웃으며 물었다.

"먹을 만하지? 조부님께서도 자주 찾으시는…… 세니아나?"

"……."

나는 입을 손으로 막은 채 굳어 있었다.

'양고기. 양고기로 만든 거지?'

대체 어떻게 하면 이런 맛이 나는 거야?

처음 혀에 닿았을 땐 묵직하다고 느꼈는데 몇 번 씹자마자 육즙이 입안 가득 퍼지며 부드럽게 목 안으로 넘어갔다. 양고기 특유의 잡내가 전혀 불쾌하지 않았다. 오히려 향신료와 너무나 잘 어우러져 장점으로 다가올 정도다.

고추의 아린 맛이 혀를 때리기 무섭게 소금기가 부드럽게 감싸오며 향이 입안에서 불꽃처럼 펑, 터졌다. 가웨인은 멍하니 접시를 바라보는 날 보고 미간을 좁혔다.

"왜? 맛이 이상해?"

"아니요. 너무, 너무 맛있어서……."

감동이 밀려들었다. 지금껏 내가 해 온 게 요리가 맞나, 싶을 정도였다.

그렇게나 많은 음식을 먹고 난 후엔 차와 디저트에 둘러싸였다. 오빠들이 번갈아 가며 내 입에 각종 단것을 넣어 주었다. 중간중간 할아버지까지 합세해서 설탕 지옥에 온 기분이었다. 내가 끙끙거리며 배를 두드리고 있으니 란슬롯이 등을 두드려 주었다.

"이런. 너무 많이 먹었나 보네."

"끄으응⋯⋯."

"괜찮아? 토할래?"

그러면서 손을 내밀었다. 난 기겁하고 고개를 도리도리 저었다.

"약이면 돼요⋯⋯."

그러자 가웨인이 손에 약봉지를 쥐어 주었다.

"허약해선."

엄청 많이 먹었는데? 그 정도면 장정도 쓰러질걸?

기가 막혀서 미간을 좁히자 그는 턱을 괴며 나를 보았다.

"그래서? 별궁에선 어떻게 지냈어?"

나는 별궁에서 있었던 일을 간략히 설명했다. 내 얘기를 듣던 세 사람은 표정을 굳혔다.

"로웨나 황비가 난데없이 태도를 바꿔서 금좌 11석이 회동까지 했는데 그게 너 때문이었다고?"

가웨인이 어처구니없다는 듯 묻자 란슬롯은 픽 웃었다.

"놀랍네."

할아버지가 말이 없어서 나는 우물쭈물 눈치를 보았다.

"그, 저기…… 잘못했……."

혹시 혼이 날까 싶어서 목소리가 자꾸만 작아졌다. 란슬롯이 머리를 쓰다듬으며 잘했다고 말했다. 할아버지가 고개를 끄덕였다.

"그런 일이 있었으니 황후와 황비가 눈독을 들일 만도 하지."

나는 의아해져서 물었다.

"하지만 발칙하다고 미워할 수도 있지 않았을까요?"

물론 나도 완전히 눈 밖에 나진 않을 거라고 예상하긴 했다. 결과적으론 황후와 황비 두 사람 모두에게 도움을 준 것이니까. 하지만 그렇게까지 나를 반기게 될 줄은 몰랐다.

"스스로 덫에 기어들어 가는 토끼보다 영리한 고양이 쪽이 더 탐나지 않겠느냐. 이빨만 드러내지 않는다면."

"그렇군요."

나는 차를 호록 마시며 고개를 끄덕였다. 가웨인이 이어 물었다.

"그리고? 다른 일은 없었어?"

"도미니크 황자님을 만났어요."

그의 얼굴이 왈칵 일그러졌다.

"그 개자식이 또 왜!"

"개자식이 아니라 황제 폐하 자식인데……."

"……."

"그리고 호위단의 책임자로 오신 거예요."

"알려 준 대로 했어?"

알려 준 거?

'뭐더라…… 아!'

수작을 부리면 정강이를 걸어차라던 말이 떠올랐다. 나는 고개를 저었다.

"하지만 수작 부리지 않으셨는데요?"

친구가 되기로 했지.

친구가 생겼다는 게 떠올라서 난 다시 기분이 좋아졌다. 헤헤 웃으며 볼을 감싸니 가웨인의 얼굴이 험악해짐과 동시에 란슬롯이 나를 불렀다.

"세니아나."

"네?"

내 물음에 그가 다정한 목소리로 말해 주었다.

"겉모습이 번드르르한 놈을 조심해."

가웨인이 고개를 끄덕이며 동조했다.

"그렇지 않은 놈들은 더."

"사내놈들 속엔 시퍼런 칼이 있다고 생각해."

"죄다 음흉하다고."

"이상한 놈들 천지니까 아무도 믿지 마라."

길라게온 남자들은 이상한가 봐. 나는 그렇게 생각하며 '네.' 하고 고개를 끄덕였다.

후식까지 먹은 후, 나는 방으로 돌아갔다. 터질 것 같은 배를 통통 두드리고 있자 시트론이 들어왔다.

"어디 편찮으세요?"

"아니……. 너무 많이 먹어서."

그녀가 빙그레 웃었다.

"며칠 전부터 아가씨 맞이할 준비로 성이 시끄러웠대요."

"다들 정말 좋은 사람들이야."

"아가씨께서 좋은 분이시니까요."

그렇게 말하며 그녀는 편지 뭉치를 잔뜩 내려놓았다.

"대부분 파티 초대장이더라고요."

"이렇게나 많이?"

이따금 파티 초대장이 오긴 했지만, 몇 장에 불과했다. 하지만 오늘은 정말로 산처럼 쌓여 있어서 깜짝 놀랐다.

"성녀라는 게 밝혀지기도 했고, 황후와 로웨나 황비님께서 각별히 아끼신다는 소문까지 돌고 있으니까요."

"흐음……."

"아카데미에 돌아가지 않으실 거라면 사교 데뷔를 해야 하지 않을까요?"

이젠 정말로 선택을 할 때였다. 윤세나였을 적엔 나도 일류 셰프를 꿈꾼 적이 있었다. 주방에 남녀차별이 사라졌다는 기사는 연일 쏟아지는데, 현장에서는 그게 웬 말이냐. 유학은커녕 조리 학교도 나오지 않은 나는 보조부터 차근차근 경력을 쌓아야 했다. 하지만 여자의 몸으론 보조 자리도 구하기 힘들었다.

보조들은 주방 기구를 관리하고, 눈알이 빠지도록 재료를 다듬어야 하는 데다가, 새벽같이 나와서 제일 늦게 퇴근했다. 그래서 체력이 약한 여자보다 남자를 선호한다.

'하지만 이곳에선 나도 할 수 있어.'

불합리한 상황에 끙끙 앓지 않아도 된다. 나만 열심히 노력하면 돼. 아곤처럼 훌륭한 요리를 만들 수 있을지도 몰라.

그런 생각이 들자 욕심이 생겼다.

"시트론, 아카데미 복학계는 언제까지 제출해야 해?"

"마감은 일주일 뒤예요."

"그래? 그럼 제출할 시간은 충분하네."

"네?!"

시트론이 눈을 커다랗게 떴다.

"복학을 저어하시는 줄 알았는데요."

"응?"

"졸업이 얼마 남지 않으셨으니 로열 키친 응시원을 내셔야 하잖아요. 그걸 꺼리셔서 복학하지 않으시는 줄 알았어요."

"그게 왜?"

나는 고개를 갸웃 기울이며 물었다.

"응시원엔 보호자의 서명이 필요하잖아요."

"할아버지의 서명?"

"아니요, 각하의 서명을 받으셔야 해요."

각하라면…….

'아빠.'

내 표정이 굳어지자 시트론이 고개를 끄덕였다.

"복학하시면 황도에 서명을 받으러 가셔야 한다고요?"

나는 꿀, 신음을 삼켰다. 세니아나에게 아빠는 할아버지나 오빠들보다 더 불편한 존재였다. 사람에게 절대로 정을 붙이지 않는 사람이었으니까.

과거의 할아버지나 오빠들보다도 훨씬 무뚝뚝했다. 제국의 절세 미남이라고 불리던 사내. 젊은 나이에 작위를 물려받아 황도를 주무르게 된 권력자. 가족에게조차 정을 붙이지 않는 냉혈한. 아빠에게 붙는 수식어를 생각하니 덜컥 겁이 났다.

'하지만…….'

로열 키친 입관 시험에 응시할 수 있는 건 성적 우수자뿐이었다. 어차피 입관 시험에 응시하는 건 힘들지 않을까? 세니아나의 성적은 저 바닥에서 맴돌고 있으니까. 내가 아카데미 졸업 시험에서 1등이라도 하지 않는 한 무리지. 설마 내가 1등을 하겠어?

'수업만 들으려는 거니까 괜찮을 거야.'

그렇게 생각한 나는 복학계를 곱게 접어서 상자에 잘 보관했다.

*　　　*　　　*

다음 날, 세니아나는 산책 후에 오빠들과 함께 나베리우스의 서재로 향했다. 집사는 세니아나가 좋아하는 차와 주전부리를 준비하여 나베리우스의 서재를 찾았다. 그가 테이블 위에 쟁반을 내려놓기 무섭게 가웨인이 케이크를 세니아나 앞에 놓았다.

"네가 좋아하는 그루터기 같은 케이크다."

"바움쿠헨이요."

"뭐가 됐든. 자, 먹어."

"배부른데……."

세니아나는 산책 전에 쿠키를 잔뜩 먹었더니 아직 배가 꺼지지 않았다며 고개를 저었다.

"고작 쿠키 몇 개 가지고 배부를 리가."

"손바닥만 한 쿠키를 네 개나 먹었는데요?"

세니아나의 말에 란슬롯이 픽 웃으며 케이크 접시를 밀어 놓았다.

"그래, 체하면 안 되지."

"하지만 형, 저 녀석 손목은 툭 꺾으면 부러질 것 같다고."

"사람 손목은 꺾으면 다 부러져."

그의 말에 란슬롯이 세니아나의 편을 들어 주었다. 세니아나는 란슬롯이 쥐여 준 찻잔을 든 채 힐끔힐끔 눈치를 보았다. 주머니를 슬쩍 매만지기도 하고, 할아버지를 빤히 보다가 눈이 마주치면 후다닥 시선을 피했다.

'하고 싶은 말이 있군.'

세 남자뿐만 아니라 시중들던 사용인들까지 웃음을 삼켰다. 어느 땐 깜짝 놀랄 만큼 의연하면서 또 어느 땐 갓 태어난 새끼 오리처럼 허둥댄다. 지켜보고 있으면 꽤 흐뭇한 기분이 들었다. 그래서 두 형제는 일부러 모른 체 세니아나가 하는 양을 즐겁게 지켜보았다.

"저, 저기……."

차 한잔을 몽땅 비우고 나서야 세니아나는 겨우 용기를 냈다.

'드디어.'

"뭔데?"

가웨인이 픽 웃으며 물었다.

"있잖아요, 그, 아카데미 말이에요…….”

기어들어 가는 목소리로 얘기하던 세니아나가 손을 꼼지락거렸다.

"아카데미는 왜.”

"복학 신청을 이번 주까지 해야 한다고 해서요.”

나베리우스와 란슬롯, 가웨인이 잠시 침묵했다. 학기가 시작하면 적어도 반년은 얼굴 보기 힘들 거다.

"굳이 복학할 필요가 있나?”

가웨인이 중얼거리자 란슬롯이 빙그레 웃으며 맞장구쳤다.

"새 학기가 코앞이니 집 구하기도 힘들 거야.”

물론 '기숙사 제도가 있긴 하지만'이라는 말은 쏙 빼먹었다. 나베리우스도 고개를 끄덕이며 말했다.

"이제 네가 성안에서 지내고 있으니 아곤에게 배우는 것도 좋겠지.”

"하지만…….”

그 말에 세니아나가 웅얼거렸다.

"입학을 했으니 졸업도…….”

"로열 키친에 들어갈 생각이 없으면 굳이 졸업하지 않아도 돼.”

가웨인의 말에 세니아나는 나베리우스를 처다보았다.

"제가 로열 키친에 들어가길 바라셨잖아요.”

"그건……! 상황이 바뀌었다. 네가 황궁에 있으면 정쟁에 휩쓸릴 수도 있어.”

"로열 키친 안에서 있는 거라면 다르지 않을까요? 그곳은 매일이 시험인 곳이니까 후·비들도 형평성 때문에 쉽게 접근하지 못할 거예요.”

그야 그렇겠지만. 세 남자는 말을 돌렸다.

"안 돼, 무리야."

"굳이 요리를 따로 배울 필요가 있나."

"썰고 간하는 것쯤이야 성에서도 배울 수 있잖아."

세니아나는 눈썹을 늘어뜨리며 또다시 웅얼거렸다.

"그냥 썰고 간하는 게 아닌데⋯⋯."

하지만 나베리우스와 두 형제는 모른 척 계속 말을 이었다.

"오래 하면 뭐든 손에 익는 법이지. 그걸로 충분하다."

"조부님 말씀이 맞아. 말이 로열 키친이지 그냥 부엌이잖아."

"요리보다 즐거운 게 얼마든지 있어."

세니아나가 빈 찻잔을 티 코스터 위에 쿵, 내려놓았다. 그러더니 입술을 삐죽이며 말했다.

"너무해."

그러곤 휙, 방 밖으로 나가버렸다.

"아니, 세니아나! 우리 말은 네가 하찮다는 게 아니라⋯⋯!"

그들이 허둥지둥 세니아나의 뒤를 쫓았다.

형제는 하루 종일 세니아나를 쫓아다녔다. 하지만 세니아나는 눈길 한 번 주지 않았다.

"그런 뜻이 아니었다니까."

"변명하게 해 줘."

하지만 세니아나의 입은 열리지 않았다. 그녀가 샤프너로 식칼의 날을 갈았다. 얼마나 힘을 줬는지 손마디가 다 새하얬다.

"세니아나."

"막내야."

"……."

달라지고 나서는 순둥이 같던 녀석이었는데, 한 번 화가 나니 이렇게 무서울 수가 없었다. 식칼을 잘 정리한 세니아나는 흥, 고개를 돌렸다.

"하인을 시키지."

"……."

"아, 더 좋은 오븐으로 바꿔 줄까?"

"……."

세 남자는 입을 다문 세니아나의 눈치를 보았다. 가웨인이 가늘게 한숨을 흘리며 말했다.

"이게 다 조부님 때문이잖습니까."

그러자 함께 있던 나베리우스가 인상을 찌푸렸다.

"무슨 소리냐."

"세니아나를 아카데미로 보내자고 한 게 조부님이시니까요."

"네가 검이 아니라 식칼을 들었으면 없었을 일이지."

"애초에 욕심만 부리지 않았으면……."

"가문을 위한 일이었다."

"늘 가문이 우선이시죠."

조부와 손자가 서로를 매섭게 노려보았다.

"기어오르는 게냐."

"사실을 말씀드리는 겁니다."

"가웨인!"

"역정 내지 않으셔도 들립니다!"

그때 세니아나가 버럭 소리쳤다.

"그만!"

그러곤 양손으로 허리를 짚었다.

"이렇게 싸우실 거면 제 조리실에서 나가세요."

"……."

"……."

나베리우스와 가웨인이 입을 꾹 다물었다.

"서로 사과하세요."

"뭐?"

"뭐라고?"

"사과하시라고요."

세니아나가 인상을 콱 찡그렸다.

*　　　*　　　*

"죄, 죄송합니다."

"나도 잘한 것은 없군……."

두 사람이 서로 사과하는 것을 보고, 난 허리에서 손을 풀었다. 그러자 가웨인이 눈치를 보며 내 쪽으로 다가왔다. 그가 풀 죽은 목소리로 말했다.

"그, 얘기를, 아까 일은 오해라니까?"

"……."

"내 말은 요리가 하찮다는 게 아니라 굳이 아카데미를 갈 필요가 있냐는 거지."

"……."

고개를 수그리니 이번엔 란슬롯이 내 손을 잡고 눈을 맞췄다.

"화 풀어 주면 안 될까?"

"……."

"얼굴 봐 주지 않을 거야?"

"……."

"막내에게 미움받으니 마음이 너무 아픈데."

그러니까 마음이 약해져서 나는 손을 꼼지락거렸다.

"여름이면 요리사들은 땡볕 더위에 에어컨은커녕, 선풍기도 켜지 못하고 주방에 서요."

"……."

"여름엔 숨이 콱 막혀서 질식할 것 같고, 맨손으로 불과 싸워야 해서 지문은 다 닳아요."

"……."

"일이 끝나면 온몸이 아린데, 또 새벽같이 재료를 준비하러 가요. 매일매일."

검을 드는 기사들만 고된 것이 아니었다. 식칼을 든 요리사들도 하루하루 치열하게 싸웠다. 내가 시무룩하게 고개를 숙이자 란슬롯이 쪼그려 앉아 나를 올려다보았다.

"우리가 잘못했어."

그러자 가웨인이 풀 죽은 목소리로 말했다.

"정말로."

할아버지가 고개를 끄덕였다. 나는 그들을 슬그머니 쳐다보았다.

"다음부터는 그러시면 안 돼요?"

"그래."

"물론!"

그들의 대답을 들은 난 우물쭈물 말했다.

"요리사들이 그렇게 힘든 일을 계속하는 건 요리가 좋기 때문이에요……."

그러고 할아버지를 슬그머니 바라보았다.

"저도 그렇고요."

"……."

"넓은 세상에서 더 많은 것들을 배우고 싶어요. 그러니까 아카데미에……."

한동안 침묵하던 할아버지가 한숨을 푹 내쉬었다.

"통신석을 항상 소지하고 다녀라."

"네?"

"저녁엔 꼭 연락해서 아카데미에서 무슨 일이 있었는지 상세히 말해."

"할아버지!"

"머리카락 한 올이라도 상한다면 즉시 불러들일 것이다."

나는 활짝 웃으며 할아버지에게 달려갔다.

"감사해요!"

그러자 오빠들도 어쩔 수 없다는 듯 미소지었다. 그날 바로 아카데미에 복학계를 보냈다. 가지고 있는 것들로 짐을 꾸리려고 했는데, 가족들이 제대로 준비하자며 나를 끌고 중심가로 향했다. 나는 의상실 간판을 보고 눈을 끔뻑거렸다.

'의상실은 왜?'

할아버지가 들어서자마자 소파에 앉아 있던 여성이 튕기듯 일어나 달려왔다.

"어, 어르신, 부르시지 않고 어찌 직접……!"

그녀가 허둥지둥 인사하고 나서 안을 향해 소리쳤다.

"캐시! 남성복 카탈로그를 가져와라!"

"내 손녀의 옷을 사러 왔다."

"아아, 그러셨군요."

그녀는 나를 향해 살짝 무릎을 굽혔다.

"레티샤라 합니다. 동부에선 제법 유명한 재봉사지요."

레티샤?!

나는 눈을 휘둥그레 뜨고 그녀를 바라보았다. 동부에서 첫손으로 꼽는 디자이너가 바로 레티샤였다. 예전에 드레스를 사볼까 해서 알아볼 때, 그녀의 드레스 가격을 들은 적이 있었다.

'작은 저택 두 채 값이었지.'

그런데 아카데미에 갈 건데 왜 드레스를? 의아해서 할아버지를 보고 있으니 그가 입을 열었다.

"드레스가 아냐. 조리복이다."

"조, 조리복이라고요? 조리복이라면 기성복으로도 많이 나옵니다. 저희는 오더 메이드만 취급하는지라…….."

"그래서."

레티샤가 잔뜩 당황하자 할아버지의 눈썹이 꿈틀, 움직였다. 할아버지의 목소리에 냉기가 배었다. 그뿐인데도 오금이 저릴 만큼 위압적이었다. 나는 레티샤가 가여워져서 괜찮다고 웅얼거렸다. 하지만 할아버지는 레티샤를 보며 낮은 목소리로 말했다.

"내 손녀가 남들과 똑같은 기성복을 입어야 한다는 말이냐."

왜인지 '왜 우리 애 기를 죽이고 그래!' 하고 소리치던 드라마 속 장면이 떠올랐다. 레티샤가 마른침을 삼키고 말했다.

"그, 그렇지요……. 그럼 아가씨, 치수를 재실까요……."

치수를 잰 후에는 원단을 보여 줬다. 하나같이 조리복으로 만들기엔 너무나 고급인 천이었다. 나는 어쩔 줄 모르고 오빠들만 힐끗거렸다.

'도와줘!'

하지만 오빠들은—

"스카프는 황금색이 좋겠지?"

"견습생 스카프는 빨간색으로 통일했던 것 같은데. 그렇지, 세니아나?"

어느새 할아버지의 편에 서서 천을 고르고 있는 그들을 보고, 나는 우울해졌다. 조리복을 만들고 나서는 대장간에 갔다. 대장간의 주인 카일은 세니아나의 기억 속에도 있을 정도로 유명인이었다. 그의 검을 사기 위해서 많은 기사가 바다를 건너올 정도로 명인이었다.

"시, 식칼을 만들라굽쇼?"

"종류별로 두 벌."

"……."

"왜?"

"아닙니다……."

그것으로 끝이 아니었다. 그다음은 황궁에서도 탐을 내는 일류 연금술사에게 프라이팬과 냄비를 주문했고, 그다음은 통신석 세공사를 찾아갔다. 그렇게 장인들을 들들 볶은 후에야 할아버지는 만족했다.

개학을 하루 앞두고 의뢰한 물건들이 도착했다. 아곤이 입을 떡 벌리고 칼을 쳐다보았다.

"신물을 만드는 대장장이라더니 정말이었군요."

그러자 수셰프 제레미가 침을 꿀떡 삼켰다.

"이 프라이팬 좀 보십시오. 코팅이……."

"연금술사 시온의 솜씨다. 아무리 함부로 굴려도 3년은 코팅이 벗겨지지 않겠어."

"무쇠솥이 이렇게 가벼울 수가."

환복을 도와준 하녀들은 크게 감탄했다.

"세상에나!"

"무슨 조리복이 이렇게 예쁘죠?"

"그러게요. 드레스보다 몸매가 더 아름다워 보여요."

"레티샤의 조리복이라더니 정말……."

"이렇게 예쁜데 잠옷처럼 편하시대요."

그들이 혀를 내둘러서 난 진짜로 부끄러웠다. 아카데미로 갈 준비를 마친 나는 교복을 입고 배웅 나온 가족들을 보았다.

"무슨 일 있으면 꼭 연락해."

"밥 잘 챙겨 먹고."

"기숙사가 엉망이면 말해라. 새로 지어 주마."

나는 생긋 웃으며 잘 지내겠다고 말했다. 가웨인이 인상을 찌푸리며 중얼거렸다.

"기분이 왜 이렇게 나쁘지."

"네?"

"도둑놈 품에 보내는 기분이야."

"아카데미에 가는 건데요?"

"아는데, 감이 나빠."

그는 작게 중얼거리곤, 한숨을 내쉬었다.

"잘 지내야 한다."

"네!"

난 활짝 웃었다. 그리고 목걸이를 쥔 채 눈을 감았다.

＊　　　＊　　　＊

아카데미 구석에서 눈을 뜬 나는 얼른 사무처에 짐을 맡겨 놓고, 개학식을 하는 대강당을 찾았다. 안으로 들어가서 나와 같은 색의 배지를 한 학생들 사이에 섰다. 그리고 학기 일정표를 펼쳤다.

'내일부터 수업이니까 오늘은 기숙사에 짐을 옮기고⋯⋯.'

그런 생각을 하는 중에 뒤에서 와글거리는 소리가 들렸다.

"새 교장 이야기 들었어?"

"오늘 아침에 결정되었다며? 전임 교장은 경질된 거야?"

"그렇게나 뇌물을 처먹었으니 저도 할 말 없겠지."

남학생들의 목소리를 들으니 이상한 불쾌감이 들었다. 마치 플로헤타를 처음 보았을 때와 같은 느낌이었다. 그때 갑자기 픽! 머리 위로 종이 뭉치가 날아왔다. 놀란 내가 머리를 잡고 있자 한 무리의 소년들이 건들거리며 다가왔다.

"이게 아직도 정신 못 차리고 기어들어 왔네."

그들의 얼굴을 보자마자 이름이 떠올랐다.

"왜? 네 대단한 부모가 졸업장은 따오래?"

[자쿱]

"대단한 부모는 무슨. 등신, 그런 허풍을 여태 믿고 앉았냐."

[피터]

"오우, 그래도 제법 예뻐졌는데. 이번 학기엔 더 귀여워해 줘야겠어."

[빌리]

그리고 —

붉은 곱슬머리의 사내가 내 허리를 슥 매만졌다. 나는 화들짝 놀라서 그의 손을 쳐 냈고, 그는 낄낄 웃으며 중얼거렸다.

"우리 셴이 올해는 날 얼마나 즐겁게 해 주려고 이렇게 앙탈을 부리는 거지."

숨이 콱 막힐 정도로 짙은 불쾌감이 온몸을 감쌌다.

[프란츠]

이 악질 무리의 대장 격이었다. 아카데미에선 신분을 드러내는 것을 엄금하였는데도, 그의 집안 이야기는 알음알음 퍼져 있었다. 하지만 워낙 대단한 가문의 자제라 교수들도 한 수 꺾고 들어간다는 남자였다. 그들이 나를 둘러싸자 다른 학생들은 슬금슬금 뒷걸음질 쳤다.

그때였다. 뎅, 뎅, 뎅! 종소리가 울리고 교수가 목청을 높여 외쳤다.

"다들 정렬해라!"

교수의 목소리가 들리자 프란츠 무리가 칫, 혀를 차며 제 자리로 되돌아갔다. 나는 한숨을 삼키고 정면을 바라보았다. 직급이 높아 보이는 교수가 틀에 박힌 인사말과 독려를 했다. 이어 새 교장을 소개한다는 말이 나왔다. 대강당이 크게 술렁였다. 여학생들이 흥분해서 속닥거렸다.

"개학식 전에 멀리서 잠깐 뵀는데 정말 멋지시더라."

"'그분'이시라며?"

"대체 무슨 잘못을 했길래 여기까지 내려온 걸까."

"그러게. 황궁 직속 학술원도 아니고……."

"얘, 우리도 황궁 직속이긴 해."

"요리 아카데미라서 그렇지."

까르륵, 웃음소리가 들리기 무섭게 거대한 문이 무거운 소리를 내며 열리기 시작했다. 쿠웅— 문이 열리고, 화려한 차림의 사내가 단상으로 올라왔다. 남자와 나의 시선이 허공에서 마주쳤다. 나는 놀라서 굳어졌다.

'어떻게…….'

어떻게 도미니크가 여기에!

화려한 무늬가 수놓아진 깔끔한 재킷, 적포도주색의 화려한 케이프. 성장(盛粧)한 그는 환상 속에서 빠져나온 듯 근사했다. 학생들이 숨을 작게 들이켰고, 난 미간을 좁혔다.

"올 거였으면 알려 주지!"

내가 입을 뻐끔거리자―

'아.'

방금 조금 웃은 것 같아.

착각일까 싶었는데 옆에서 학생이 "나 보고 웃으셨어!" 하며 탄성을 터뜨렸다. 강당을 한 번 둘러본 도미니크가 천천히 입을 열었다.

"도미니크 로젠카로튼입니다."

황가의 성이 그의 입에서 나오자 사람들이 기함을 했다. 미리 소식을 알고 있던 사람들은 정말로 황자가 올 줄은 몰랐다며 멍하니 도미니크를 올려다보았다. 그중 몇몇 학생들은 오른손을 가슴에 올리고 허리를 굽혔다.

"황가에 광영 있기를."

"황가에 광영 있기를."

공적인 자리에서 황실의 핏줄에게 하는 인사말이었다. 나는 그것으로 귀족과 평민을 조금 구분할 수 있었다. 평민은 황실의 핏줄을 볼 일이 없기 때문에 인사법을 알 리 없었다. 그런데―

'어?'

프란츠를 본 나는 고개를 갸웃 기울였다.

개학식이 끝나고 난 교장실로 향했다. 도미니크에게 궁금한 게 많았다. 왜 이곳에 있는 건지. 동부 별궁에선 어째서 말이 없었는지. 또 보게 될 거라는 얘기가 이런 뜻이었는지. 물어볼 게 산더미였는데 교장실 안엔 들어가지도 못했다. 방 앞에 사람이 가득했다. 아무래도 오늘 그를 보는 건 힘들 것 같았다.

'일단 기숙사에 짐부터 풀자.'

그렇게 생각한 나는 사무처로 갔다.

"이름이?"

"센이에요."

아카데미에서 쓰는 이름을 대자 직원은 명부를 뒤적였다.

"어머나, 좋은 방을 신청했네. 이번에 새로 단장한 방인데 어떻게 알았니?"

"원래 새로 단장하는 일은 없지 않나요?"

"몇 주 전에 갑자기 불이 났거든."

"불이요?"

"방학 중이라 방이 비어 있었는데 난데없이 불이 났지 뭐야."

갑자기 자연 발화라니 이상하다. 내가 고개를 갸웃 기울이자 직원이 후후 웃었다.

"운이 좋은 모양이구나."

"제가 아니라 가족이 대신해 주었어요."

란슬롯이 꼭 맡겨 달라고 해서.

"그럼 가족이 운이 좋네."

사무처의 직원이 작게 웃었다. 그러곤 기숙사 호수가 적힌 서랍에서 열쇠를 꺼내 주었다. 난 열쇠와 짐을 찾아서 기숙사로 향했다.

'빨리 짐을 풀고 란슬롯에게 고맙다고 연락해야지!'

방문을 연 나는 깜짝 놀랐다.

"와아!"

깨끗한 크림 톤의 벽지와 나뭇결이 산 아기자기한 가구, 넓은 전면 창. 방 안엔 작은 싱크대와 화장실이 있었고, 전면 창밖엔 협소하나마 테라스도 딸려 있었다. 나는 신이 나서 창문을 열었다. 아카데미 주변으로 흐르는 강과 초목이 우거진 숲이 보였다.

'이게 광고에서만 본 리버뷰일까?'

한강은 아니지만.

나는 방이 마음에 쏙 들었다. 고아원에서 자취를 꿈꿀 때 상상하던 방이 꼭 이랬다. 문을 꼭 닫고 통신석을 연결했다.

[세니아나?]

란슬롯의 목소리가 들리자마자 난 신이 나서 소리쳤다.

"오빠, 최고! 최고!"

[뭐?]

"오빠가 신청해 준 방이요. 새로 단장한 방이래요. 너무 예뻐요!"

란슬롯이 기분 좋은 목소리로 웃었다.

[눈에 아른거려서 어떡하지.]

"네?"

[틈날 때마다 돌아와.]

"그럴게요."

가족들은 이것저것 물었다. 방은 어떤지, 몸은 괜찮은지, 별일은 없는지, 수업은 언제부터인지. 끊임없이 물어서 대답하느라 바빴다.

수학여행이나 수련회를 갔을 때가 떠올랐다. 난 캠프파이어가 정말로 싫었다. 레크리에이션 강사가 부모님 얘기로 가슴을 사무치게 만들면 아이들은 꼭 가족에게 전화했다.

[엄마, 사랑해.]

[아빠아…… 엉엉.]

없는 용기를 긁어모아 친부의 전화번호를 눌렀던 적도 있었다. 하지만—

[지금 거신 번호는 없는 번호입니다. 다시 확인하시고…….]

친부의 인생에 나는 없는 사람이라는 것만 다시 확인했다. 나는 헤헤 웃으며 말했다.

"있잖아요."

[응?]

"여기서 연락할 수 있어서 좋아요."

[…….]

"애들이 가족한테 연락하는 게 부러워서 항상 구석에 있었는데."

[…….]

"고맙습니다."

가족들은 한동안 말이 없었다. 몇 분이나 침묵이 이어져서 우물쭈물 입을 열었다.

"자, 자주 하지는 않을게요. 그냥…… 한 번씩……."

[자주 해 줘.]

[아주 사소한 일이라도 좋으니까, 응?]

"괜찮아요?"

[고마운 건 우리야.]

란슬롯의 목소리가 너무나 다정해서 코끝이 아렸다.

"이제 짐을 풀어야 해요."

[그래. 좋은 꿈 꿔라.]

할아버지의 부드러운 목소리를 듣고 통신을 종료했다. 어쩐지 눈물이 터질 것 같아서 얼른 짐을 풀기 시작했다. 정신없이 짐을 정리하고 나니 아리던 코도 진정되었다.

＊　　　＊　　　＊

나는 아침 일찍 일어나서 조리복으로 갈아입고, 교실을 찾았다.

"우와, 우와!"

교실엔 영상으로만 봤던 실습용 조리대가 쭉 늘어서 있었다.

진짜 멋져! 나는 황홀한 표정으로 조리대를 바라보았다.

"내 쿡탑은…… 여긴가?"

프라이팬을 내려놓으려는데 뒤에서 목소리가 들려왔다.

"거긴 내 자리야."

나는 깜짝 놀라서 뒤를 돌아보았다. 짙은 적발과 맑은 청안을 가진 장신의 남자가 나를 보고 있었다. 보자마자 이름이 떠올랐다.

[아소]

아카데미에선 프란츠에 버금가는 유명인이었다. 시험이란 시험에선 매번 1등에다 전교생을 통틀어 가장 근사한 미소년이었다.

"아, 미안……."

나는 슬금슬금 그에게서 멀어졌다. 그리고 다른 조리대로 짐을 옮기려고 하는데 그가 제 옆자리를 두드렸다.

"네 자리는 여기."

"으응……."

나는 꾸물꾸물 짐을 다시 올려놓았다. 그리고 교재를 뒤적이다가 문득 떠오르는 생각에 그를 쳐다보았다.

"오랜만이라 기억이 안 난 거야."

"……그렇겠지."

짧게 대답한 그는 창틀에 기대 책을 읽었다. 얼마 지나지 않아 학생들이 조리실로 들어오기 시작했다. 학생들이 대화를 나누느라 교실은 와자지껄했고, 나는 그 안에서 바짝 긴장해 있었다.

'나, 나에게도 말을 걸어 줄까?'

기다렸지만 아무도 말을 걸어오지 않았다. 나는 시무룩해져서 주변을 둘러보았다.

'내가 말을 걸어야 하는데…….'

그러나 아이들은 나와 시선만 마주치면 인상을 찌푸렸다. 그때 내가 있는 조리대로 여학생들이 다가왔다. 그들은 날 지나쳐 아소에게 향했다.

"저…… 아소, 올해 들어갈 조 정했니?"

얼굴이 발그레한 여학생이 아소를 올려다보자 그는 책을 소리 나게 덮었다.

"아니."

"그럼 우리와 함께 하는 게 어때? 매일 저녁마다 스터디를 하는데 네게도 도움이……."

"됐어."

그렇게 말한 아소는 그의 쿡탑 앞에 섰다. 여학생들은 얼굴이 붉어져서 자리로 돌아갔다. 나는 아소를 쳐다보았다.

"왜?"

부럽다…….

나는 우울한 표정으로 고개를 절레절레 저었다. 이윽고 종이 울렸다. 앞문을 통해 들어온 교수가 쾌활한 목소리로 학생들에게 인사했다. 강의 일정을 설명한 그는 바로 수업을 시작했다. 학생들은 첫날부터 수업이냐고 볼멘소리를 뱉었지만, 난 정말로 즐거웠다.

"음식마다 가장 맛있는 온도가 있다는 건 다들 알고 있겠지. 빵은……."

교수의 말을 토씨 하나 빠뜨리지 않고 빼곡히 적으며 경청했다.

"과일을 메인으로 한 샐러드의 최적 온도는 30도. 다들 한 번씩 먹어 보자."

나눠 준 음식은 정말로 맛있었다. 아카데미에 오길 정말 잘했어!

수업이 끝나고 뿌듯한 표정으로 교실을 나왔다. 교장실이 있는 복도 끝은 여전히 와글거렸다.

'오늘도 도미니크는 못 보겠네.'

아쉽다. 그렇게 생각하면서 걷는데 갑자기 몸이 휙! 끌려갔다.

복도 창고로 끌려 들어간 나는 눈을 동그랗게 떴다.
"황자 저……!"
"쉿."
도미니크가 내 입을 막았다. 내가 고개를 조그맣게 끄덕이고 난 후에야 그는 손을 아래로 내렸다.
"왜 여기 계세요?"
"귀찮은 개떼들이 있어서."
"여긴 어떻게 오신 건데요?"
"황제 폐하께 벌을 받았습니다."
"벌이요? 왜요?"
내가 걱정 어린 얼굴로 물으니 그는 여상하게 대답했다.
"명하신 것을 찾아오지 못했거든요."
"아……. 프렌시프 령에서 찾으시던 그것 말이죠."
"네."
"없던가요?"
"제가 찾던 도중에 다른 사람이 먼저 발견했죠."
"새치기? 그 사람 나빴네요!"
내 말에 그는 픽 웃음을 터뜨렸다.
"주인은 그쪽이었습니다."
"그럼 황제 폐하께서 나빴네요."
아들에게 남의 걸 훔쳐오라고 시킨 게 아닌가. 이상한 사람이다,

정말.

도미니크는 고개를 숙이고 소리 내어 웃었다. 이렇게 웃는 그를 본 건 처음이라 조금 신기한 기분이었다. 도미니크의 눈빛이 어쩐지 다정하게 느껴졌다.

"그렇죠. 잘 빼앗겼죠."

"……제가 말실수했나요?"

"아닙니다."

우리는 말 없이 서로를 바라보았다. 난 어색해져서 눈을 데굴데굴 굴렸다. 그가 말이 없으면 난 왜 이렇게 어색한 걸까. 그런 생각을 하고 있자니 도미니크가 물어왔다.

"무슨 생각을 하십니까?"

"다른 사람과 있을 땐 말이 없어도 어색하지 않거든요?"

아까 아소와 있을 땐 전혀 어색하지 않았다.

"그런데 저하와 있을 때는 쭈뼛거리게 되고, 콩닥거려요."

"……."

도미니크의 눈이 조금 일렁이더니 이내 낮은 목소리로 물었다.

"그건……."

"무서워서 그런가."

"네?"

"저하는 제 첫 친구니까요. 나를 미워하면 어떡하지, 그런 생각이 들어서 두려운 걸지도."

"……."

"……?"

그가 한숨을 푹 내쉬며 말했다.

"그런 건 두려워하지 않아도 됩니다."

"왜요?"

"내가 당신을 싫어하는 일은 없을 테니까."

"……."

"절대로."

사실 오늘 아무도 말 걸어 주지 않아서 조금 우울했는데 이젠 괜찮았다. 내가 처음 사귄 친구가 날 절대로 싫어하지 않겠다고 해 주었으니까. 자꾸만 입꼬리가 올라가려고 해서 양손으로 입술 끝을 꾹 눌렀다. 그런 나를 도미니크는 부드러운 눈으로 바라보았다.

*　　*　　*

사비에르 후작 저.

장남에게 보냈던 하인이 빈손으로 돌아온 것을 보고, 후작이 인상을 찌푸렸다. 하인은 곤란한 표정으로 어깨를 움츠렸다.

"노, 노력은 했습니다만, 도련님 고집이 보통이 아닌 것을 주인님께서도 아시지 않습니까……."

후작이 쾅! 테이블을 내리쳤다. 장남이라고 있는 녀석이 도통 도움이 될 줄을 몰랐다. 자라며 내내 속을 썩여서 억지로 식칼을 쥐여 놨는데도 여전히 정신을 못 차린다.

"어째서 오지 않겠다는 게야!"

"해, 해야 할 일이 있다셨습니다."

"해야 할 일이라니."

"웬 사람이 눈에 거슬리시는 듯했습니다."

"빌어먹을!"

그가 버럭 고함을 내지르며 주먹을 움켜쥐었다.

"하여 그놈이 지금 어디 있다는 것이냐."

"도, 동부 아카데미에……."

후작이 쯧, 혀를 찼다. 다른 곳이라면 흠씬 두들겨서라도 데려오겠지만, 아카데미라면 다른 문제다.

'어차피 로열 키친에 들여보내려면 졸업장이 필요하니.'

그의 목표는 아들을 로열 셰프로 만들어 제국의 물자를 주무르는 것이었다. 거기에 성녀인 딸이 도운다면 세니아나 프렌시프쯤이야 상대도 되지 않을 터였다.

'사고만 치지 말고 졸업해라.'

그럼 제 손으로 날개를 달아 줄 테니.

*　　*　　*

수업이 끝난 저녁. 나는 기숙사 지하의 식당으로 내려갔다. 안으로 들어가니 이미 학생들이 꽤 많이 와 있었다. 난 내부를 쭉 둘러보고 접시를 들었다.

'멋지다! 뷔페식이구나.'

음식이 여러 종류인 데다가 하나 같이 맛있어 보였다. 역시 요리 아카데미의 음식이라고 생각하며 좋아하는 음식을 담았다. 훈제

오리와 아스파라거스 샐러드, 동남아풍 게살 수프가 오늘 내 저녁 메뉴였다. 전 지역의 음식이 다 있지만, 동부는 프렌치를 우선하다 보니 대부분 양식이었다.

'여기서 배울 수 있어서 다행이야.'

나는 양식에 약하니까. 그렇게 생각하고 스푼을 들었을 찰나에 퍽! 내 접시 위로 각종 음식이 돼지죽처럼 섞인 덩어리가 떨어졌다. 위를 올려다보니 프란츠를 제외한 그의 일당들이 껄렁거리며 날 내려다보고 보았다. 프란츠의 오른팔 격인 자콥은 히죽 웃으며 내 옆에 앉았다.

"많이 먹으라고."

나는 그를 싸늘한 표정으로 쳐다보았다.

"재밌니?"

"무척."

이들이 이토록 천박하게 구는데도 사람들은 말이 없었다. 기숙사 사감까지 이쪽을 보다가 나와 눈이 마주치자 홱 고개를 돌렸다. 자콥은 제 포크로 엉망이 된 내 접시를 쿡쿡 찔렀다.

"작년까지가 좋았지?"

"……."

"그러니까 프란츠의 여자가 되라고 했을 때 얌전히 말을 들었으면 올해 이런 꼴은 안 당하잖아."

그의 말을 들으니 아카데미에서의 생활이 얼핏 떠올랐다. 방학 전에 이들이 찾아왔었다. 그러곤 프란츠에게 간택된 것을 영광으로 알라며 오만하게 굴었다. 화가 잔뜩 난 세니아나는 프란츠의 뺨을 후려치고 학교를 떠났다.

'저질이잖아?'

기가 막혀서 그를 쳐다보자 자콥은 이죽거리기 시작했다.

"네년 때문에 내가 그때 프란츠에게 얼마나 면목이 없었는지 알아?"

여전히 화가 나는지 그는 인상을 왈칵 찌푸렸다.

"프란츠가 제 여자로 삼아 주겠다고 했으면 감사한 줄 알고 얌전히 '네' 할 것이지."

그러더니 나를 위아래로 훑어보며 이어 말했다.

"이제 보니까 줘도 안 먹게 생겼구만."

난 식기를 내려놓고 자콥을 쳐다보았다.

"그 애의 어디에 매력이 있어서 내가 '네' 하고 따라야 하는 거야?"

"뭐?"

"너 같은 흉측한 저질을 친구로 둔 바보인데."

"이게 오냐오냐하니까……!"

그가 버럭 소리치며 몸을 일으켰을 때, 나는 접시를 그에게 던져 버렸다.

"헉!"

"꺄악!"

주변에 있던 아이들이 놀라 비명을 질렀다. 자콥의 얼굴에서 음식물 쓰레기가 된 요리들이 후두둑 떨어졌다. 내가 옷을 탁탁 털고서 돌아가려는데 자콥이 내 손목을 틀어잡았다.

"이 미친년이!"

그의 고함에 식당이 쩌렁쩌렁 울렸다. 난 무심한 표정으로 그를 쳐다보았고, 오히려 기숙사 사감이 당황해서 달려왔다.

"이게 무슨 짓이냐!"

사감은 음식물이 잔뜩 묻어 얼룩덜룩해진 자콥에게 손수건을 건네고 날 돌아보았다.

"당장 사과해라."

"제가요?"

내가 눈을 동그랗게 뜨고 묻자 사감은 프란츠 일당의 눈치를 보며 말했다.

"사람에게 음식을 던졌으면 응당 사과를 해야지!"

엄한 목소리에 자콥의 입매가 비죽 올라갔다. 나는 차분한 목소리로 말했다.

"이 애들도 제게 같은 짓을 했어요."

"음식을 사람에게 던진 것과 접시에 던진 것이 어떻게 같아! 당장 사과해라."

나는 고개를 짧게 끄덕이곤 자콥을 쳐다보았다. 그의 얼굴에 비웃음이 만연했다. 난 천천히 입을 열었다.

"미안. 입에서 나오는 말이 전부 더러워서 쓰레기통인 줄 알았지 뭐야."

그러자 주변에서 풋! 실소가 터져 나왔다. 일당은 물론이고 사감의 얼굴까지 붉으락푸르락 달아올랐다. 사감이 내 손목을 틀어잡았다.

"정말 안 되겠구나! 따라와!"

"죄송하지만, 그 전에 교무 위원회실이 어딘지 가르쳐 주시겠어요?"

"네가 거긴 왜!"

"사감님의 업무 태만에 관해 말씀드려야 할 것 같아서요."

"뭐라고?"

"제게 가해진 폭력을 보시고도 침묵하셨으니 태만이지요."

"내, 내가 언제 그런 걸……!"

"저는 이 애들이 제게 똑같은 짓을 했다고 했지, 제 접시에 음식물 쓰레기를 버렸다고 하지 않았어요."

그걸 안다는 건 직접 봤다는 거잖아?

내 말뜻을 이해한 사감은 낯빛이 거무죽죽해졌다. 손목을 쥐고 있던 손에서 스르륵 힘이 풀렸다. 그녀가 왜 저 애들의 행동을 묵인했는지는 알고 있다. 일당을 건드리면 프란츠의 눈 밖에 날까 봐 겁이 났던 거겠지. 프란츠가 대단한 가문의 자제라는 게 소문이 났으니까.

아카데미에서 신분을 드러내지 못하게 한 건 이런 일을 경계한 것이었다. 그러니 내가 학교에 고발하면 당연히 그녀는 책임을 피할 수 없다. 그때, 멀찍이 있는 테이블에서 우리를 지켜보고 있던 프란츠가 몸을 일으켰다.

"그만들 해."

자쿱과 일당의 표정에 짙은 낭패감이 어렸다.

"프, 프란츠."

자콥이 그에게 다가갔으나 프란츠는 시선조차 내주지 않았다. 사감이 이때다 싶어 도망치듯 식당을 빠져나갔다. 나에게 바짝 다가온 프란츠가 속삭였다.

"이 미친년, 너 나한테 완전히 찍혔어."

나는 생긋 웃으면서 말했다.

"듣던 중 반가운 소리네."

프란츠의 얼굴이 콱 일그러졌다.

*   *   *

[이런 덜떨어진 걸 무리에 끼워 줬단 말이지, 내가.]

프란츠의 말을 떠올린 자콥은 이를 갈았다.

'그 망할 계집!'

그 계집만 아니었어도 프란츠의 화를 사는 일은 없었다. 프란츠가 누구인가. 교수들까지 좌지우지하는 미래의 권력자였다.

'무려 그분의 핏줄이니까!'

프란츠는 그에게 있어 하늘이 내려 준 동아줄이자 앞으로의 인생에 탄탄대로를 깔아 줄 신이었다. 그래서 자콥은 그가 시키는 일은 범죄라도 서슴없이 했다. 마음에 안 들어 하는 놈이 있으면 곤죽을 만들었고, 마음에 드는 계집애는 겁박을 해서라도 품에 안겨 줬다.

'5년간 그 난리를 피웠는데 이제 와 버림받는다고?'

그러느니 범죄 경력에 한 줄을 더 추가하는 게 백번 낫다. 자콥은 갈고리가 달린 밧줄을 기숙사 난간을 향해 던졌다. 셴, 그 계집애의 방이 3층이니 충분히 기어 올라갈 수 있다.

"망할 년, 잡히면 일단 개처럼 맞는 거다."

흠씬 두들겨 놓고, 프란츠에게 가서 싹싹 빌라고 협박을 하자.

'그럼 그 콧대도 꺾이겠지.'

자콥이 히죽 웃고 다시 밧줄을 던지던 그때였다.

"컥!"

뒷덜미가 붙잡혀 그대로 짓눌렸다.

"뭐야, 이 새……! 이거 안 놔?!"

자콥이 손아귀에 잡힌 벌레처럼 버둥거렸지만, 웬 힘이 이렇게 센 건지 도무지 빠져나갈 수 없었다.

"놓으라니……!"

"조용."

목소리를 듣는 순간 소름이 전신을 내달렸다. 포식자 앞의 사슴이라도 된 양 뿌리칠 수 없는 공포가 사지를 옭아맸다. 핏물이 배인 것 같은 목소리는 어딘지 낯익었다.

"다, 당신……."

"그 입 다무는 게 신상에 이로울 거야."

손발이 와들와들 떨리고, 온몸의 피가 차게 식는 기분이었다.

"저, 저는, 그, 그냥 장난을 치…… 치려고……. 드, 들어갈 생각은 없……."

퍽! 남자가 자콥의 머리채를 잡고 그대로 바닥에 내던지듯 찍어 눌렀다. 두개골이 박살 난 것 같은 격렬한 통증에 자콥은 꿈틀, 꿈틀, 떨었다. 코 밑에서 뜨끈한 피가 줄줄 새어 나오고, 입안에선 부러진 치아와 침, 피가 엉망으로 뒤섞였다.

"쟈못…… 요셔를…….(잘못…… 용서를…….)"

치아가 숭숭 빠진 곳을 통해 말이 샜다. 눈물 콧물에 핏물까지 범벅이 된 자콥은 벌벌 떨며 애원했다. 그런 자콥의 목덜미를 지그시 누르면서 사내는 말했다.

"다물어라."

"끅, 끄윽……."

"그 사람의 잠을 깨우지 마."

낮게 읊조린 후에 사내는 손날로 자콥의 목을 내리쳤다. 컥! 단말마 같은 소리와 함께 늘어진 자콥을 보고 몸을 일으켰다. 그에게서 멀찍이 서 있던 부관이 입을 열었다.

"어찌할까요, 저하."

도미니크는 묵묵히 걸음을 옮기며 말했다.

"아카데미에서 치워."

"하지만 침입은 미수에 그쳤습니다. 그러니까 창문이라도 연 후에 잡아야 한다고 말씀드렸……."

도미니크가 멈춰 서서 부관을 향해 고개를 돌렸다. 살벌한 눈빛에 부관이 흠칫, 물러났다.

"부모가 학교 앞에서 시위라도 벌인다면 골치 아프지 않겠습니까."

그가 변명하듯 중얼거리자 도미니크는 낮은 목소리로 말했다.

"그래서."

"……아닙니다."

부관은 비명을 삼켰다. 그가 아카데미에 온 건 황제와 은밀히 나눈 이야기가 있기 때문이라지만, 남들 눈엔 그저 경질당해 쫓겨온 것이다. 이럴 때 일어나는 소란은 그의 경쟁자들만 신이 나는 일이었다.

'되도록 조용히 계셔야 한단 말입니다…….'

하지만 도미니크는 한 번 뱉은 말을 바꾸는 남자가 아니었다. 부관은 한숨을 내쉬고 늘어진 학생을 둘러멨다.

*   *   *

다음 날, 아침. 수업을 가기 위해 기숙사를 나오던 나는 게시판 앞에서 우글거리는 사람들을 발견했다.

"자콥이 퇴학이라니."

"프란츠가 오른팔이 퇴학당하는 걸 그냥 두고 봤대?"

"맞아, 대귀족의 자제라면서."

"교장이 승인했으면 끝이지 뭐. 프란츠가 아무리 날고 기는 가문의 영식이라도 황족 앞에서까지 기를 펼 순 없지."

뭐라고? 학생들의 말을 들은 나는 깜짝 놀랐다. 그들 사이에 파고들어 게시판에 다가갔다.

[자콥 멘디.
위 학생은 품행이 불량하고, 수차례 학우들을 폭행
…… 면학 분위기를 흐린바…… 제적한다.]

'정말이잖아!'

어제 식당에서 그런 일이 있었으니 없는 쪽이 더 반갑지만…….
갑자기 왜?

프란츠 무리는 몇 년이나 학교를 발칵 뒤집고 다녔으나 한 번도
징계 대상이 된 적이 없었다. 물론 아이들의 말대로 프란츠가 황자
에게까지 영향을 미칠 리는 없었을 테지만…….

그가 교장이 된 건 며칠밖에 되지 않았다. 그런데 벌써 교내 분위
기를 다 파악하고, 불량 학생들을 골라냈다고? 의아한 표정으로 고
개를 갸웃거리던 나는 이내 고개를 끄덕였다.

'도미니크가 일을 엄청 열심히 하나 봐.'

좋은 교장 선생님이구나. 그렇게 생각하고 있는데 누군가가 소
리쳤다.

"자콥 멘디…… 멘디?!"

그러자 곁에 있던 다른 학생이 물었다.

"왜?"

"내 마부의 성이 멘디야."

"흔한 성은 아니잖아?"

"자콥이 어디서 왔다고 했지?"

"남부의 아르콜 지방이라고 했던 것 같은데."

"내 마부도 아르콜에서 왔는데! 아, 그러고 보니까 내 또래의 아
들이 있다고 했던 것 같아."

그러자 다른 애들이 "어머머!", "뭐라고?" 하고 소리쳤다.

"아카데미에서 그렇게 난리를 치기에 뭐가 있나 했더니. 가자, 집

에 연락해야겠어."

그러자 학생들이 어떻게 될지 궁금하다며 그 아이를 따라갔다.

'우와, 퇴학 무섭다.'

성이 밝혀져서 신분이 다 드러나는구나.

'원래는 보복 때문이라도 퇴학 안내서에 성을 밝히지 않았던 것 같은데?'

왜 갑자기 바뀌었을까? 어쨌든 난 절대로 퇴학당하지 말아야지. 그렇게 결심하며 걸음을 옮겼다. 건물 안으로 들어갔을 때 반대편에서 걸어오는 도미니크와 그의 부관을 발견했다. 반가워서 손을 들려다가 시선을 느끼고 슬그머니 내렸다. 그리고 고개를 숙였다.

"안녕하세요, 선생님."

도미니크는 고개를 짧게 끄덕이며 날 스쳐 지나갔다. 그런데 도미니크가 지나가며 내가 끌어안은 책 사이로 무언가를 살짝 집어넣었다. 난 살금살금 책 사이로 들어간 그것을 꺼냈다.

'아, 사탕이다.'

별궁에서 자주 먹었던 달콤한 우유 맛의 사탕. 어쩐지 가슴이 콩닥콩닥했다.

난 그가 준 사탕을 물고 교실로 들어왔다. 자리에 앉으니 곧 수업 종이 울렸다. 필기구를 꺼내고 있으려니 앞문을 통해 교수가 들어왔다.

'특이한걸.'

올이 풀린 셔츠, 다 낡은 바지, 앞코가 해진 구두. 머리는 새집처럼 엉망이었고, 안경이 워낙 커서 얼굴이 잘 보이지도 않았다.

"실습3을 담당하는 쟝뤼크다. 수업 중에 경고를 받으면 퇴실. 퇴실이 세 번 이상이면 더는 내 수업에 들어올 수 없다."

설명은 그것으로 끝이었다.

"오늘 실습 요리는 오믈렛이다."

그의 말에 교실이 술렁거렸다.

"오믈렛?"

"오믈렛이라고?"

누군가 손을 들고 말했다.

"오믈렛은 초급 과정에나 배우는 요리인데요."

그러자 쟝뤼크가 안경을 슥 추켜올렸다.

"너희들이 초짜가 아니라고 누가 그러지?"

"예?!"

"내 눈엔 다 얼뜨기들이야. 다들 뒤에 준비된 재료를 골라 와라."

학생들 사이에서 불만이 터져 나왔지만, 교수는 다른 말이 없었다.

'난 좋은데…….'

오믈렛은 정말 기본적인 음식이지만, 의외로 섬세한 기술이 필요하니까.

학생들은 불만 어린 얼굴로 재료가 있는 교실 뒤로 향했다. 달걀의 종류가 엄청 많았다. 대부분 표면이 깨끗한 달걀을 가져갔다. 나도 그들과 같은 달걀을 들고 가려다가 문득 멈춰섰다. 그리고 짧게 신음하며 달걀을 살폈다.

'이상한데.'

뭔가, 묘하게 걸렸다. 난 그 옆에 있는 달걀을 가지고 자리로 돌아왔다.

"풉."

내 재료를 본 같은 조리대의 학생이 실소를 터뜨렸다. 옆 조리대의 프란츠 무리도 낄낄거렸다.

"저런 달걀로 만든 요리를 먹으면 병 걸리지."

"더러워."

그들의 말처럼 내 달걀은 조금 더러웠다. 하지만 난 개의치 않고, 물에 잘 씻어 달걀 보관함에 하나씩 세워 두었다. 쟝뤼크는 학생들이 가져온 재료를 쭉 둘러보았다.

"너."

"네?"

"나가."

"너, 너, 너. 나가라."

"예에—?!"

수업을 듣지도 못하고 퇴실 명령을 들은 학생들이 기함했다.

"뭐가 잘못된 건지는 말씀해 주셔야⋯⋯!"

"이 조리대에 있는 놈들은 전부 나가라."

"교수님!"

대부분, 아니, 그가 지나온 조리대의 학생들은 전부 퇴실 명령을 받았다. 난 잔뜩 긴장해서 에이프런을 꾹 말아 쥐었다.

"넌……."

그는 내가 가져온 재료를 보고 슥 시선을 올렸다. 내 눈을 한 번 바라본 그가 말했다.

"계속 수업을 들어도 좋아."

"뭐라고?!"

쟝뤼크의 말에 학생들이 소리쳤다. 축객령을 들었던 프란츠가 이맛살을 찌푸렸다.

"이유를 말씀해 주십시오!"

그가 고함을 내지르듯 말하자 쟝뤼크는 눈썹을 까딱 들어 올렸다.

"이때껏 재료 보는 눈 하나 키우지 못한 놈들이 무슨 수업을 듣는다는 거냐."

"예?!"

쟝뤼크는 나를 쳐다보았다.

"네가 설명해라. 왜 이 달걀을 골랐지?"

"네? 그건……."

나는 잠깐 머뭇거리다가 조심스럽게 입을 열었다.

"다른 달걀들은 전부 뾰족한 면이 위를 향해 있었는데, 이 달걀만 완만한 면이 위를 향해 있어서……."

"그게 무슨 상관이란 말이야!"

나는 미간을 좁히며 소리치는 프란츠를 쏘아보았다.

"달걀의 숨구멍은 뾰족한 부분이 아니라 완만한 부분에 있다고."

그러니까 다른 달걀들은 보관을 잘못했다는 거지.

다른 학생들이 어버버거리며 말했다.

"무, 무슨! 고작 그런 차이로……!"

"그런 차이를 아는 놈들을 프로라고 부르는 거다."

그렇게 말한 쟝뤼크가 교실을 돌아보며 읊조렸다.

"알았으면 썩 꺼져."

얼굴이 새빨갛게 달아오른 학생들이 하나둘 문을 나섰다. 남은 건 나와 만년 1등인 아소뿐이었다.

'두 명만 데리고 수업을 한다는 거야?'

하지만 그는 정말로 수업을 시작했다.

쟝뤼크의 수업이 끝나고 나는 내내 멍한 표정이었다.

'굉장해…….'

그가 시연한 오믈렛은 환상적이었다. 부드럽고, 촉촉한 데다가 색과 모양이 예술품처럼 아름다웠다. 아무리 따라 하려고 해도 좀처럼 되지 않았다.

'프라이팬을 세 번 정도 흔들었는데…….'

어느 타이밍에 움직여야 그렇게 예쁜 모양이 잡힐까.

나는 얼굴을 발그레 물들인 채 복도를 걷는 쟝뤼크 교수를 쫓았다. 질문이 잔뜩 있었다. 그를 부르려던 찰나, 한 무리의 아이들이 나를 막아섰다. 프란츠가 살벌한 표정으로 내 손목을 틀어잡았다.

"뭐 하는 짓─"

뿌리치려 했지만, 얼마나 힘이 센지 거의 질질 끌려가다시피 했다. 소각장 쪽에서 멈춘 그가 나를 난폭하게 밀쳤다. 쿵! 벽에 머리를 찧어서 뒤통수가 얼얼했다. 프란츠는 살벌한 표정으로 내 얼굴을 틀어잡았다.

"너, 요새 자꾸 까부는데."

내가 손을 쳐내니 그가 으득, 이를 갈았다.

"정말로 처맞는 수가 있어."

천박하고 비열한 말에 난 인상을 찌푸렸다.

"그럼 이번엔 게시판에 네 이름이 걸리겠지."

"정신 나간 계집애가……!"

잔뜩 흥분한 그가 손을 치켜들었다. 순간 빚쟁이들에게 맞던 때가 떠오르고 공포가 엄습했다.

'선생님!'

무릎이 부들부들 떨렸지만, 내색하지 않으려 애써 눈을 부릅떴다. 남자애들은 그런 나를 보며 기막히다는 듯 실소를 흘렸다.

"미쳤네, 이거."

"너 프란츠가 어느 댁 자제인지 알고 나대는 거냐?"

피터는 히죽거리며 소리쳤다.

"프란츠는 무려! 프렌시프 어르신의 조카란 말이다!"

뭐? 프란츠가 할아버지의 조카라고?

놀라서 쳐다본 걸 당황스러워하는 것으로 해석했는지 프란츠 무리는 낄낄거렸다. 피터가 바닥에 침을 탁, 뱉고는 어깨를 으쓱거렸다.

"이거 놀란 것 같은데?"

빌리가 킬킬거리며 대꾸했다.

"그렇겠지. 제깟 게 언제 어르신의 조카를 뵙겠어."

그때, 건물 창에서 무언가 떨어졌다. 퍽! 바닥에 꽂힌 그것은 책이었다. 위를 올려다보자 2층 조리실에 있던 아소가 표정 없이 여기를 쳐다보고 있었다.

"저 새끼가……."

피터가 으르렁거리듯 말하자 빌리는 그의 어깨를 두드렸다.

"교수들이 껌뻑 죽는 놈이잖아. 괜히 건드리면 귀찮아져. 그렇지, 프란츠?"

프란츠는 살벌한 얼굴이었지만, 이내 몸을 돌렸고, 피터와 빌리도 그를 따라 사라졌다. 나는 떨어진 아소의 책을 주워들고 그가 있을 2층을 향했다.

"고마워."

그렇게 말하며 책을 건넸다. 책을 조리대에 올려둔 그가 대수롭지 않게 대답했다.

"별로."

"하지만 도와줬잖아."

"너한테 볼 일이 있었을 뿐이야."

그가 웬 종이를 내밀었다. 쟝뤼크 교수 수업의 조 신청서였다.

"다음 수업도 너와 나뿐일 것 같으니까."

"아……."

수업이 끝나고 학생들은 앞으로 다시는 교실에 들어가지 않겠다며 웅성거렸다. 나는 아소의 이름 밑에 내 이름을 적었다.

[Auhso.J]

그의 이름을 보고 나는 조금 웃었다. 그가 미간을 좁혔다.

"왜?"

"아니, 이름이 특이하다고 생각해서. 거꾸로 하면 '조슈아'잖아. 보통은 아소보다 조슈아가 더 익숙하니까."

그러자 그의 얼굴이 잠깐 굳었다.

"그건 너도 마찬가지 아니야?"

"어?"

"셴, 이라니. 이름보다는 애칭 같잖아."

나는 마른침을 꼴깍 삼켰다. 어, 어떻게 알았지.

변명하려고 했는데 아소는 신청서와 가방을 들고 먼저 교실을 빠져나갔다. 그때 아무도 없는 교실에서 통신석이 번쩍였다. 나는 깜짝 놀라서 문을 꼭 닫고 통신석을 연결했다.

[아가씨?]

"시트론!"

나는 너무 반가워서 펄쩍 뛸 뻔했다.

[세상에, 아가씨! 잘 지내고 계세요?]

"응! 시트론은? 잘 지내고 있어? 통신석은 어디서 난 거야?"

통신석은 워낙에 고가의 물건이라서 평민은 쉽게 손에 넣을 수 없었다.

[어르신께서 아가씨를 챙기라시며 주셨어요.]

그렇지 않아도 시트론이 너무너무 보고 싶었는데 정말 잘됐다. 내가 기뻐하자 시트론은 후후 웃었다.

[필요하신 건 없으세요?]

"음, 세안 용품이랑 노트, 그리고…… 참, 시트론."

[네.]

"할아버지 조카 중에 혹시 프란츠라고 있어?"

[글쎄요. 가문에 워낙 사람이 많으니.]

"알아봐 줘."

다른 유명한 가문의 아이들처럼 가명을 쓰고 있을 수도 있어서 그의 생김새까지 자세히 설명했다.

[네, 그럴게요.]

시트론의 대답을 듣고 난 통신을 종료했다.

며칠 후, 시트론에게 연락이 왔다.

[인명록에 이름이 있긴 하더라고요. 프란츠 톰슨. 먼 방계예요.]

"조카라고 하던데?"

[그렇게 생각하려고 애쓰는 사람은 한둘이 아니죠.]

나는 고개를 갸웃 기울였다. 그런데 어째서 서로 몰랐지? 세니아나가 사교 데뷔를 하지 않았다지만, 영지 내에선 꽤 모습을 드러냈었는데.

[하지만 톰슨은 자격이 없을 텐데. 의절 당했거든요.]

"의절?"

내가 물으니 시트론이 대답했다.

[30년 전에 부친이 영지민 상대로 사기를 쳤거든요. 그래서 강제 이주 당하고 연이 끊겼어요.]

"못된 사람이잖아!"

내가 기함하여 소리쳤다.

[그렇죠. 그러고도 정신을 못 차렸는지 온갖 비열한 술수로 돈을 긁어모아서 꽤 알부자라고 해요.]

그래서 귀족 같은 차림새를 할 수 있었구나. 나를 모르는 이유도 이해가 가고.

"고마워, 시트론."

[아니에요. 그런데 아가씨, 혹시 톰슨과 무슨 일이 있으셨나요?]

나는 잠깐 머뭇거렸다. 시트론이 걱정하는 것도 싫고, 혹시나 할아버지의 귀에 이번 일이 들어갈까 봐 무서웠다.

[머리카락 한 올이라도 상한다면 즉시 불러들일 것이다.]

그런 비열한 애 때문에 아카데미를 떠나고 싶진 않았다.

"아니야……."

시트론은 미심쩍어했지만, 이내 한숨을 흘렸다.

[그렇다면 다행이고요.]

"응!"

[식사 거르지 마시고, 자면서 이불 차내지 마시고, 몸 아프시면 참지 마시고 바로 약 챙겨 드셔야 해요? 그리고―]

시트론은 나에게 열 번쯤 대답을 듣고 나서야 통신을 종료했다. 다음 수업을 할 교실로 들어가니 때마침 수업 종이 울렸다. 졸업 시험에 관한 이야기가 나와서 학생들의 집중력이 평소와 달랐다. 아소나 프란츠도 굳은 얼굴로 교수의 말을 경청했다.

"이제껏 여러분의 시험 점수와 졸업 시험 점수를 합산하여 로열 키친 응시자를 선발합니다."

학생들이 신음을 흘렸고, 교수는 다시 입을 열었다.

"사방 아카데미의 졸업 시험은 본교 교수들이 점수를 매기지 않습니다."

누군가 손을 들었다.

"외부에서 심사 위원을 초청해 오는 겁니까?"

"그렇습니다. 각계 주요 인사들이 졸업 시험의 심사 위원이 될 겁니다. 즉, 여러분 모두가 시험의 수혜자가 될 수 있죠."

그러자 학생들이 속닥거리기 시작했다.

"졸업생들 말로는 거의 요식업의 큰 손들이 온다던데."

"그렇겠지. 그럼 설마 프렌시프 어르신께서 오시겠어?"

"동부의 지배자니까 그럴 수도 있지 않나? 백성 독려차."

"아니면 그 멋지다는 프렌시프의 두 도련님이라도!"

"말도 안 되는 소리 하고 있다."

"어쨌든 요식업의 큰손들 눈에 들면 취업은 떼 놓은 당상이잖아. 잘만 하면 인생역전?"

"그거야 평민 입장이지. 귀족 재학생들은 관심도 없을걸."

"그렇지도 않아. 어떤 남작 영식이 큰손의 눈에 들어서 그 집 딸과 결혼했다잖아."

이미 로열 키친 응시를 포기한 하위권 학생들은 들떴고, 상위권 학생들은 결기 어린 표정이었다.

"시험은 총 3차로, 이달 말 첫 시험이 있습니다. 방식은 심사 위원마다 모두 다르니 여러 방면으로 접근해 보세요."

그 말을 끝으로 교수는 내일 과제를 발표했다. 콩을 이용한 여름 요리였다.

'그렇다면 딱 하나지.'

나는 하루 내내 콩을 불려 놓았다. 그리고 다음 날 실습 시간에 불린 콩을 가져갔다. 간단히 콩국을 만들어서 소면을 삶아 얼음과 함께 넣고, 오이와 토마토, 달걀을 쫑쫑 썰어 고명으로 올렸다. 완성한 요리를 교수에게 가져갔다.

"면? 여름 음식을 만들라고 했을 텐데."

그녀는 미간을 좁히고 나를 쳐다보았다.

"여름 음식이에요."

"흠……."

콩국수를 시식한 교수는 화들짝 놀랐다.

"너는 남부 사람이니?"

"아니요, 동부 사람인데요……."

"동부 사람들에게 차가운 면 요리는 익숙하지 않을 텐데, 내 고향 남부에서나 즐겨 먹지."

그녀는 놀라워하며 국수를 호로록 빨아들였다.

"어쩜 이렇게 고소하지? 콩을 전부 갈아 넣은 거니?"

"우유를 조금 넣었어요."

가뜩이나 호불호가 강한 음식인데, 전부 콩만 갈아 넣으면 너무 진해서 거부감이 느껴질 것 같았다.

"호오……."

교수는 감탄하며 말했다.

"이거 정말 괜찮은데. 내게 레시피를 알려 줄 수 있겠니?"

"네, 정말 쉬워요!"

내가 레시피를 알려 주자 교수는 어머나! 하며 깔깔 웃었다. 시험을 설명할 때의 근엄하던 모습과는 달랐다. 학생들이 우리를 힐끔거렸다. "콩으로 만든 차가운 면 요리라고?" 하며 중얼거리는 애들도 있었다.

"자, 주목!"

교수가 교탁을 탁, 탁, 치며 학생들을 집중시켰다. 그녀는 학생들에게 콩국수를 맛보게 했다. 찬 면에 익숙하지 않은 아이들은 인상을 썼다.

"이게 뭐가 맛있어?"

"아, 너 동부 사람이지. 난 괜찮은데?"

"맛있어!"

"이걸 무슨 맛으로 먹어? 재밌긴 하다만."

호불호는 갈렸지만, 창의적이라는 면에선 다들 동의했다. 교수가 실습 평가에 A 도장을 찍었다. 나는 슬그머니 두 손을 모은 채 '조상님들 감사합니다.' 하고 생각했다.

며칠 후, 1차 시험에 관한 공지가 내려왔다. 재학생 수가 워낙 많아 예선, 본선으로 나누어 평가한다고 했다. 그리고 내 상대는 프란츠였다.

*　　　*　　　*

새벽부터 늦은 밤까지 조리실의 불이 환히 켜져 있었고, 학생들은 시험 준비로 정신이 없었다. 조리실은 만원이었다. 난 자리가 날 때까지 복도에서 대기하며 레시피를 고민했다. 이곳 복도엔 나뿐이라서 집중이 잘 됐다.

'주제는 콩과 이상한 열매였지…….'

저번 과제가 콩이었던 것도 힌트를 주기 위해서였나보다. 그런데 도무지 그 이상한 열매가 뭔지 모르겠다. 길라게온에서만 나는 건가? 향이 독특한 데다 맛이 엄청 독특했다.

"분디가 대체 뭐지……."

"남부에서 나는 열매야."

"어?"

나는 깜짝 놀라서 옆을 쳐다보았다. 고개를 삐딱하게 젖힌 아소가 나를 쳐다보았다.

"즉, 심사 위원도 남부 사람일 가능성이 크다는 거지."

남부의 요리는 굳이 따지면 지구의 동양 요리와 비슷했다. 그렇다면 동양풍 요리를 해야겠구나.

"고마워."

"……."

"……?"

그는 내 옆에 서서 창밖을 보며 입을 열었다.

"그, 네가 실습에서 만든 콩 요리 말이야."

"콩국수? 왜?"

"나도 만들어 봤는데 네가 만든 것과는 좀 다르던데……."

표정엔 변화가 없었지만, 목소리에선 살짝 민망함이 느껴졌다.

나는 노트를 꺼내 슥슥 글자를 적었다. 그리고 종이를 찢어 그에게 건넸다.

"자."

"뭔데?"

"콩국 만드는 법."

"……그런 거 알려 줘도 되는 거냐?"

"안 돼?"

"……."

아소는 조금 머뭇거리다가 종이를 받았다. 나는 생긋 웃으며 물었다.

"또 궁금한 거라도 있어?"

종이를 빤히 보던 그가 낮은 목소리로 말했다.

"교장과는 무슨 사이지?"

나는 화들짝 놀라서 굳어졌다.

"뭐?"

"봤어. 교장과 네가 창고에서 나오는 거."

새 학기 시작하고 얼마 안 돼서 도미니크에게 끌려갔던 일을 말하는 모양이었다. 아소의 눈이 나를 응시했고, 나는 마른침을 꼴깍 삼켰다.

"그건……."

"……."

그를 힐끔힐끔 쳐다보면서 고민했다.

'소문이라도 나면 어쩌지?'

도미니크와 나는 친구지만, 겉보기엔 남자와 여자였다.

'아직 장가도 안 간 총각한테 이상한 소문이 나면…….'

안 돼, 내 친구의 혼삿길!

나는 그의 장래가 걱정되어서 희게 질렸다.

'아소는 누군가에게 쉽게 말할 사람은 아닌 것 같긴 한데.'

학기가 시작하고 꽤 많은 사람이 그에게 다가갔지만, 그는 냉정히 쳐냈다.

'하지만, 하지만.'

내가 고민하고 있자 아소는 종이를 주머니에 집어넣으며 말했다.

"곤란하면 됐어."

"교장 선생님과 나는 곤란할 만한 사이가 절대, 절대 아니야."

그때 등 뒤에서 낮은 목소리가 들려왔다.

"거기."

으아아! 도미니크는 호랑이였나? 제 말 해서 온 거야?

그가 냉기 어린 표정으로 우리를 바라보고 있었다.

"복도에서 떠드는 건 학칙 위반입니다."

나는 우물쭈물하다가 고개를 수그렸다.

"죄송합니다……."

아소도 말없이 고개를 가볍게 숙였다. 도미니크의 차가운 시선이 아소를 스쳐 지나갔다.

"그쪽은 감점, 그리고 그쪽은……."

나를 본 도미니크의 눈썹이 꿈틀, 움직였다.

"교장실로 따라오세요."

나만? 같이 실수했는데 왜 나만!

나는 억울해져서 아소를 쳐다보았다. 그러자 그가 한숨을 내쉬며 내 앞으로 나섰다.

"함께 떠들었으니 함께 벌을 받겠습니다."

어느새 조리실 밖으로 나온 학생들이 무슨 일이냐며 우리를 구경했다. 도미니크는 우리에게 가까이 다가와 낮은 목소리로 말했다.

"됐다잖아."

등줄기가 오싹할 만큼 위험한 목소리에 아소의 표정이 굳어졌다. 무슨 일이라고 날 것 같은 분위기다. 나는 얼른 아소의 등 뒤에서 나와 도미니크에게 갔다.

"갈게요."

"……."

"……."

두 남자는 말이 없었다. 도미니크가 먼저 등을 돌렸고 아소는 인상을 찌푸렸다. 등 뒤로 학생들의 시선이 달라붙었다. 프란츠 일당은 내가 무슨 벌을 받을지 내기를 시작했다.

나는 도미니크의 방 소파에 앉아 손을 꼼지락거렸다.

"……."

"……."

"……왜, 왜 그렇게 보세요?"

뚫어질 것 같다고요. 내가 울상을 짓자 도미니크는 한숨을 내쉬었다.

"그놈은 뭡니까?"

"아소요?"

"서로 이름을 부를 정도로 친해진 겁니까?"

"같은 반 학우니까요."

그는 다리를 꼬며 삐딱하게 고개를 젖혔다.

"그럼 난?"

"네?"

"나는 뭐냐고."

"그야……, 교장 선생님이죠?"

그가 쯧, 혀를 찼다. 그리고 다시 말이 없어져서 진짜 무서웠다.

'무슨 벌을 주려고 이렇게 무섭게 구는 거람.'

자콥의 퇴학 건으로 받았던 '일 잘하고 세심한 교장 선생님'이란 인상이 '엄청 무서운 도깨비 교장 선생님'으로 바뀌었다.

"저기, 벌은 뭔지……."

그렇게 묻고 있는데 똑똑, 노크 소리가 들렸다. 부관이 들어와 쟁반을 테이블에 내려놓고 다시 밖으로 나갔다.

'맛있겠다.'

내가 좋아하는 차와 각종 디저트가 가득했다.

"들어요."

"네?"

"그게 벌."

나는 눈을 동그랗게 떴다가 어깨를 축 늘어뜨렸다.

'잔인해.'

우울한 표정으로 쟁반을 잡고서 하늘 높이 받들었다. 그러자 그가 당황한 표정으로 물었다.

"뭐 하는 겁니까?"

"들라면서요…….'

"아니, 나는―"

어처구니없는 표정으로 나를 보던 그가 고개를 숙였다.

"저하?"

"하하."

도미니크는 어깨를 가늘게 떨며 웃었다. 그러다 내 뺨을 살짝 꼬집었다.

"미치겠네."

"……?"

"귀여워."

난 당황해서 그의 손을 잡으려고 했지만, 쟁반 때문에 움직일 수 없었다.

'쏟아지면 어떻게 해!'

내가 울상을 지으니 그가 웃으며 쟁반을 받아 줬다.

'엄청 예쁘게 웃는다…….'

도미니크는 쟁반을 테이블에 내려놓았다.

"드세요."

"이건 벌이 아닌데요?"

내가 주저하자 도미니크가 말했다.

"그럼 뇌물이라고 생각하셔도 좋습니다."

"부탁하실 일이라도……?"

"전 오늘부터 보름간 황성에 다녀와야 합니다. 그동안 다른 놈과 붙어 있지 마세요."

"다른 놈이요?"

"방금 본 그놈은 특히."

그가 한 말을 곱씹던 난 아! 하고 손뼉을 쳤다.

"그렇죠. 아소는 1등이니까 방해하면 안 될 거예요."

아카데미는 로열 키친에 최대한 많은 졸업생을 배출시키는 것이 목표였다. 하지만 로열 키친에 입관하는 건 낙타가 바늘구멍을 지나가야 하는 것처럼 어려운 일이다. 동부 아카데미는 작년에도 로열 키친 입관자를 내지 못했으니 교장인 그라면 신경 쓰일 만도 했다.

도미니크는 한숨을 흘렸다.

"그런 걸로 해 두죠."

"아, 아닌가요?"

그렇게 물었으나 도미니크는 "드세요."라고 말할 뿐이었다. 나는 꼼질꼼질 스푼을 들었다. 케이크를 조심스럽게 떠서 입에 넣자 당이 입안에서 펑펑 터지는 것 같았다.

"맛있어요!"

"궁정 파티시에였던 파르바티의 케이크니까요. 그가 황궁을 떠날 때 소피아 부인(이전 황태후)께서도 서운해하셨죠."

정말로 서운할 만한 솜씨였다. 세 종류의 케이크가 모두 다 맛있었는데, 가장 좋은 건 커스터드 푸딩이었다. 입에 넣자마자 달콤쌉쌀한 설탕 시럽과 뒤섞이며 부드럽게 녹아들었다. 삼키고 나면 기분 좋은 바닐라 향이 코끝에 맴돈다.

'너무 맛있어!'

나는 금세 기분이 좋아져서 종알거렸다.

"신기해요."

"예?"

"몽실거리는 건 어째서 하나같이 전부 맛있는 걸까요?"

그가 픽 웃으며 물었다.

"어떤 것들이 있기에."

"솜사탕도 그렇고, 젤리도 그렇고, 두부도……. 두부?"

불현듯 머릿속에 무언가 스쳐 지나갔다.

'두부, 두부라고…….'

그가 무슨 일이냐는 듯 나를 쳐다봤지만, 나는 수첩만 빠르게 뒤적일 뿐이었다. 1차 시험의 과제는 콩과 분디로 만든 요리였다. 분디는 처음 보는 열매였는데 맛과 향은 어딘지 익숙했다. 지구의 동양 음식을 주로 먹는 남부 지방. 그리고 두부.

'설마 그 열매……!'

나는 후다닥 수첩을 챙겨서 일어났다.

"저기, 저기! 남은 벌이 있으면 다음에 받으면 안 되나요?"

"그러시죠."

황급히 문을 나서려다 방 안으로 고개만 쑥 내밀었다.

"조심해서 다녀오세요."

도미니크는 잠깐 눈을 크게 떴지만, 이내 픽 웃으며 고개를 끄덕였다. 나는 재빨리 창고로 향했다. 그리고 분디를 다시 먹어 보았다.

역시 이 맛은……!

'산초다!'

중국에서 자주 쓰이는 재료. 산초와 콩으로 만든 두부를 사용해서 만드는 음식이라면 한 가지밖에 없지.

'마파두부.'

나는 산초를 가지고 나와서 조리실 앞을 기웃거렸다. 어느덧 해가 저문 덕분에 조리실에 자리가 생겼다. 난 빈 조리대로 가서 산초를 깨끗하게 씻고, 콩을 불리기 시작했다.

'산초를 넣은 정통 마파두부는 한 번도 만들어 본 적이 없는데.'

어느 정도로 매워야 하지? 아카데미의 심사단이 전부 납득할 수 있는 매운 정도는? 또 재료는 뭘 넣어야 동부 사람이 많은 심사단이 익숙하게 느낄까?

일단 여러 가지로 실험을 해 봐야 할 듯했다. 그날부터 마파두부 요리에 집중했다. 그렇게 1차 시험이 가까워지고 있었다.

*　　*　　*

시험 준비 기간이 길어질수록, 슬슬 한눈을 팔기 시작하는 학생들이 생겨났다. 주말엔 조리실보다 학교 외부의 파티장이나 펍에서 학생들을 보기 쉬웠다.

프란츠 일행도 시험은 뒷전에 두고 거리에 나왔다. 찻집 앞에 학생들이 다닥다닥 붙어 술렁이고 있었다. 빌리가 유약해 보이는 소년의 목덜미를 잡고 물었다.

"뭐야, 뭔데 이렇게 벌떼처럼 모여 있냐?"

"그, 그게, 유명인이 왔대서 다들 구경을……."

"유명인? 교장이 황족이라도 불렀어?"

"아, 아니, 사비에르 가의 성녀가……."

"뭐?!"

그 아름답다는 길라게온의 별이 동부의 촌구석에 왔다고?

빌리와 피터의 눈이 휘둥그레졌다. 피터가 획획 주변을 살펴보았다. 정말로 사비에르의 문장이 새겨진 마차가 근처에 대기하고 있었다.

"<u>오오오―!</u>"

피터는 흥분해서 괴성을 내질렀다. 사비에르 가의 성녀는 온 나라의 시선이 집중된 제국의 보물이었다. 역대 성녀들이 황궁에서 황도 근경까지 겨우 길을 연결했다면, 그녀는 제국의 절반을 가로지르는 강력한 포털의 주인이었다.

황궁에서조차 그녀의 손톱 거스러미 하나에 벌벌 떨었다. 황후의 극진한 사랑과 황제의 신임을 받고, 차기 황위에 가장 가깝다는 4황자와 혼약했다.

그런 데다 자애로운 성격으로 가난하고 힘없는 자들을 우러르니, 만민이 그녀를 사랑했다. 그녀의 숨결 하나로 제국이 들썩이며 타국에서도 끊임없는 러브콜을 보내왔다.

빌리도 얼굴이 벌게져서 프란츠를 흔들었다.

"사비에르의 성녀라니! 프란츠, 너도 아는 사이야?"

"뭐?"

"그야 넌 프렌시프 어르신의 조카니까 볼 기회가 있었을 수도……!"

프란츠는 잠시 당황스러운 표정이었지만, 이내 큰소리를 떵떵 치기 시작했다.

"아, 에이레네?"

"에, 에이레네? 이름까지 부르는 사이라고?"

"종종 파티에서 봤지."

"크ー! 역시 프란츠, 남들과는 다른 인생!"

빌리와 피터가 동경 어린 눈으로 프란츠를 쳐다보았다. 피터는 신이 나서 소리쳤다.

"나 소개시켜 주면 안 되냐?"

그러자 프란츠는 인상을 썼다.

"후작 영양을 소개? 미쳤어?"

"아니, 남녀로서 말고, 그냥 네 친구라고 얘기해 달라는 거지. 한 번만 뵙고 싶다, 응?"

빌리가 육중한 몸을 흔들며 아양을 떨었다.

"그래, 우리 같은 놈들이 언제 성녀님을 뵙겠어! 친구 덕 좀 보자."

"자자, 들어가자."

피터는 프란츠의 어깨를 밀쳤다. 그가 당황하여 소리치려던 찰 나 찻집의 경비병이 그를 막아섰다.

"죄송하지만, 오늘은 영업하지 않습니다."

"아니, 그런 게 어딨어!"

빌리가 소리쳤다.

"죄송합니다."

말은 죄송하다는데 표정과 목소리는 위압적이었다. 빌리와 피터가 주춤거리다가 프란츠를 보았다.

"네가 얘기 좀 해 봐."

"번거로우니까 됐어."

"하지만 포털을 가진 성녀라고? 너야 다음에도 보겠지만 우리 같은 것들은…… 프란츠!"

빌리와 피터가 양쪽에서 징징거렸으나 프란츠는 묵묵히 자리를 벗어났다.

'젠장.'

졸업이 가까워지니 별일이 다 생긴다. 자콥이 퇴학당하질 않나, 성녀가 아카데미 근처에 오질 않나. 프란츠가 이를 악물었다. 아카데미에서 권력 맛을 본 그로서는 절대로 이 생활을 포기하고 싶지 않았다. 졸업 후 신분이 밝혀지는 건 죽기보다 싫다.

'로열 키친에 들어가야 해.'

로열 키친에만 들어간다면 프렌시프에서 자신을 지원할 것이 틀림없다. 어르신의 조카라는 소문만으로도 얼마나 많은 것들을 손에 쥐게 되었는가.

진정 지원을 받게 된다면 금은보화와 동경 어린 시선이 주변을 뒤덮을 터였다. 센, 그 멍청한 계집애가 자신을 이길 수야 없겠지만, 안전핀은 하나 꽂아 두어야겠다.

＊　　　＊　　　＊

예선을 이틀 앞두고 나는 우여곡절 끝에 마파두부를 완성했다. 산초의 비율을 조절하는 게 어려웠다. 난 완성된 요리를 보고 씩 미소지었다.

"시간에 맞춰서 다행이다."

어지럽게 늘어진 조리 도구를 정리하고 나니 깊은 밤이었다. 학생들은 곧 있을 심사를 위해 전부 기숙사나 근처에 있는 본인의 집으로 돌아갔다.

"맛만 보고 돌아가야겠다."

사람이 아무도 없으니 으스스하다. 스푼을 들려는데, 덜컹! 문이 열렸다. 소스라치게 놀란 나는 스푼을 든 채로 굳어졌다. 앞문을 통해 들어온 중년의 남자가 이맛살을 찌푸렸다.

"왜 이 시간까지 가지 않고."

개학식에서 본 교감이었다.

'깜짝 놀랐네…….'

난 한숨을 깊게 내쉬고 몸을 일으켰다.

"시험 준비를 하고 있었어요."

"내가 알기로 너는 성실한 학생은 아니었던 것 같은데?"

"곧 졸업이니 뭐라도 해 보려고요……."

눈을 데루룩 굴리며 변명하자 그는 제비 꼬리처럼 갈라진 수염을 매만졌다.

"이미 늦었어. 그나마 얼굴은 반반하니 어디 식당 점원으로 취직

할 생각이나 해라."

히죽 웃은 그가 말을 이었다.

"내가 자리를 알아봐 주랴?"

"……괜찮습니다."

"자존심은 이럴 때 부리라고 있는 게 아니지. 괜히 분위기 흐리지 말고 네게 맞는 자리를 찾아."

나는 눈을 가름하게 뜨고 교감을 쳐다보았다.

"교수님."

"그래, 점원으로라도 취직하는 게 낫겠지?"

"과거가 어쨌든 저는 지금 제 자리에서 할 수 있는 일을 하고 있어요."

그러니까 쓸데없는 말은 그만해.

내가 그런 표정으로 보자 그는 왈칵 얼굴을 찌푸렸다.

"앞뒤 안 가리고 까불다간 철퇴 맞기 십상이지. 피가 되고 살이 되는 조언이니 따르는 게 이로울 거다."

교감이 내가 만든 요리가 든 접시를 들었다.

"이게 시험에 낼 음식이냐?"

"그렇습니다."

"하여간 어수룩한 것들이란. 양념만 진하면 어떻게 되는 줄 아는군."

교감은 내 의사를 묻지도 않고, 요리를 맛보았다. 뭉근한 두부가 소스와 함께 뒤섞여 그의 입으로 들어갔다. 그의 눈이 일순 커졌다.

"두부, 이건 두부로군!"

"맞습니다."

"그래 콩으로 두부를 만들면 여러 방면으로 활용할 수 있지. 분디 향이 제법 좋아. 매콤짭짤해서 계속 손이 가고……."

중얼거리던 그가 나를 슬쩍 쳐다보았다. 그러더니 곧 큼! 헛기침을 하며 손수건으로 입가를 닦았다.

"너무 자극적이야. 요리란 모름지기 재료 본연의 맛을 잘 살려야……."

"교수님 비장의 레시피는 모두 커리 아닌가요?"

본연의 맛과 향보다 첨가한 향신료로 코가 질리게 만드는 카레가 그의 주특기였다. 내 말을 들은 그는 얼굴이 벌게졌다.

"그, 그건……. 건방지군! 말대꾸나 따박따박 하고 말이야!"

버럭 소리친 교감이 내 요리가 담긴 접시를 내동댕이치듯 내려놓고, 조리실을 나섰다.

'왜 저렇게 역정이실까.'

나는 어깨를 한 번 으쓱하고 마저 조리 기구를 정리했다.

예선 심사일이 밝아 왔다. 학생들은 각자 그릇을 끌어안은 채 긴장된 표정으로 심사를 기다렸다.

"넌 뭘 만들었어?"

"수프."

"분디는 어떻게 썼는데?"

"살짝 향을 내는 정도지, 뭐."

"다들 비슷한 생각을 한 모양이네⋯⋯."

"죽을 것 같다, 정말."

상위권 학생들은 피곤한 듯 이마를 짚거나 주저앉아 있었다. 물론 나도 쓰러질 것 같긴 마찬가지였다. 그 와중에 프란츠 일행이 와자지껄 떠들며 남의 요리를 품평했다.

"별⋯⋯. 저런 것도 요리라고!"

긴장감은 전혀 없이 회장의 분위기만 해치는 그들을 보고 학생들은 인상을 찌푸렸다.

"쟤들은 걱정도 안 되나."

"빌리나 피터는 몰라도 프란츠는 그럴걸."

"왜? 아무리 대단한 집안 자제라도 심사는 똑같이 보는데."

"교수가 시험지도 훔쳐다 줬다잖아. 이번 시험에서도 무슨 짓을 했을 수 있지."

"기가 막혀!"

수군수군하던 학생들은 프란츠가 다가오자 시선을 돌렸다. 프란츠는 내 근처에서 얼쩡거렸지만, 난 신경 쓰지 않고 에이프런을 꽉 비틀었다.

'오늘은 정말 상대하고 싶지 않아.'

매일 같이 팬을 돌리느라 손목이 부러질 것 같았고, 쉬지를 못했더니 다리마저 퉁퉁 부었다. 세니아나의 체력으로 며칠 밤이나 새는 건 무리였다. 피곤하니 몸살이 오려고 하는지 온몸이 욱신거렸다.

'그래도 요리를 완성해서 다행이지만.'

간도, 향도, 모양도 마음에 쏙 들게 나왔다. 몇 주를 매진한 만큼 좋은 요리가 나온 것 같아서 뿌듯하다. 나는 접시를 조심스럽게 들고 살짝 물러났다. 그런데 웬일인지 프란츠는 나를 보고 씩 웃기만 할 뿐 다가오지 않았다.

'뭐지?'

뭔가 감이 이상했다. 그를 흘긋 살피고 있는데 교수들이 심사대에 착석했다.

"심사를 시작한다! 우선 1조!"

두 학생이 접시를 들고 나왔다. 교수들은 작은 종지에 각각 음식을 덜어갔다.

"흐음, 콩을 넣은 파스타라."

"분디는 장식으로 토핑했네요."

"꾀를 부렸군!"

가장 끝에 앉아 있던 쟝뤼크 교수는 인상을 찌푸리곤 맛도 보지 않았다. 다른 조의 음식도 거의 비슷했다. 콩을 메인으로 사용한 요리보다는 곁들인 요리가 많았다. 메인으로 쓴 요리에선 분디를 장식하는 정도였다. 그렇게 혹평이 이어졌고, 학생들의 표정은 점점 거무죽죽해졌다.

"22조!"

이제 내 차례였다. 프란츠와 나는 돔을 덮은 접시를 가지고 교수들에게 향했다. 프란츠가 선순이라 그의 요리가 먼저 심사대에 올랐다. 우리는 고개를 숙인 채 그들의 평가를 기다렸다. 한 교수가 그의 돔을 올리는 소리가 들렸다.

"오오오!"

탄성이 나왔다.

"이건 꽤…….

"콩을 메인으로 썼구만!"

"그렇지, 꾀부리지 않고 열심히 고민한 모양이야. 어디 향은…….
좋군, 좋아!"

스푼이 움직이고, 교수들은 연이어 탄성을 터뜨렸다.

"그렇지! 이런 게 요리지!"

"남부 지방에서 본 적 있는 요립니다. 착실하게 조사했군요."

"으음! 분디와 양념의 조화가 훌륭하군요. 곁들인 야채도 잘 어
울리고…….

'뭐지? 뭐야?'

무슨 요리를 했을까. 얼마나 훌륭하기에……. 궁금해!

슬그머니 고개를 들고 그의 음식을 본 순간이었다. 숨 쉬는 것도
잊은 채 마비된 듯 온몸이 굳어졌다. 프란츠가 만든 요리의 심사를
마친 교수들이 내 접시의 돔을 올렸다.

"허어……. 이건…….

그들은 곤란한 얼굴로 서로를 바라보았다. 그야 그럴 수밖에. 같
은 조에서 똑같은 요리가 나왔으니까!

프란츠가 내온 요리는 마파두부였다. 그것도 내 식대로 토마토
를 추가한 마파두부가 말이다. 나는 입술을 꾹 깨물고 프란츠를 쳐
다보았다. 그는 싱글벙글 웃으며 누군가와 시선을 주고받고 있었
다. 그와 시선을 주고받는 사람은—

'교감.'

순간 아이들이 떠들던 소리가 떠올랐다.

[교수가 시험지도 훔쳐다 줬다잖아. 이번 시험에서도 무슨 짓을 했을 수 있지.]

교수들이 탄식하며 내 요리를 맛보았다.

"어떻게 똑같은 요리가……."

"이건 한쪽이 레시피를 훔쳤다고 볼 수밖엔……."

"그래도 프란츠의 요리 쪽이 임팩트가 강하죠."

"향신료를 기가 막히게 썼으니까요."

아무래도 교감은 내 요리를 그냥 훔쳐다 준 게 아닌 모양이었다. 향신료의 배합까지 조언한 것 같았다.

"그럼 역시 프란츠를 본선에……."

"교수님."

나는 손을 들며 그들을 불렀고, 회장의 시선이 일시에 내게 집중되었다.

"졸업 시험은 그저 로열 키친에 응시할 학생을 선발하는 제도가 아니라고 알고 있어요."

내가 차분히 말하자 일전에 내 콩국수를 칭찬했던 교수가 고개를 끄덕였다.

"그렇죠. 이때껏 배워 온 것을 쏟아내 서로 발전하기 위한 제도입니다."

그녀는 잘 짚어 주었다는 듯 생긋 미소지었다.

"여러 교수님께서 극찬하신 프란츠 군의 요리를 자세히 알 수 있다면 보다 정진할 수 있겠지요."

교수들이 서로를 쳐다보며 고개를 끄덕였다.

"그야……."

"그렇긴 하죠."

"레시피를 알려 달라는 건가? 하지만 그건……."

나는 생긋 웃으며 프란츠를 보았다.

"설마요. 그저 몇 가지 질문을 하고 싶을 뿐이에요."

"그 정도라면."

교수들은 고개를 끄덕였고, 나는 프란츠를 쳐다보았다. 그는 무슨 수작이냐는 듯 얼굴을 왈칵 찌푸렸고, 교감도 인상을 쓰며 나를 보고 있었다. 나는 침착하게 프란츠에게 첫 질문을 했다.

"두부를 아주 곱게 잘 만들었네. 어떻게 하면 이렇게 고운 모양이 되는 거야?"

"두부는 너도 만들었잖아!"

"나보다 더 잘 만들었으니까. 배우고 싶어."

프란츠의 표정에 낭패감이 어렸다. 교감이 내 요리를 본 건 이틀 전, 그것도 자정을 앞둔 시각이었다. 그러니까 프란츠에게 할애된 시간은 딱 하루뿐이었다는 것이다.

'두부를 만들 수 있었을 리가.'

그러니까 저 두부는 분명 어딘가에서 공수해 온 것일 터였다.

"그, 그건……."

프란츠가 주저하는 사이 학생들 가운데서도 손을 드는 사람이 있었다.

"분디가 안 보이는데? 분디는 어떻게 넣은 거야?"

"향이 엄청 좋은걸. 대체 어떤 향신료를 쓴 거지?"

순수한 호기심으로 나오는 질문에 교수들이 흐뭇하게 웃었지만, 프란츠와 교감의 표정은 굳어졌다. 프란츠가 버럭 소리를 내질렀다.

"이건 불공평합니다! 왜 저만 질문에 대답해야 하죠? 다른 녀석들은 아무도……!"

"대답을 못 하는 게 아니라?"

나는 싸늘한 표정으로 물었고, 프란츠는 벌게진 얼굴로 마른침을 삼켰다.

"그게 무슨 개소리야!"

"그럼 대답해 봐. 두부, 어떻게 만들었어? 분디는 또 어떻게 쓴 거지?"

"……."

회장이 술렁이기 시작했다. 그제야 프란츠가 이상하다는 걸 깨달은 교수들이 미간을 좁혔다.

"프란츠 군."

"대답하세요, 프란츠 군."

"설마 남의 도움을 받은 겁니까!"

"어떻게 센 양과 같은 음식을 내올 수 있었던 건가?"

프란츠가 머뭇거리자 교감이 테이블을 쾅! 내리쳤다.

"센 양에게 실망이군."

"아니, 교수님!"

다른 교수가 반박하려 했으나 교감이 살벌하게 노려보자 입을 다물었다.

"프란츠 군이 스스로 만들지 않은 음식을 시험에 냈다는 건가!"

그는 스푼을 탁! 소리 나게 내려놓으며 말을 이었다.

"승부에서 졌다고 같은 반 학우를 매도하는 건 추할 뿐일세."

"저는 프란츠 군을 매도한 적이 없습니다. 그저 질문한 것일 뿐이지요."

"질문의 의도가 명백하지 않은가! 아무리 그래도 22조에선 프란츠 군이 승리―"

그때 가장 끝에서 팔짱을 끼고 있던 쟝뤼크 교수가 나섰다.

"아무도 프란츠 군의 승리라고는 말하지 않았습니다."

교감은 당황하여 입을 뻐끔거렸다.

"아, 아니, 모두 프란츠 군의 요리가 더 훌륭하다고……!"

"그게 선언이라곤 할 수 없죠."

쟝뤼크 교수의 말에 동의하듯 다른 교수들이 싸늘한 표정으로 침묵했다. 회장의 모두가 위화감을 느끼고 있었다. 질문에 대답하지 못하는 프란츠, 같은 조에서 낸 같은 음식. 하지만 교감이 감싸고 도는 데다 내 레시피를 훔쳤다는 확실한 증거가 없기에 침묵할 뿐이었다. 쟝뤼크 교수는 탁자를 짚고 일어났다.

"같은 조에서 같은 음식이 나왔으니 심사가 어렵겠습니다."

그의 말에 교감이 떠듬떠듬 말했다.

"하지만 맛은 프란츠 군이……!"

"조리법을 제대로 대답하지 못하고 있습니다. 저 요리가 이제껏 갈고닦은 실력을 발휘한 게 아니라 운 좋은 실패작일 수도 있다는 말이죠."

"실패로 만들어진 요리가 얼마나 많은데! 운도 실력일세."

다른 교수가 교감의 말에 반박했다.

"실패작을 제 레시피로 만든다면야 그렇지요. 하지만 그렇지 않다면 졸업 시험에서 심사받을 자격이 없습니다."

"22조는 재대결해야 합니다."

"그렇습니다."

대다수의 교수들이 한 목소리로 외치니 교감은 도리가 없었다. 프란츠가 나를 험악한 표정으로 쏘아봤고, 난 생긋 미소지었다. 그렇게 프란츠와 나는 심사에서 제외되었고, 과제 전에 배분했던 콩에서 남은 것들로 새 요리를 만들기로 했다.

"저 망할 년이……!"

교수들이 떠나고 프란츠는 고함을 내지르며 나에게 달려들려 했다. 하지만 빌리와 피터가 그를 양쪽에서 붙잡고 만류했다.

"여기서 저 계집애를 폭행하면 꼼짝없이 네 패배야!"

"그래, 진정해!"

프란츠는 씩씩댔지만 제 일행에게 이끌려 회장을 빠져나갔다. 수군거리던 학생들도 눈치를 보며 하나둘 사라졌고, 나는 내 요리를 챙겼다. 접시를 잡은 손이 가늘게 떨렸다. 요리 하느라 화상을 입은 손, 무거운 팬을 돌린다고 통통 부은 손목이 비명을 지르는 것 같았다.

'괜찮아, 괜찮아.'

나는 스스로를 다독이듯 되뇌었다. 요리를 다시 할 기회는 얻어 냈잖아. 체력 약한 여자라고, 부모 없는 가난한 고아라고 기회조차 없던 시절이 있었다.

'그때 비하면 천국인걸.'

하고 싶은 일을 마음껏 하고 있어.

나는 코를 손등으로 문지르며 뒤를 돌던 그때 —

"깜짝이야!"

아소가 나를 쳐다보고 있었다. 나는 콩닥콩닥 뛰는 가슴을 꾹 누르고 그를 쳐다보았다.

"왜?"

"넌 억울하지도 않아?"

"억울하지."

"그럼 가서 교감의 멱살을 잡아. 이건 부당하다고 울고불고 소리쳐."

"뭐라고?"

"나는 네가 그 요리를 만드는 걸 봤어. 원한다면 도와줄게."

"……."

난 한동안 그를 빤히 쳐다보았다. 평소처럼 무표정했지만, 어쩐지 조금 화가 난 것 같다고 느껴졌다.

"고마워. 하지만 가지 않을래."

"왜?"

"그럼 두 번째 기회는 영영 없을 테니까."

"너……."

"지금 내게 필요한 건 '내가 먼저 요리를 만들었다는 걸 본 증인'이 아니라 '프란츠가 내 요리를 훔쳤다는 증명'이야."

다른 사람도 아니고 교감 본인이 훔쳤으니까 그의 증언이 아닌 이상 소용이 없다. 프란츠가 프렌시프에 의절당해 전혀 상관없는 사람이라고 밝힌다고 해도, 교감은 입을 다물 거다. 그가 공범인 사실이 없어지는 건 아니니까.

'게다가 내 말을 믿을지도 미지수고.'

믿게 하려면 내가 프렌시프 영애라는 걸 밝혀야 하는데, 프란츠에 한 번 당한 교감이 두 번째라고 그냥 믿겠는가. 할아버지를 직접 보여 주는 정도는 되어야지.

'그럼 할아버지가 이번 일을 알게 될 테니까 난 아카데미를 떠날 수밖에…… 으아아.'

불행이 꼬리에 꼬리를 무는 느낌에 고개를 절레절레 저었다.

"날 생각해서 말해 준 건 정말 고마워."

내가 생긋 웃자 아소는 고개를 돌렸다.

"널 생각해서 한 제안은 아니었어. 그 자식이 꼴 보기 싫을 뿐이지."

그러고 한동안 말이 없더니 빈 탁자에 무언가를 올려 두었다.

'약?'

"화상 입은 손, 보기 거슬려."

그 말을 끝으로 아소는 훌쩍 떠나버렸다. 나는 그의 등을 보다가 약을 에이프런에 쏙 집어넣었다.

심사장에서 나와 내가 향한 곳은 교내 조리실이었다. 난 남은 재료를 살펴보고 끙, 신음을 삼켰다.

'부족해!'

두부를 다시 만드는 건 물론이고, 이 정도 양으론 다른 요리를 만드는 것도 어렵다.

'그래도 다행인 점은 있지.'

프란츠도 나와 비슷한 상황일 테니까.

할당된 콩은 한꺼번에 모두 나눈 게 아니었다. 실온에 오래 두면 상할 우려가 있어 재료실에서 필요할 때마다 기록을 하고 가져왔다.

'두부는 다른 데서 사 왔을 테니, 콩이 남았겠지만 그걸 쓰지는 못할걸.'

그건 두부를 본인이 만들지 않았다는 자백이나 다름없으니까.

"콩이 없으니까 다른 걸로……. 역시 껍질을 이용해야 할까."

성에서 콩껍질(Haricot vert)로 만든 음식을 먹었던 적이 있었다.

'하지만 거의 곁요리였고 메인 메뉴라고 하기엔…….'

끙끙거리던 나는 남은 재료를 흘깃 쳐다보았다.

"아, 잠깐만 혹시 그거라면……!"

나는 얼른 냉장창고로 뛰어갔다. 다음에 쓸 수 있을까 해서 남겨 놓은 게 있었기 때문이었다. 얼른 통을 열어 확인했다.

"괜찮아! 아직 쓸 수 있겠다!"

상하지 않았어!

나는 통을 끌어안고 환호성을 내질렀다.

　　　　　*　　　*　　　*

　"프, 프란츠⋯⋯."

　빌리와 피터가 그의 눈치를 보며 웅얼거렸다. 프란츠가 형형한 눈으로 그들을 쏘아보자 빌리는 얼른 콩을 내밀었다.

　"이거 내가 쓰고 남은 건데⋯⋯."

　"병신 새끼."

　"어, 어?!"

　"내가 지금 콩이 없어서 이 난리인 줄 알아?! 내가 쓴 콩이 전부 기록되어 있으니까 쓸 수 없어서 그러는 거지!"

　그가 버럭 소리를 내지르자 빌리의 어깨가 흠칫 오그라들었다. 프란츠는 마파두부를 바닥에 내동댕이쳤다. 쨍그랑! 날카로운 파열음이 방을 가득 메웠다.

　'1차 시험의 예선도 통과하지 못하면 로열 키친이 멀어진다.'

　그럼 프렌시프에서 영영 지원받지 못할 거다. 프란츠가 마른 손으로 얼굴을 쓸어내리고 있을 때, 피터가 입을 열었다.

　"하지만 그 계집애도 다른 방법은 없을걸. 그 녀석도 껍질 콩을 쓸 거야."

　"⋯⋯."

　"껍질 콩 요리야 뻔하지. 대부분 볶은 후 소금 간이잖아. 그렇다면 승률은 네가 더 높아."

　그런 뻔한 요리일수록 요리사의 기술이 더 잘 드러나는 법이었다. 칼질이라든가, 화술이라든가.

'그 계집애는 아직 기술이 몸에 익지 않았어.'

화상으로 새빨갛게 튼 손만 봐도 그랬다. 하지만 보다 더 확실한 승리가 필요하다. 혹시 또 마파두부 같은 것을 가져온다면……!

프란츠는 서둘러 통신을 보냈다. 그리고 그날 밤, 그가 향한 곳은 언제나 교감과 만나는 교내 나무숲이었다.

"가뜩이나 소문이 안 좋을 때 이렇게 찾으면……."

교감이 타박하듯 말하다가 그의 군은 표정을 보고 말을 돌렸다.

"무, 무슨 일인가."

"재시험 심사자가 누굽니까?"

"아……. 안 그래도 전해 주려고 했네. 이들 세 명이야."

교감이 건네준 명단을 확인한 프란츠가 낮은 목소리로 말했다.

"포섭하세요."

"뭐라고?"

"포섭하시라고요. 다들 내 요리를 찍게 만들란 말입니다."

"하지만 그건……!"

교감은 당황하여 이마를 짚었다. 프란츠와 단둘이 거래하는 것이라면 몰라도 다른 사람까지 끌어들이는 건 위험했다. 혹시라도 누가 실토한다면 제 인생은 그것으로 끝이었다. 교감이 양손을 내저었다.

"그건 안 될 일이네."

"평생 아카데미에만 계실 겁니까?"

교감의 표정이 굳어졌다. 프란츠는 히죽 웃으며 그의 손에 가죽 주머니를 쥐여 주었다. 손안에서 묵직하게 절그럭거리는 보석이 느껴졌다.

"사업이라도 시작하시려면 제 도움이 필요하실 텐데요."

"……."

"아니면 황궁 진출은 어떠십니까."

"로열 키친에 들어가기엔 난 너무 나이가 많―"

"정계 말입니다."

"저, 정계? 평민인 내가?"

"부친은 준 귀족이었지 않습니까. 단승 작위라 이어지진 못했어도."

정계라니……!

화려한 세도가들의 핏줄이 아니라면 천재 중의 천재만 모이는 곳이었다. 과거엔 그런 꿈을 꾸었던 적도 있었다. 그러나 황궁이란 도저히 닿을 수 없는 곳이었다. 그래서 신분 상승을 꿈꾸며 요리를 시작했지만, 그의 재주로는 로열 키친의 문턱을 넘을 수 없었다. 교감이 흔들리기 시작하자 프란츠는 못을 박았다.

"어르신의 도움이 있다면 어려운 일은 아니지요."

"……."

교감의 눈이 욕망으로 일렁거렸다. 주머니를 움켜쥐는 그를 보고 프란츠는 씩, 입꼬리를 올렸다.

*　　*　　*

나와 프란츠의 재시험은 공개 심사로 진행되었다. 나는 탁자에 앉은 교수들을 떨리는 마음으로 지켜보다가 내 요리와 프란츠의 요리가 든 트레이에 얼른 다가갔다.

"지금 와서 요리에 손댈 순 없어요."

트레이를 끌고 가던 도우미가 그렇게 말했다.

"돔은 안 열게요."

난 트레이 위의 삐뚤어진 이름표를 가지런히 정리하고 두 손 모아 기도했다.

'제발, 제발.'

그런 나를 보고 도우미는 쓰게 웃었다.

"저번에 좋은 요리를 냈는데 대진운이 나빠서……. 하필이면 프란츠 군일 건 뭐람."

그녀가 한숨을 내쉬며 내 어깨를 두드렸다.

"꼭 로열 키친에 들어가야 성공하는 건 아니잖아요. 힘내요."

이런 위로를 몇 번이나 들었다. 다들 프란츠의 승리를 확신했다. 아무래도 그럴 수밖에 없을 터였다.

'윤세나의 몸이라면 몰라도 세니아나의 몸이니까.'

세니아나는 프란츠보다 기술이 부족하다. 기술은 머리로 안다고 해서 느는 게 아니었다. 몸에 쌓여 있는 것이지.

내가 한숨을 내쉬며 트레이에서 멀어졌을 때, 심사 시작을 알리는 종소리가 들려왔다. 프란츠와 내 접시의 돔이 나란히 올라갔다. 심사 교수들이 종지에 음식을 덜었고, 시식이 시작되었다. 우리는 처음 심사대에 섰을 때처럼 나란히 고개를 숙였다.

프란츠의 이름표가 걸린 음식을 먹은 사람들이 침음을 흘리며 고개를 끄덕였다. 그리고 다음은 나의 이름표…….

붉은 타이의 교수가 왈칵 인상을 좁혔다.

"이게 뭡니까?"

그러자 다른 두 명도 고개를 끄덕였다.

"먼저 센 양의 요리……."

"올리브 오일에 분디라니. 서로의 장점을 죽이고 있어요."

"센 양의 요리는 불쾌하기 짝이 없는 조합이야. 재료는 또 이게 뭔가. 아무리 부족해도 그렇지……."

"성실하게 생각하지 않은 게지요."

교수들이 크흐흠! 헛기침하며 불쾌한 표정으로 내 이름표가 달린 음식을 밀어 놓았다. 마치 말을 맞추기라도 한 것처럼 단 한 사람의 칭찬도 나오지 않았다.

"반면에 프란츠 군의 요리는 이 얼마나 훌륭한가."

"그렇지! 이게 요리죠!"

"부족한 재료로 이런 요리를……! 창의적이야!"

"짭짤하고, 고소한 데다 감촉마저 훌륭합니다. 입안을 솜이불이 감싼 것 같은……."

프란츠가 히죽 웃으며 내 귓가에 속삭였다.

"봐라, 개죽보다 못한 네 요리. 어디서 네까짓 게 요리를 한다고."

"……."

"내가 이런 혹평을 받았으면 부끄러워서 뛰쳐나갔다."

내가 그에게 시선을 돌렸을 때였다. 교감이 소리쳤다.

"그럼 승자를 확정해 주시게!"

교수들이 일시에 프란츠의 이름을 외쳤고, 그의 표정은 더더욱 기고만장해졌다. 교감은 입꼬리를 씩 올리곤 탁자로 다가갔다.

"프란츠 군의 요리가 그렇게 훌륭하단 말인가."

"말해 무엇하겠습니까. 재료를 활용하는 법, 간과 향, 기술, 어느 하나 모자람이 없습니다."

"감히 말하건대 1차 시험의 수석은 프란츠 군일 겁니다."

극찬이 이어지자 프란츠는 싱글벙글했다. 교감도 만면에 웃음이 가득해선 프란츠의 이름표가 붙은 요리를 맛보았다.

"그렇군, 훌륭해! 비지라니, 생각도 못 한 재료야!"

그러자 프란츠가 뭔가 이상하다는 얼굴로 물었다.

"비지라고요?"

"그래, 프란츠 군이 낸 이 비지 요리 말일세. 프란츠 군과 비교하면 센 양의 요리는…….."

교감이 콩 껍질이 든 요리를 내동댕이치듯 내려놓았다.

"어디 이따위 요리를 심사대에……!"

교감은 크게 노한 얼굴로 나를 쏘아보았고, 나는 곤란한 표정으로 손을 올렸다.

"교수님, 비지 요리가 승리라고 하셨나요?"

"그래, 프란츠 군이ー"

"하지만 그 비지 요리ー"

나는 생긋 미소짓고 이어 말했다.

"제 건데요."

교감의 얼굴에 당황이 어렸고, 심사 교수들이 우왕좌왕했다. 프란츠는 사색이 되어 날 노려보았다.

"너 어떻게……!"

난 그에게 속삭였다.

"네가 수작 부릴 거라고 예상했거든."

조금 전에 접시를 만지는 척하면서 이름표를 살짝 바꿔 놨지.

프란츠의 표정이 살벌해지자 교감이 떠듬떠듬 말했다.

"이, 이건 무효야!"

"어째서요?"

"이름표가 바뀌어 있지 않았나!"

"이름표가 중요한가요? 어차피 심사는 요리로 하는 건데요."

교감은 붉으락푸르락해진 채 삿대질을 했다.

"프란츠 군의 요리가 이겼다면 네 승리인 척 입을 닫고 있었을 게 아니야! 운 좋게 네가 이겨서 밝힌 거잖아!"

"공개 심사회에서요?"

"그건……!"

"본래 심사에서는 이것저것 물어보시잖아요. 재료 선택의 이유부터 간은 어떻게 했는지. 그럼 요리를 만든 사람은 쉽게 밝혀질 일이죠."

나는 교감과 심사 교수들을 빤히 보며 말을 이었다.

"저도 어째서 질문이 없었는지 궁금해요. 마치 심사를 빨리 넘기려고 했던 것 같잖아요?"

"……!"

교수들의 얼굴이 당혹으로 물들었다.

그럴 수밖에 없었을 테니까. 애초에 프란츠를 승자로 점찍어 둔 상태였으니, 서둘러 심사를 끝내고 싶었겠지.

교감은 버럭 소리를 내질렀다.

"어, 어찌 되었든 이번 심사는 무효야!"

그때, 심사에 참가하지 않았던 교수들이 입을 열었다.

"그렇다고 22조만 또 재대결할 수는 없잖습니까."

"이름표가 바뀐 게 그리 큰일도 아니고."

"어차피 심사 위원 세 분이 모두 비지 요리를 택했는데요."

의견을 정리한 교수들이 교감을 향해 말했다.

"비지 요리의 승리로 의견이 모였잖습니까. 22조는 센 양의 승리로 마무리하시죠."

"하지만……!"

팔짱을 낀 채 상황을 지켜보고 있던 쟝뤼크가 물었다.

"프란츠 군이 승리해야 하는 이유라도 있는 겁니까?"

"그럴 리가 없잖소!"

"그렇다면 오해를 불러일으킬 행동은 자제하시지요."

"말도 안 되는 소리! 지금 나를 매도하는 ─!"

그렇게 말하던 교감이 장내를 둘러보았다. 교수들이며 학생들까지 그를 싸늘한 표정으로 보고 있었다. 교감은 첫 심사뿐만 아니라 이번 심사에서도 프란츠의 편을 들었다. 이제 누구라도 그와 프란츠의 관계를 의심할 수밖에 없는 상황이 되었다. 결국 교감은 도리가 없었다. 내 요리를 본선에 올리는 수밖에.

프란츠가 나를 찢어 죽일 듯 노려보았지만, 사람들의 시선이 쏠려 있었으므로 접근하지 못하고 돌아갔다. 교수들과 학생들이 빠져나간 회장엔 나만 남았다. 요리를 정리하려는데 내게 다가오는 발소리가 들렸다.

"쟝뤼크 교수님."

"어떻게 비지를 쓸 생각을 했지?"

"아, 재료가 부족하기도 했고⋯⋯. 콩 껍질보다는 비지 쪽이 산초의 독특한 맛을 더 잘 살려 줄 것 같아서⋯⋯."

내가 웅얼거리자 쟝뤼크가 물었다.

"맛봐도 되겠나?"

"아, 네!"

나는 얼른 접시를 내밀었다. 쟝뤼크가 비지를 떠서 향과 형태를 확인했다.

"흠, 고추기름을 썼구나. 그리고⋯⋯ 매실?"

"맞아요!"

이것저것 실험해 볼 때 알았다. 산초와 매실은 꽤 잘 어울린다. 하지만 산초 향이 너무 강해서 대부분 매실을 썼는지 몰랐는데⋯⋯.

'신기해!'

나는 눈을 반짝이며 그를 쳐다보았다.

"조화롭군."

"가, 감사합니다."

"하지만 불 조절은 아직 미숙하구나. 비지 넣는 타이밍을 다시 생각해라."

그건 나도 신경 쓰고 있던 부분이었다. 너무 오래 볶아서 비지의 부드러운 식감을 살리지 못한 게 아닐까 고민했었다.

"하지만 전반적으로 훌륭하군."

나는 기뻐서 펄쩍 뛸 뻔했다. 쟝뤼크 교수는 한 번도 학생의 요리를 칭찬한 적이 없었다. 아카데미엔 훌륭한 교수님이 많았지만, 그의 요리는 특히 훌륭했다. 내심 가장 존경하고 있었기 때문에 그의 칭찬을 들으니 정말 설레고 행복했다. 쟁반을 끌어안은 나는 회장을 떠나는 그의 뒷모습을 쳐다보았다. 기쁘다. 더 열심히 해야지.

재시합이 끝난 다음 날, 본선이 시작되었다. 초청된 심사 위원은 남부에 터를 둔 칼세 백작이었다. 본선에 올라온 요리를 하나씩 맛본 그가 혀를 찼다.

"동부 아카데미의 실력이 겨우 이 정도였나."

낮은 읊조림에 그와 함께 있던 교수들이 침음을 삼켰다.

"견습생들의 실력이 다 비슷하지요. 공께선 언제나 훌륭한 전문가들의 음식을 드시고 계시니 부족하다고 느끼시겠지만……."

"남부 아카데미의 요리는 이 정돈 아니었네."

몇몇 교수들이 눈살을 찌푸렸다.

'남부 사람 입맛에 남부 요리가 맞는 건 당연하지 않은가.'

분디는 남부에서만 쓰이는 재료였다. 동부 아카데미에선 한 번도 다뤄 본 적 없는 재료라 이 정도면 그럴듯했다.

"그나마 이건 꽤……."

칼세 백작이 짚은 접시를 본 교수들의 표정이 환해졌다.

"아소 군의 음식이군요! 아소 군은 항상 수석을 놓치지 않는 인재지요."

"서부 출신으로 오랫동안 동부에 있었습니다. 남부 요리는 익숙하지 않은데도 훌륭한—"

"됐으니 마지막 음식이나 내오게나."

말이 끊긴 교수는 인상을 찌푸렸지만, 이윽고 세니아나가 만든 요리가 나왔다.

"이건……."

칼세 백작이 접시를 빤히 보며 말했다. 교수는 헛기침을 하며 그녀를 옹호했다.

"본래 내왔던 요리는 이게 아닙니다. 예선에서 일이 있어 남은 재료로 급히 만들었습니다. 입에 맞지 않으셔도 성의를……."

"재밌군."

"예?"

그가 양념이 듬뿍 밴 비지를 살폈다.

"비지는 남부에서도 잘 쓰이지 않는 재료인데."

그는 두부를 메인으로 한 대형 음식점을 몇 채나 운영하는 사업가였다. 두부를 만들고 나면 비지가 잔뜩 남는데, 그게 언제나 골칫거리였기 때문에 비지를 사용한 음식이라면 일단 호감이 생긴다.

'이렇게도 비지를 처리할 수 있겠군.'

비지를 조금 떠서 입에 넣은 그가…….

"그렇지! 산초를 썼으면 이 정도는 얼큰해야지!"

"예?"

"다른 요리는 밍밍하기 짝이 없어! 산초를 썼으면 혀가 얼얼할 정도로 매워야 하지 않겠나!"

표정이 밝아진 그가 계속해서 세니아나의 음식을 맛보았다.

"두부보다 훨씬 고소하고 담백하군. 소스가 남부 음식에 필적할 정도로 매운데도 비지에서 나는 단맛이 잘 눌러 주고 있어!"

그는 땀을 뻘뻘 흘리면서도 아주 맛있게 먹으며 접시를 비웠다.

'비지를 쓴 데다가 대륙 전역의 백성들이 모두 먹을 수 있을 정도로 매운맛을 조절했다.'

"레시피! 이 학생의 레시피를 내게 팔게!"

"수석만이 레시피를 거래할 수 있습니다."

"수석이야! 이런 요리라면 당연히 1등이지!"

교수들 사이에 서 있던 교감이 재빨리 나섰다.

"하, 하지만 공……! 아소 군의 요리가 훌륭하다고 하시지 않았습니까."

"먹을 만은 하다고 했을 뿐이네."

"남은 재료로 만든 음식보다야 아소 군의 요리 쪽이……!"

"남은 재료로 이만큼 근사한 요리를 냈으니 더더욱 훌륭하지 않은가!"

비지 레시피를 얻고 싶은 백작은 다급하게 대답했다. 교감의 얼굴이 거무죽죽해졌다.

'안 돼!'

프란츠를 누르고 본선에 오른 데다가 1등까지 거머쥐었으니 프란츠가 얼마나 역정을 내겠는가. 하지만 칼세 백작의 평가는 바뀌지 않았고, 그날 오후 1차 시험의 결과가 발표되었다.

[수석 — 센, 남부 풍 비지 포타주
차석 — 아소, 검은콩 파에야]

＊　　　＊　　　＊

황궁 복도를 걷는 도미니크에게 부관 알베르가 다가왔다.

"수석입니다."

도미니크는 고개를 가볍게 끄덕였다. 대수롭지 않은 듯 보였지만, 그의 입꼬리가 미미하게 올라간 것을 부관은 놓치지 않았다.

"사고가 있었다기에 염려했었는데, 다행이지요."

"쉽게 당할 사람이 아니지."

부관이 희미하게 미소를 지었다. 말은 저렇게 하지만, 처음 재시험 이야기를 들었을 땐 표정이 얼마나 살벌했는지 모른다. 당장에 동부 아카데미로 돌아갈까 봐 마음을 졸였다. 부관이 픽 웃으며 말했다.

"프렌시프 양의 운은 알아줘야겠습니다."

도미니크는 낮은 목소리로 말했다.

"글쎄."

아무리 운이 좋아도 근성 없이 그 모든 일을 해낼 순 없었다. 부관이 어깨를 으쓱 올렸다.

"운이 아예 없다고는 할 수 없겠죠. '그분'께서 동부 아카데미의 교단에 계실 때 하필 프렌시프 영애의 졸업 시험이 있으니 말입니다."

"그녀가 지도 교수로 그 사람을 택할진 모를 일이지."

"그렇긴 하지요. 지도 교수로 부탁하더라도 그분께서 수락하실지……."

부관은 아쉬운 한숨을 흘렸다.

'프렌시프 영애가 그분의 지도를 받는다면 요리사로서의 성공은 떼 놓은 당상인데 말이야.'

그가 누구던가. 황제의 마음을 사로잡은 요리사. 로열 키친에 자신의 레시피를 무려 33종이나 올린 불세출의 천재. 불미스러운 사건만 아니었더라면 로열 셰프 자리는 맡아 둔 것과 다름없던 신의 손. 그의 제자라는 명함 하나만 있다면 대륙은 물론이고 세계 곳곳에서 두 팔 벌려 환영할 터였다. 물론 로열 키친까지도.

"하지만 급한 건 영애보다도 우리가 아닙니까. 어서 그를 황궁으로 데려와야 할 텐데요."

그게 황제가 도미니크에게 내린 명이었다. 아타르 국에서 친교의 의미로 그가 왕세자의 책봉식 요리를 맡아 주길 요청했다. 왕세자는 젊을 적 길라게온에서 볼모 생활을 한 적이 있었는데, 당시 그의 요리로 큰 위안을 받았다고 했다.

'그분을 모셔오는 건 절대 쉬운 일이 아닌데.'

목에 칼이 들어와도 싫은 일은 절대 하지 않는 사람이니까. 황제도 그걸 아니 도미니크를 직접 보낸 게 아니겠는가. 뭐, 다른 이유도 있었지만…….

'여러모로 어려운 사람이란 말이지.'

그 남자, '쟝뤼크'는.

*　　　*　　　*

깨끗하게 씻은 프라이팬을 들고 게시판을 지나가던 나는 눈을 휘둥그레 떴다. 벌써 1차 시험의 결과가 붙어 있었다. 프라이팬을 꼭 껴안은 채 실눈을 뜨고 아래서부터 이름을 훑었다.

> *[7등 ― 프레이야.*
>
> *6등 ― 지젤.*
>
> *5등 ― 한스]*

어, 없나. 별로였던 걸까, 내 요리.

반쯤 포기했던 순간, 수석의 이름이 눈에 들어왔다.

> *[수석 ― 셴]*

나는 눈을 비비고 다시 한 번 이름을 확인했다. 두 번, 세 번 보아도 수석에 쓰여 있는 이름은 내 이름이었다.

말도 안 돼! 경악도 잠시.

'야호, 야호!'

나는 속으로 쾌재를 내질렀다.

'1등이야!'

가슴이 벅차고, 폐가 터질 듯 부풀었다. 열과 성을 다한 요리가 좋은 평가를 받았다는 사실이 뛸 듯이 기뻤다. 나는 설레는 마음으로 기숙사를 향해 걸었다.

가족들에게 연락해야지. 1등 했다고 말하면 잘했다고 해 주실까? 그런 생각을 하면서 기숙사 문으로 들어가려는데 누군가 내 목덜미를 덥석 잡았다. 정말 악 소리가 나게 아파서 어깨가 확 움츠러졌다. 귓가에 아득, 이 가는 소리와 함께 불쾌한 목소리가 들렸다.

"따라와, 망할 계집애야."

프란츠였다. 반쯤 정신이 나간 것 같은 서슬 퍼런 눈빛. 양옆엔 덩치 큰 빌리와 피터가 있었고 그들마저 씩씩거리고 있었다. 난 침착하게 상황을 살폈다. 사람들이 있어서 포털을 열진 못하지만, 이미 교수나 경비병을 찾아야겠다며 뛰어간 학생이 있었다.

'경비병이 오려면 5분 정도.'

버티자, 5분. 그렇게 생각하고 프란츠를 노려보았다.

"싫어."

프란츠는 한 손으로 허리를 짚은 채 짙은 한숨을 내쉬었다. 그리고 ―

'아팟!'

내 머리채를 사정없이 쥐었다.

"좋은 말 할 때 따라와."

언제 좋은 말을 했어, 이 나쁜 놈!

눈물이 쏙 나게 아파서 난 그의 팔뚝을 콱, 물어 버렸다.

"악!"

깨물린 그가 비명을 내지르며 뒷걸음쳤다. 난 그 틈을 놓치지 않고, 들고 있던 프라이팬을 휘둘렀다. 깡! 깡! 프라이팬 바닥에 그의 머리가 부딪치며 나는 마찰음에 주변 사람들이 아연한 표정을 지었다.

"자, 잠깐!"

프란츠가 소리를 내질렀고, 빌리와 피터도 어쩔 줄 모르고 내게 다가왔다. 나는 프라이팬 손잡이를 그러쥐고 그를 노려보았다.

"저질."

"이 미친년이!"

나는 다시 프라이팬을 확! 치켜들었고, 프란츠가 양팔로 제 머리를 막고는 주춤 뒷걸음질 쳤다.

"남을 때리는 건 무섭지 않으면서 네가 맞는 건 무서워?"

"죽고 싶어서 환장했어?!"

"폭력으로 협박하는 건 양아치나 하는 짓이지. 넌 양아치야, 프란츠."

그의 얼굴이 붉으락푸르락 달아올랐다. 그때, 멀리서 사람을 부르러 갔던 학생과 교수들이 뛰어오는 모습이 보였다. 새빨개져 씩씩거리는 나와 프란츠를 교수들은 어처구니없는 얼굴로 쳐다보았다.

"아카데미 내에서 이게 무슨 짓들이냐!"

"기가 차서!"

교수들이 진노한 표정으로 소리쳤고, 그 사이에서 나온 교감이 내 손에 들린 프라이팬을 거칠게 빼앗았다.

"두 사람 다 따라와!"

프란츠와 나는 서로를 노려보았지만, 교감이 "어서!" 하고 소리
친 바람에 어쩔 수 없이 그를 따라갔다. 교감의 사무실 소파에 앉자
프란츠가 버럭 소리쳤다.

"저 계집애는 돌았습니다. 프라이팬으로 절 폭행했다고요!"

"먼저 날 때린 사람은 너잖아."

"때려? 내가? 대화를 요청한 거지!"

그는 의기양양한 얼굴로 다리를 꼬았다. 교감은 큼, 헛기침한 뒤
나를 쏘아보았다.

"사과해라."

"……"

"귀중한 조리 도구로 학우를 폭행하다니. 전대미문의 사건이
야!"

나는 한숨을 내쉬었다. 어차피 교감이 중립을 취하리라곤 예상
하지 않았다. 하지만 이건 너무 노골적인 편 들기가 아닌가. 그는
말 없는 나에게 소리쳤다.

"이런 천둥벌거숭이가 이백 년 역사의 동부 아카데미에……!"

"제 생각에 이곳은 그리 훌륭한 교육 기관은 아닌 듯싶은데요."

"뭐라고?"

교감이 굳은 얼굴로 물었고, 난 침착하게 대답했다.

"프란츠가 제게 이런 천박한 짓을 한 건 오늘이 처음이 아니에
요. 학우들을 선동해서 저를 괴롭히고, 협박했어요."

"아직도 정신을 못 차리고……!"

"그런데 기숙사의 사감도, 교수님께서도 상황을 따지기는커녕 폭력에 대항했을 뿐인 제게 모든 책임을 돌리시는군요."

"어디 본 데 없이 말대답이야!"

교감은 위압적인 표정으로 싸늘하게 이어 말했다.

"네 부모가 그리 가르치더냐!"

순간, 도둑으로 몰려 담임에게 회초리를 맞았던 초등학교 시절이 떠올랐다.

[부모 없는 티는 너 혼자 다 내는구나.]

[너 같은 녀석이 불쌍한 고아들 욕 먹이는 거야, 알아?!]

나는 교복 치마를 꾹 말아 쥐었다. 프란츠에게 잡혔던 목과 머리가 욱신거렸다. 숨이 턱 막히고 눈가가 새빨갛게 달아올랐지만, 나는 설움을 꾹 되삼켰다. 교감이 내 이마를 손끝으로 꾹, 꾹 누르며 말했다.

"운 좋게 이번 시험에서 괜찮은 점수를 받았다고 기고만장하는 거라면 집어치워라. 다 요행이고, 운이야."

탁! 내가 그의 손을 쳐내자 교감의 눈에 불꽃이 튀었다.

"이, 이런 막돼먹은 녀석을 보았나! 안 되겠군!"

"……."

"어찌 키웠기에 너 같은 녀석이 나왔는지 알아야겠다."

뭐라고?

나는 표정을 굳힌 채 그를 올려다보았고, 그는 벼락같은 노성을 내질렀다.

"네 부모 불러와!"

아카데미에 학부모 호출이 아예 없는 것은 아니었다. 신분 노출이 더 이상 중요하지 않은 제적 전의 학생은 학부모를 호출하여 상담했다.

'그럼 퇴학…… 이라고.'

제적 전에 상담이 먼저긴 해도, 보호자를 데려오지 않는다면 제적 확정이다. 손발이 차게 식는 기분이었다.

5장

세니아나가 교감의 사무실을 떠나고, 프란츠는 새파랗게 질려 있었다.

'빌어먹을!'

일이 이 지경이 되고도 저 망할 계집애는 기가 죽지 않았다.

[저만 제적당하는 건 불공평해요.]

[정식으로 항의하겠어요.]

[제가 제적당한다면 프란츠도 마찬가지여야죠.]

교감은 냉큼 프란츠의 보호자 또한 호출하겠노라 말했다.

'능구렁이 같은 놈.'

교수와 학부모의 사사로운 만남은 절대 불가이다. 그 때문에 교수는 전서구와 통신석의 기록까지 감찰 당했다. 학생 자택에 도착하는 안내장조차 사방 아카데미 중앙 행정 기관을 이용해서 보내졌다. 각 아카데미에서 안내문을 전달하면 행정 기관에서 학생의 자택에 따로 발송하는 구조였다.

그 정도로 학생과 교수 간의 연결 고리를 차단했기 때문에 교수들은 학부모와 따로 연락할 수 있는 방법이 없었다. 그러니 이번 기회에 프렌시프에 직접적인 관련이 있다고 생각하는 프란츠의 부모와 끈을 만들려는 것이다.

"프란츠 군."

"……."

"그리 걱정하지 말게나. 네 상담은 겉보기용일 뿐이야. 그 독한 계집애가 정말 교무 위원회에 고발이라도 하면 안 되니까, 응?"

"나가 보지요."

"그래그래, 가서 부모님께 연락드려야지."

교감은 싱글벙글 프란츠를 배웅했다. 교감실을 나온 프란츠는 그 즉시 부친에게 연락했다.

[상담이라고?]

"예, 아버지……."

[흐음…….]

부친이 침음을 흘리자 프란츠는 마른침을 꼴깍 삼켰다.

[차라리 잘되었다.]

"예? 하지만 아버지가 오시면 제가 프렌시프의 먼 방계일 뿐이라는 걸 들킬지도……!"

[어르신이 어디 촌수로 사람을 가까이 두시더냐. 심중에 있는지

가 중요하지. 촌놈들 주제에 어르신을 뵙고 확인을 할 수도 없는 노릇.]

"그래도……."

게다가 의절까지 당했다. 이 사실이 드러나면 더는 아카데미에 있을 수 없을 것이다. 프란츠의 다급한 말에 그의 부친인 톰슨 남작이 킬킬 웃었다.

[무얼 그리 걱정하느냐. 어차피 네가 로열 키친에만 들어가면 어르신이 자연히 너를 불러들이실 텐데.]

"아직 로열 키친에 들어간 게 아니잖아요."

[그러니 더더욱 지금 교수들을 만나야지. 프렌시프의 혈족인 내가 나서야 네가 로열 키친에 확실히 들어갈 게 아니냐.]

'그, 그렇지.'

프란츠의 얼굴이 환해졌다. 그렇지 않아도 1차 시험에서 예선에도 들어가지 못해 걱정하던 참이었다.

'교수들이 모두 나를 도와주면 2, 3차 시험에서는 수석을 차지할 거다. 그럼 로열 키친에 응시할 수 있고!'

로열 키친에 응시원만 내면 된다. 제아무리 로열 키친이라도 프렌시프 어르신의 지원을 받게 될 저를 쉽게 탈락시키긴 못할 것이다.

[그래, 상담은 언제라더냐.]

"나흘 뒤예요."

[우리 아들 기 살려 주려면 마차를 새로 구매해야겠구나. 그 계집애 부모의 기가 질릴 만큼 호화로운 마차로 말이야.]

톰슨 남작이 껄껄 웃자 프란츠도 픽 실소를 흘렸다.

'망할 계집애.'

아카데미 내에서야 기고만장했겠지만, 제적당하고 나면 제 앞에 빌빌 길 것이 틀림없다.

"그년이 퇴학당하면 첩으로 사들여 주세요. 호된 맛을 보여 줄 겁니다."

제 앞에서 고개도 못 들도록!

[그래그래, 미래 로열 셰프께서 바라시는데 뭘들 못 해주겠느냐!]

프란츠가 비죽 입꼬리를 올렸다.

＊　　＊　　＊

아무도 없는 조리실 의자에 쪼그려 앉아 있던 나는 멍하니 창밖을 바라보았다.

어떻게 전해야 하지. 떼를 써서 아카데미에 왔는데 제적이라니.

가족들 얼굴에 냉기가 서린다고 생각하니 심장이 발밑으로 푹 꺼지는 기분이었다.

"선생님……."

나는 무릎에 얼굴을 묻고 지금 가장 간절한 사람의 이름을 불렀다. 윤세나였을 적에 도둑 누명을 썼던 날, 담임도 보호자를 호출했다. 하지만 도저히 선생님을 모셔 올 수 없었다. 부끄럽고, 죄송해서.

며칠이나 보호자를 데려오지 않던 나는 수업 시간마저 마음 편히 있을 수 없었다. 입에 가시를 문 담임이 어느 때나 내게 호통을 쳤기 때문이었다. 후에 담임은 기어코 선생님에게 연락했고, 그 일을 알게 된 선생님은 나를 끌어안고 말씀하셨다.

[괜찮아, 괜찮아, 세나야.]

다정하던 선생님의 목소리가 귓가에 맴돌았다. 그때, 통신석이 깜빡이기 시작했다. 나는 소스라치게 놀라 입을 틀어막았다. 점멸하며 빙그르르 도는 통신석에 조심스럽게 손을 올렸다.

[세니아나?]

"……."

란슬롯의 목소리가 들리자마자 설움이 목구멍을 비집고 올라왔다.

[세니아나?]

[뭐야, 안 들려? 연결 안 됐어?]

[그 입 좀 다물어라.]

가족들이 웅성거리는 소리가 들리는데도 도무지 입을 열 수 없었다.

[세니아나.]

할아버지의 낮은 목소리가 흘러나왔다.

"……네."

참으려고 애썼지만, 목소리 끝이 가늘게 떨렸다.

[무슨 일이냐.]

[뭐야, 우는 거야?]

[운다고? 막내야.]

"아니에요……."

[무슨 일이냐니까!]

할아버지가 냉기 서린 고함을 내질렀다. 나는 화들짝 놀라 어깨를 움츠렸다.

[그리 화내지 마십시오. 아이가 놀라지 않습니까.]

란슬롯이 한숨을 내쉬며 다정한 목소리로 이어 말했다.

[무슨 일이야, 응?]

"그게…… 그게……."

[괜찮으니까 말해 줘.]

"아, 아카데미에서 보호자를 데려오라고…… 제적 전에 상담을 하는데……."

세 남자는 잠시 침묵했다. 으득, 이 가는 소리와 함께 할아버지의 목소리가 다시 들려왔다.

[무슨 일이 있던 게냐.]

"학생과 싸워서……."

[고작 다툰 일로 제적 이야기까지 나왔을 리 없다.]

"제, 제가 그 애를 때려서…… 하지만, 하지만 그 애가 먼저 저를……."

[때렸다고?!]

가웨인이 버럭 소리를 내질렀다. 나는 덜덜 떨리는 손을 꽉 맞잡았다.

실망이라고, 역시 아카데미에 보내는 게 아니었다고 호통을 치실 거야.

"나, 남자애가 때리니까 무서워서…… 끌려가면 심한 꼴을 당할 테니까…… 그래서……."

변명하던 나는 입술을 꾹 베어 물고 조그맣게 중얼거렸다.

"죄송해요……."

[아예 죽여 버리지.]

"네?"

가웨인의 말에 나는 눈을 동그랗게 떴다. 농담일까?

"죄송해요, 제적당할지도……."

란슬롯은 자못 엄한 목소리로 말했다.

[그게 무서워서 가만히 맞고 있었으면 혼냈을 거야.]

가웨인이 덧붙였다.

[그래, 다음부터는 그런 놈이 있으면 찔러 버려.]

한동안 말이 없던 할아버지도 말했다.

[괜찮아.]

"……."

[잘못한 게 없으니 너는 두려워할 이유가 없다.]

가족들의 목소리와 선생님의 목소리가 겹쳐졌다. 그 순간, 도저히 참을 수 없었다. 울음이 터져 나왔다.

"죄송해요, 죄송해요……. 죄송해요."

엉엉 울며 연신 용서를 빌었다.

[울어도 되는데 사과는 하지 마.]

[그래, 못난이. 네가 뭘 잘못했다고 사과하고 앉았어.]

오빠들이 내 편을 들어줘서 자꾸만 더 서러워졌다.

[그래서 상담은 언제냐.]

할아버지의 말에 나는 손바닥으로 눈을 문지르며 말했다.

"나흘 뒤에 교무 위원회 건물에서 한대요……."

[그래.]

할아버지의 목소리가 서늘하도록 낮아졌다.

다음 날, 나는 퉁퉁 부은 눈으로 기숙사 방을 나섰다. 얼마나 울었는지 눈이 잘 떠지지도 않았다. 식당으로 내려가서 그릇을 꺼내는데, 뒤에서 수군거리는 소리가 들렸다.

"센 말이야. 퇴학당할 거라며?"

"하지만 그건 프란츠가 전적으로 잘못했잖아. 귀족이라는 게 믿기지 않아. 어떻게 여자를……."

"쉿! 그래서 프란츠의 부모도 불려 온다잖아."

"보여 주기식이라는 걸 누가 몰라. 교감이고 교수들이고 입이 헤벌쭉하던걸."

"그러니까 왜 까불어서. 난 언젠가 이런 일이 생길 줄 알았어."

나는 그들의 말을 한 귀로 흘리며 수프를 담았다.

'제적당해 돌아가면 성에서 요리를 배우자.'

어제 소식을 들은 시트론이 광분하며 연락해 왔다. 주변에 사용인들이 가득했는데, 요리사들이며 수셰프 제레미, 그리고 아곤까지 내게 요리를 가르쳐 준다고 약속했다.

'내가 잘못하지 않았다고 말해 주는 사람들이 있어.'

그것만으로도 억울함이 가셨다. 자리에 앉자마자 문가에서 웅성거림이 들려왔다. 기숙사 사감이 함박웃음을 지으며 프란츠를 졸졸 쫓아오고 있었고, 학생들도 그의 곁에 붙어 종알거렸다.

"프렌시프 어르신께서 오시는 거야?"

"설마 어르신께서 직접 오시겠어. 네 부모님이 오시는 거지?"

"아카데미 안으로 들어오셔? 역시 저 밖에 있는 교무 위원회 건물로 가시는 건가?"

프란츠의 양옆에 선 빌리와 피터는 어깨가 잔뜩 솟아서 허공을 휙휙 내저었다.

"꺼져. 프란츠가 피곤해하잖아!"

"날파리들이란."

빌리와 피터가 으스대자 학생들이 표정을 일그러뜨렸지만, 아무런 말도 하지 않았다. 사감이 손을 비비며 말했다.

"프렌시프 귀족이라니. 그런 유명 인사는 처음 뵙는단다."

프란츠는 접시를 집으며 그녀를 흘깃 쳐다보았다.

"그날 사감님도 가십니까?"

"내 귀한 학생의 보호자인데 응당 가서 인사를 드려야지, 호호."

프란츠는 의기양양하게 음식을 담고, 테이블을 향해 걸어왔다. 내 맞은편에 앉은 그가 히죽 웃으며 말했다.

"나흘이면 꼴 보기 싫은 얼굴이 사라지겠군."

"그렇지."

"아아, 정말 저 얼굴 보느라 역겨웠는데 프란츠 덕에 숨 좀 쉬고 살겠네."

빌리와 피터가 으하하 웃으며 그의 말에 맞장구쳤다. 나는 그릇을 정리하고 일어났다. 상대도 하지 않으니 프란츠는 왈칵 인상을 찌푸렸다. 하지만 상담 후에 떠날 사람이라고 생각해서인지 전처럼 달려들 기세는 아니었다.

그가 코웃음을 치며 떠나는 나를 쳐다보았다. 식당을 나선 뒤 교실로 향했다. 제일 먼저 온 사람은 늘 그렇듯 아소였다.

"항상 빨리 오는구나."

"기숙사생들이 게으른 거지."

"기숙사에 안 살아?"

그러고 보니까 기숙사에선 본 적이 없다.

"아카데미 근처에 방을 잡았어."

"왜?"

기숙사도 엄청 좋은데! 프란츠와 자주 마주치는 건 싫지만, 방도 예쁘고 식사도 맛있다.

"좁아터진 방에선 못 자거든. 귀하게 커서."

그렇게 안 좁은데?

나는 그의 말이 농담이라고 생각해서 아하하, 웃었다.

"……."

하지만 그는 표정 없이 나를 빤히 쳐다보았다.

'우, 웃는 타이밍이 아니었나?'

꼼질꼼질 교과서 끝을 매만지는데 바람 빠지는 것 같은 소리가 들렸다. 아소가 턱을 괸 채 나를 쳐다보았다. 어쩐지 눈매가 부드러워진 것 같아서 의아했다.

"이상한 녀석."

"내가?"

"퇴학당할지도 모르는데 웃음이 나? 눈은 퉁퉁 부어선."

그는 또 한 번 픽 웃었고, 나는 민망해져서 그를 따라 웃었다. 그래도 아소 덕분에 아카데미의 기억이 조금 더 예쁘게 남을 것 같았다.

그리고 며칠 후, 학부모 상담을 하는 날이 밝았다. 난 오전 수업만 받고, 오후엔 교무 위원회 건물로 가야 했다. 교무 위원회 건물은 꽤 멀어서 한 시간을 꼬박 걸어야 했다.

하지만 일찍 출발한 덕에 다행히 20분 전에 도착할 수 있었다. 난 건물 앞 간이 의자에 덩그러니 앉아 사람들을 기다렸다. 얼마 지나지 않아 와글거리는 소리와 함께 호화로운 마차가 울타리를 넘어 들어왔다.

정차한 마차 주변으로 교수들이 몰려들었다. 그 사이 마부는 헐레벌떡 문을 열었다. 과할 정도로 번쩍번쩍한 차림의 중년 사내가 내리자 교수 중 한 사람이 어이쿠! 소리를 내며 그에게 인사했다.

"프렌시프의 귀족을 다 뵙다니, 제 인생에 이런 영광이 있을 줄은 몰랐습니다."

교감이 몰려 있는 교수들을 헤치고 사내의 손을 덥석 잡았다.

"제가 교감인 오로반입니다. 이리 뵙게 되어 영광입니다."

아무래도 저 남자가 프란츠의 부친이라는 톰슨 남작인 것 같았다. 교수들이 그에게 정신없이 인사하고 있을 때, 프란츠가 다가왔다.

"아버지."

"우리 아드님!"

톰슨 남작이 껄껄 웃으며 프란츠의 어깨를 두드렸다. 교감이 나란히 선 부자에게 말했다.

"프란츠 군이 누굴 닮아 이리 훤칠한가 했더니 공을 닮은 것이군요."

"그렇지요, 우리 아드님은 나를 쏙 뺐지. 훤칠하고 영리하고……. 그래, 우리 아들이 학교생활을 잘하더이까?"

"물론이지요. 학우들에게 귀감이 되는 훌륭한 학생이라 늘 흐뭇한 마음으로 지켜보고 있습니다."

그들이 껄껄 웃으며 건물을 향해 다가왔다. 내가 몸을 일으키자 교감의 표정이 대번에 굳어졌다.

"일찍 도착했구나."

"네."

톰슨 남작은 눈을 가늘게 뜨고 나를 위아래로 훑었다.

"내 아들에게 손을 올렸다던 계집애냐?"

프란츠가 히죽 웃으며 맞다고 대답하자 톰슨 남작이 왈칵 인상을 찌푸렸다. 그가 내 턱을 우악스럽게 잡고는 호통을 내질렀다.

"천한 게 어디 감히 내 아들에게!"

"이 손 놓으세요."

싸늘히 말하니 톰슨 남작은 헛웃음을 터뜨렸다.

"이 학교는 이런 버르장머리 없는 계집까지 받아 줍니까?"

교감은 어색하게 웃으며 말했다.

"곧 떠날 녀석입니다."

"네 싹수가 얼마나 노란지 익히 들었지."

그가 보란 듯이 더 험하게 내 얼굴을 흔들었다. 손길이 어찌나 거친지 양 볼이 까질 것 같았다. 내가 그의 손을 뿌리치려는 찰나였다.

"그 손 놔."

익숙한 목소리였다. 나는 눈을 동그랗게 떴고, 톰슨 남작이 미간을 좁히며 뒤돌아봤다.

"어떤 놈이 감히……!"

뒤돌아보던 그가 우뚝 굳어졌다.

"도, 도련……!"

가웨인이 살벌한 표정으로 남작의 손목을 비틀었다.

'오빠다!'

가웨인의 뒤로 란슬롯과 할아버지가 보였다. 정말로 훤칠한 사내들의 등장에 사람들이 숨을 들이켰다. 금좌 11석의 가문에서 총요리장으로 지냈던 교수가 할아버지를 보고 우뚝 굳어졌다.

"어르신!"

그가 소리치기 무섭게 사람들의 눈이 휘둥그레졌다. 교감은 펄쩍 뛰어오르듯이 후다닥 할아버지에게 다가갔다.

"이런 누추한 곳까지 몸소 오시다니요!"

얼마나 흥분했는지 얼굴이 새빨갛게 달아올라서 턱까지 덜덜 떨리고 있었다. 다른 교수들의 상황도 비슷했다. 땅에 붙을 것처럼 허리를 굽힌 사람도 있었고, 못 박힌 듯 어쩔 줄 모르는 사람도 있었다.

"어르신께서 왜……."

프란츠가 중얼거렸다. 가웨인에게 붙들려 있던 톰슨 남작도 어리둥절하긴 마찬가지였다. 교감이 얼른 할아버지를 모시려다가 나를 향해 소리쳤다.

"어허! 어디 어르신 앞길을 막아!"

할아버지의 시선이 그를 향해 슥 돌아갔다. 교감은 '어르신을 위해 이쯤이야' 하는 표정으로 실실 웃었다.

"걱정 마십시오, 저 계집애는 프란츠 군에게 기필코 무릎 꿇고 사과하게 만들 테니—"

"왜."

"예? 그야 저 학생이 프란츠 군에게 손찌검을……."

"내 손녀가 왜 저따위 놈에게 무릎을 꿇고 사과해야 하는 거지."

할아버지의 낮은 목소리에 사람들은 한동안 이해할 수 없는 표정으로 눈을 깜빡였다.

"그, 그게 무슨……."

톰슨 남작이 중얼거리기 무섭게 할아버지가 내 손을 잡았다.

"할애비가 왔으니 고개를 들어라."

왜 이렇게 설움이 치밀어 오르는지 모르겠다. 나는 울상을 짓고 그를 올려다보았다.

"할아버지……."

그러자 교감을 비롯한 교수들, 그리고 톰슨 부자의 얼굴이 순식간에 굳어졌다.

"하, 할…… 뭐?!"

누군가 소리치자 교감은 사색이 되어 나와 할아버지를 쳐다보았다. 가웨인과 란슬롯이 입술을 꾹 깨물고 있는 내게 다가왔다.

"누가 내 동생의 기를 이렇게 죽여 놨지. 죽여 버리고 싶게."

가웨인이 험악한 표정으로 사람들을 둘러보았다. 톰슨 남작은 거무죽죽한 표정으로 오빠와 나를 번갈아 가리켰다.

"머, 머리와 눈이, 가, 같……!"

"말도 안 돼!"

프란츠가 절규하듯 소리쳤다. 란슬롯은 그런 그를 보고 화사하게 웃었다.

"프란츠 톰슨이로군."

"……."

"영지민 상대로 사기를 치다 쫓겨난 제 아비와 똑같은 놈이라곤 들었다."

"그런……."

"프렌시프의 이름을 함부로 입에 올린 죄는 따로 심판하도록 하지."

그렇게 말하곤 산뜻한 표정으로 교감을 돌아보았다.

"그럼 갈까요, 빌어먹을 상담인지 뭔지를 하러."

란슬롯의 입에서 욕이 나온 건 처음이라 나는 깜짝 놀랐다. 내가 눈을 동그랗게 뜨고 있으니 란슬롯이 내 귓불을 매만졌다.

"우리 아가씨는 나중에 귀 씻으러 가시고."

내가 살짝 웃으니 그도 함께 웃어 주었다. 우리 가족이 건물 안으로 들어가자 사람들이 허겁지겁 쫓아왔다. 어떤 방 앞에서 할아버지가 나를 돌아보며 말했다.

"너는 거기 있거라."

"저도 들어가야 하는 게 아닌가요?"

할아버지가 교수들을 쳐다보자 교수 중 하나가 허겁지겁 대꾸했다.

"하, 학생은 들어오지 않아도 됩니다. 들어가시죠······."

나는 문 앞에 얌전히 서 있었다. 교수들은 할아버지를 쫓아가면서 내내 나를 힐끔거렸다. 프란츠도 들어가지 않았는데, 그가 내게 무어라 말하려고 하자 가웨인이 입을 열었다.

"그 눈알, 뽑아서 짓이겨 버리기 전에 입 다물어."

"······!"

새파랗게 질린 프란츠가 고개를 숙였고, 가웨인은 내 손을 잡았다.

"오빠는 안 들어가세요?"

"쓰레기 냄새가 불쾌해서."

"아······."

"네 방은 어때? 구경시켜 줘."

"보호자들은 교무 위원회 부지에만 있어야 해요."

"그럼 근처 산책이라도 하자."

할아버지와 큰 오빠를 기다리지 않고? 그런 뜻을 담아서 쳐다보니 가웨인이 됐다며 나를 끌고 밖으로 나섰다.

*　　*　　*

나베리우스는 아주 당연하게 상석을 차지했다. 그가 착석하자마자 쿵! 둔탁한 소리와 함께 문이 닫혔다. 원탁에 둘러앉은 톰슨 남작과 교수들은 희게 질린 얼굴로 마른침을 삼켰다.

'대체 어떻게 된 거야.'

'센이 프렌시프의 막내라고?'

'프란츠가 아니라?'

이번 상담진은 교감의 입김이 닿는 인물들로 구성되어 있었다. 프렌시프의 눈에 들어서 정계 진출을 꿈꾼 건 교감만이 아니었고, 이들 중 대다수는 교단을 걸고 프란츠에게 헌신했다. 프란츠의 성적을 고쳐 주는 건 다반사에 종종 그의 부탁을 받고 학생들을 구박하기도 했다. 물론 그만한 대가는 받았지만.

그러니까 더더욱 소문을 믿었던 거다. 몇 년 연봉쯤은 능히 뛰어넘는 보석을 턱턱 안겨 주고, 뭐라도 있는 양 굴었으니까! 교감이 프란츠의 부친인 톰슨 남작을 갈기갈기 찢을 듯이 노려보았다.

'쳐 죽일 사기꾼 같으니!'

나베리우스가 천천히 입을 열었다.

"그래서."

"……."

"내 손녀를 제적시키겠다는 이유가 뭔지나 들어 보지."

교감은 꼴깍, 마른침을 삼켰다.

"그, 그건 사소한 마찰이 있어서……."

"여성이 남성의 폭행에 맞서야 했던 것이 사소한 마찰이라."

나베리우스의 목소리는 섬뜩할 정도로 낮았고, 란슬롯을 제외한 모든 사람들이 굳어졌다. 톰슨 남작이 절박한 표정으로 나베리우스의 발치에 납작 엎드렸다.

"오해십니다! 가벼운 마찰 중 일어난 우발적인 사고였을 뿐, 제 아들은 아가씨를 폭행하려는 의도가……!"

쿵! 나베리우스가 구둣발로 톰슨 남작의 어깨를 찍어 눌렀다.

"크흑―!"

"날파리가 윙윙대는 것이 거슬려서."

"어, 어르……."

"폭행하려는 의도는 없었다."

가벼운 어투에 장내는 침묵에 휩싸였다. 듣기는 했지만, 정말로 사지가 벌벌 떨리는 위압감이었다. 나베리우스의 옆에 서 있던 란슬롯은 빙긋이 웃으며 말했다.

"조부님, 구두가 더러워지십니다. 이자의 처리는 제게 맡겨 주시죠."

"그럴까."

톰슨 남작이 흠칫 오그라들었다. 홀릴 듯 매혹적인 프렌시프의 장자가 그 누구보다도 잔인하다는 걸 그는 익히 알고 있었다.

"도, 도련……."

"쉿, 더 입을 놀리면 이 자리에서 혀뿌리를 지져 버리고 싶어집니다."

"……!"

"하루라도 더 살고 싶거든 숨소리도 내지 않는 게 좋겠지요."

남작의 손발이 벌벌 떨리는 것을 가만히 지켜보던 나베리우스가 교수들에게로 시선을 돌렸다. 사색이 된 교감이 어색하게 웃으며 말했다.

"걱정하지 마십시오. 이 오로반이 아가씨의, 아, 아니, 셴 양의 제적은 없던 일로……."

나베리우스가 눈을 감은 채 인상을 찌푸렸다. 관자놀이를 꾹 누르던 그가 조용히 읊조렸다.

"다물어."

"……."

나베리우스는 눈꺼풀을 느릿하게 들어 올리고, 손끝으로 테이블을 두드렸다.

"누구냐."

"예, 옛?!"

"내 손녀를 울린 놈은."

교감의 낯빛이 거무죽죽해졌고, 다른 교수들은 일시에 그를 쳐다보았다.

*　　*　　*

내가 멀리서나마 보여 준 기숙사 건물을 보고 가웨인은 왈칵 인상을 찌푸렸다.

"헛간이야?"

"아닌데요. 저래 보여도 안에 들어가면 의외로 커요. 제 방도 엄청 좋고요."

"얼만한데?"

"음, 그러니까……."

나는 우다다다 뛰어가서 선을 콕 찍고, 또 우다다다 뛰어가서 선을 콕 찍었다.

"오빠가 있는 곳부터 이만큼?"

"좁아터졌군."

"그야 성의 방에 비하면 그렇겠지만."

지구로 따지면 일반 원룸보다 조금 더 큰데.

내가 그렇게 생각하고 있는 사이 가웨인이 작게 중얼거렸다.

"차라리 기숙사 전체에 불을 냈어야 했는데."

"네?"

"아니야."

그러더니 다시 내 손을 잡고 걸었다. 성에서 하는 산책 같았지만, 그보다는 볼거리가 없었다. 이 부지엔 교무 위원회 건물만 덜렁 있어서 아무리 돌아봐야 하나밖에 안 보였다.

"성의 정원 예뻐졌지요?"

내가 물으니 그가 장미가 많이 폈다고 대답했다.

"하인들이 너 보여 주겠다고 뭔가 징그러운 이름의 장미도 심었지."

"징그러운 이름이요?"

"올포러브(All for Love)."

'모든 것은 사랑을 위하여.'

정말로 낭만적인 이름이었다. 그런 이름의 장미도 있구나. 그렇게 생각하며 헤헤 웃고 있으니 가웨인이 씩 웃었다.

"너와 똑같이 생겼어."

"제가 그렇게 예쁘다고요?"

장미만큼이나?

내가 눈을 크게 뜨자 가웨인이 하하, 웃으며 어깨를 가늘게 떨었다. 그러더니 내 머리칼을 매만지며 ―

"녹색 덩굴에."

또 내 눈가를 매만지고.

"꽃송이는 분홍색인 장미지."

"아, 그런 뜻……."

나 예쁘다고 하는 줄 알았네. 창피해서 얼굴이 붉어지자 가웨인이 킥킥거리며 머리를 마구 흩뜨렸다.

그렇게 삼십 분쯤 걸은 뒤 우리는 다시 건물 안으로 돌아갔다. 때마침 사람들이 나오고 있었다. 프란츠가 황급히 톰슨 남작에게 뛰어갔다.

"아, 아버지, 어떻게 되었……!"

짝! 톰슨 남작이 솥뚜껑 같은 손으로 아들의 뺨을 후려쳤다. 얼마나 세게 쳤는지 프란츠가 비틀거리다 주저앉을 지경이었다.

"네놈이……! 네놈 때문에……!"

"아버지……."

내가 눈을 동그랗게 뜨고 있자 란슬롯이 몸으로 그들의 모습을 가렸다.

"갈까, 세니아나."

나는 가족들에게 둘러싸여 걸었고, 교수들이 헐레벌떡 우리를 쫓아왔다. 그들 사이에 교감은 없었다.

'어떻게 된 거지?'

무슨 일이 있었던 거야? 궁금해서 할아버지를 쳐다봤더니 그가 말했다.

"밖에서 식사를 할까."

"하지만 그건 규율상······."

할아버지는 교수들을 힐끔 바라보자 교수들이 목청 높여 소리쳤다.

"멀리서 가족이 오셨는데 당연히 함께 계셔야지요! 아니, 있어야지."

"외출계, 외출계."

허겁지겁 주머니를 뒤진 교수가 펜으로 휘갈겨 외출계를 써 주었다. 당황해서 눈을 깜빡이고 있으니 할아버지가 나를 끌었다. 그렇게 엉망으로 쓴 외출계와 함께 교무 위원회 건물을 벗어났다. 나는 가족들을 졸졸 쫓아가면서 다급하게 말했다.

"하지만 학생들이 보면······! 아, 제적이라 상관없을까······."

란슬롯이 낮게 웃곤 내 머리를 쓰다듬었다.

"제적당하지 않을 거야. 오해를 했다며 사과하더구나."

"정말이요?!"

"그래."

"다행이에요!"

잠깐만, 그러면 더더욱 밖으로 나가면 안 되지 않나?

사교 활동이 전무했던 나와 달리 할아버지와 오빠들은 너무나 유명 인사였다. 귀족 학생들이 본다면 당연히 이들을 알아차릴 거다. 인적이 드문 곳에서 멈춘 할아버지가 말했다.

"포털을 열어라."

"아하, 어디로 갈까요?"

"네가 가고 싶은 곳이면 어디든."

나는 활짝 웃으며 목걸이를 쥐었다. 눈을 한 번 감았다가 뜨자 주변이 바뀌어 있었다.

"아가씨!"

성으로!

*　　*　　*

시트론과 사용인들이 활짝 웃으며 내게 다가왔다.

"어서 오세요, 아가씨."

"어머머, 살이 쏙 빠지셨네. 애, 가서 주방에 연락해라. 아가씨, 드실 것을 어서 만들라고 해."

"옷! 편한 옷을!"

집사들이며 하녀들이 소리쳤고, 사용인들은 헐레벌떡 움직였다. 그 모습을 보며 가족들은 픽 웃었다. 수학여행에서 돌아왔을 때 선생님이 반기던 모습이 떠올라서 난 가슴이 따뜻해졌다. 할아버지가 날 보며 말했다.

"음식이 준비되는 동안 편한 옷으로 갈아입고 돌아와라. 목욕도 하고."

"그래도 되나요?"

"물론."

나는 얼른 시트론과 함께 방으로 갔다. 시트론은 욕조에 물을 받으며 물었다.

"입욕제는 어떤 것으로 하시겠어요?"

"으음, 장미?"

"계절에 꼭 맞는 선택이네요."

시트론이 생글생글 웃으며 입욕제와 꽃잎을 풀었다. 그리고 내 탈의를 도와준 다음 욕조로 들여보냈다. 너무 차지도 뜨겁지도 않은 딱 좋은 온도의 물이 더위에 익어 꿉꿉해졌던 몸을 상쾌하게 만들었다. 어느새 들어온 하녀들이 기분 좋은 향이 나는 아로마 캔들과 아이스티를 내려놓았다.

시트론은 조물조물 솜씨 좋게 안마해 주었고, 나는 하녀들이 준 아이스티를 한 모금 마셨다. 그리고 몽롱한 표정으로 허공을 바라보고 있자 다른 하녀들도 팔을 걷어붙이고 마사지를 시작했다.

"후아……."

"불편하세요, 아가씨?"

시트론이 눈을 동그랗게 뜨고 물어서 나는 고개를 절레절레 저었다.

"아니, 너무 좋아서……."

하녀들이 귀엽다는 듯이 깔깔 웃었다.

머리까지 말리고 뽀송뽀송한 몸으로 가벼운 옷을 입었다. 식당으로 가려 하니 하녀장이 "어르신의 서재로 가시지요." 하며 나를 데리고 갔다.

할아버지의 서재엔 기숙사 방의 테라스와는 전혀 다른 크기의 엄청난 테라스가 있었다. 테라스에 있는 원형 테이블에 가족들이 앉아 있었다. 나는 의자에 앉아서 테라스 아래 정원을 바라보았다.

"우와!"

만개한 장미로 가득 찬 아름다운 정원이 한눈에 보였다.

'저 분홍색 장미가 올포러브인가 봐!'

자줏빛이 약간 섞인 분홍색 장미가 흐드러지게 펴 고아한 자태를 뽐냈다. 풍경은 아름답고, 테이블 위 음식에선 맛좋은 냄새가 나며 덥지 않고…… 응? 안 덥다고?

'아하, 테라스 문을 열고 냉방 장치를 가동하셨네.'

엄청난 사치였지만, 즐기는 입장에선 덥지 않고 좋았다.

"아곤이 직접 만들었어."

가웨인의 말에 나는 활짝 웃으며 말했다.

"아곤의 음식 정말 좋아해요."

"다행이네."

란슬롯이 미소 짓고는 고기를 썰어 내 입에 넣어 주었다. 오물오물 씹고 있자니 육즙이 입안 가득 퍼졌다.

"아우우."

너무 감동적이라 입을 막고 끙끙거렸다. 가웨인과 란슬롯은 그런 나를 보고 웃음을 터뜨렸다.

"이것도."

가웨인 한 번.

"아, 해. 착하네."

란슬롯 한 번. 번갈아 가며 내 입에 음식을 넣어 줘서 난 먹느라 바빴다. 다 먹고 빵빵하게 부른 배를 두드리고 있으니 할아버지가 물었다.

"그 개…… 녀석이 시험 중에도 장난을 쳤다던데."

"그건 해결했어요."

"해결?"

"네, 무사히 본선으로 가서…… 아! 저 1등 했어요."

프란츠 때문에 성적을 말씀드리는 걸 잊고 있었다. 할아버지와 오빠들의 눈이 살짝 커졌다. 가웨인이 실소를 흘리며 말했다.

"매번 꼴찌만 하던 녀석이 1등이라고."

"장한데."

란슬롯도 키득키득 웃으며 내 뺨을 부드럽게 매만졌다. 할아버지는 아무런 말씀이 없으셨는데, 그때 마침 가신 한 사람이 서류를 들고 들어왔다.

"아가씨."

"안녕하세요?"

"아주 돌아오신 겁니까?"

"아니요, 돌아가야 해요."

"그렇군요. 아, 어르신, 광산 건으로 여쭐 말이 있습니다."

가신이 서류를 내밀자 할아버지는 빠르게 내용을 훑었다.

"이 건은 회의에서 다루도록 하지."

"그렇게 하지요."

"공의 아들이 몇 살이라고 했던가."

"올해로 열다섯입니다."

"학술원에 있다고 했던 것 같은데."

"그렇습니다."

"성적은 좋은가?"

"나쁘지는 않습니다만……."

"그렇지. 어렵지, 수석은."

"예?"

가신이 할아버지의 눈치를 보며 물었다. 좌우로 눈을 굴리던 그가 나와 시선이 마주쳤다.

"아! 혹시 아가씨께서 수석을……?"

할아버지가 큼, 헛기침을 하고는 중얼거렸다.

"그것도 졸업 시험에서 수석을 받아 왔지 뭔가. 골치 아프게 됐지."

"골치 아프시다니요! 자식 둔 부모라면 모두 부러워할 텐데요."

"그러니까 말일세."

할아버지의 입꼬리가 삐뚜름하게 올라갔다.

"가뜩이나 재주가 많은 아이니 어느 쪽으로 지원해야 할지. 쯧, 귀찮게 되었어."

"그렇겠군요. 제가 부모라도 걱정이 많을 겁니다. 성녀인 것만으로도 세간의 이목이 집중될 텐데 로열 키친에 들어간다면……."

"고민이 많군."

"저는 부럽기 그지없지만요. 수석이 어디 마음대로 되는 일입니까. 어르신을 닮아 여러 방면으로 재능이……."

"이런 것까지 나를 닮을 필요는 없는데."

가신은 연신 축하의 말을 쏟아냈고, 나는 진짜로 민망했다.

'그, 그만!'

매번 꼴찌만 하다가 이번에 처음으로 좋은 성적을 낸 건데! 그것도 1차 시험이었다고…….

"한턱내셔야 하는 게 아닙니까?"

가신이 으하하 웃었고, 할아버지는 팔짱을 낀 채로 고개를 끄덕였다.

"그러지."

"참말입니까?"

"연회를 열겠다. 영지민들에게도 성을 개방할 테니 모두 마시고 즐겨라."

"이야! 이거 아가씨 덕에 다들 신이 나겠군요."

연회는 진짜로 아니지 않나요…….

나는 새빨개진 얼굴을 푹 수그렸다. 그래도 내가 좋은 성적을 받아 기뻐하신다고 생각하니 기분이 나쁘진 않았다. 가신이 돌아가고도 할아버지가 이따금 픽픽, 웃으셔서 나도 따라 웃어 버렸다.

그날은 마침 주말을 앞두고 있었기 때문에 나는 며칠 동안 성에서 푹 쉴 수 있었다. 새로운 주의 아침이 되어서야 아카데미로 돌아왔다. 가족들과 사용인들이 바리바리 싸 준 생필품을 침대에 내려놓고, 시간표를 확인했다.

'첫 수업은 실습이네.'

조리복으로 갈아입고, 기숙사를 나서는데…….

'뭐지?'

삼삼오오 모여 있던 학생들이 크게 술렁이고 있었다. 그들 시선 끝에 걸린 사람은 프란츠였다. 피터와 빌리가 그를 추궁하고 있었다.

"말해 봐! 정말로 사실이야?"

"물어서 뭐 해! 어제 교감하는 얘기 못 들었어?"

"말도 안 돼! 그럼 정말 프렌시프 인명록에도 못 올라갈 정도의 방계……."

"방계는 무슨! 옛날 옛적에 쫓겨나서 평민과 다를 바 없다잖아!"

프란츠는 새파랗게 질려서 이를 악물고 있었다. 피터가 그의 멱살을 잡으며 소리쳤다.

"이 개자식! 나를 속였어!"

프란츠는 그를 확 떠밀었다.

"돈 없어서 빌빌거리는 거지새끼들 거둬 줬더니 은혜도 모르고……."

"뭐?! 이 새끼가!"

퍽! 빌리의 주먹에 맞아 쓰러진 프란츠가 이를 악물었다. 그들을 가만히 지켜보고 있는데 몇몇 학생들이 내게 다가왔다.

"저기……."

"응?"

"너도 교무 위원회 건물에 갔었잖아. 혹시 봤어? 정말로 프란츠의 아버지가 사기꾼이었니?"

누군가 내게 그렇게 물어오던 찰나, 찢어지는 울음소리가 들려왔다. 사감이 제 짐을 던지는 학교 경비병들에게 매달려 사정하고 있었다.

"시일은 주셔야지요! 이리 바로 쫓아내시면 저는 어찌 살라는 겁니까!"

"교장의 명이오."

"뵙게 해 주십시오, 저는 정말로 학생을 신분으로 차별한 적이……!"

학생들은 내게 묻던 것도 잊고 새로운 난리에 집중했다. 나는 한숨을 내쉬고, 기숙사를 벗어났다.

'다행히 내 신분은 소문이 안 난 모양이네.'

하기야 상담은 수업 중에 멀리 떨어진 건물에서 이뤄졌고, 교감과 교수들은 두려워서라도 입을 열지 못했을 거다.

'그런데 마차는 어떻게 했을까?'

우리는 마차를 놓고 포털로 이동했는데. 그런 고민을 하면서 걷는 중에 누군가 내 앞을 막아섰다.

"아!"

도미니크의 부관이었다. 이름이…….

"알베르?"

"기억해 주셔서 영광입니다."

"저하께서 돌아오셨나요?"

"예. 그렇지 않아도 잠깐 말씀 나누고 싶어 하십니다."

"하지만……."

사사롭게 만나면 안 된다는 얼굴로 쳐다보니 그는 부러 큰 소리로 말했다.

"이전에 있었던 불미스러운 사건에 관하여 이야기를 듣고 싶어 하십니다."

"아, 그렇지요. 갈게요."

난 순순히 그를 따라갔다. 안으로 들어가니 상담 때 보았던 교수들과 교감이 희게 질린 얼굴로 앉아 있었다.

"아, 아가씨, 뵙고 싶었습……!"

교감이 벌떡 일어나자 도미니크가 테이블을 걷어찼다. 모서리에 무릎을 맞은 그가 꺽! 소리를 내며 주저앉았다. 도미니크는 내게 의자를 내주었다.

"앉으세요."

나는 고개를 꾸벅, 숙이고 의자에 앉았다. 서류에 시선을 고정한 그가 낮게 실소를 뱉었다.

"내 허가 없이 제적 논의가 있었다고 들었습니다."

"네……."

"책임 교수들로 이뤄진 상담진이 아니라 교감 오로반이 직접 채택한 인사들로."

"그런 것 같더군요."

"센 양의 제적은 옳지 않다고 항의한 책임 교수들은 징계받았고요."

그렇게까지?

나는 인상을 찌푸리며 교감을 쳐다보았고, 교감은 흠칫 어깨를 좁혔다.

"센 양의 보호자가 정식으로 항의해 왔습니다."

교감과 교수들의 얼굴이 거무죽죽해졌다. 교수 몇이 다급히 소리쳤다.

"저희는 오로반 교수님의 명에 어쩔 수 없이 응했을 뿐입니다."

"상사가 명하면 따를 수밖에 없습니다. 제발 선처를—"

"아가씨, 아니, 센 양, 제발 부탁드립니다."

"쫓겨나면 어디로 가겠습니까. 저희 가족들이 전부 거리에 나앉을 겁니다."

"정말 그런 꼴을 보고 싶으신 건 아니겠지요? 아가씨, 옛정을 생각해서라도 부디……!"

쾅! 도미니크가 테이블을 내리쳤다.

"그만."

"……"

교수들이 질겁하여 입을 다물었고, 도미니크는 낮게 중얼거렸다.

"내 인내를 시험하지 마시오. 그리 자비로운 편은 아니니."

"……"

"……"

도미니크는 교수들을 쭉 돌아보며 못을 박았다.

"부디."

'우와, 무서워…….'

화났을 때의 할아버지를 보는 것 같아서 나도 고개를 푹 수그렸다. 그러자 도미니크가 내게 말했다.

"교수들을 해직하는 선에서 마무리하는 게 어떻겠습니까."

"그건…… 음…….”

나는 조그맣게 침음을 흘리며 그를 다시 올려다보았다.

"곤란한데요.”

"원하시는 바라도?”

"교단에 발붙이지 못하는 건 물론, 사방 아카데미에 연락을 취해 소식을 알려 주세요. 동문회도 마찬가지입니다.”

그렇게 되면 취직하기가 하늘의 별 따기일 것이다. 교감과 교수들은 어찌할 바를 모르고 발을 동동 굴렀다. 교감은 “아, 아가씨!” 하고 입을 열려고 했지만, 부관 알베르가 교감의 어깨를 찍듯이 누르는 바람에 다시 입을 다물었다. 나는 차분히 말했다.

"제가 프렌시프의 핏줄이 아니었더라면 억울하게 제적당했을 거예요.”

도미니크는 빙긋 웃으며 고개를 끄덕였다.

"계속 말씀하세요.”

"저들은 이곳에서 사라져도 주방장 휘장을 달 재원들이고, 비슷한 순간이 온다면 또 아랫사람을 휘두르려 할 거예요. 선생이란 직함조차 신분 상승의 계단으로 쓴 사람들이니까요.”

더는 나 같은 사람을 만들고 싶지 않아. 그러려면 이제 절대 힘을 가질 수 없게 만들어야지.

내 뜻을 알아차린 그는 좋다고 말했다.

"뜻대로 하지요. 알베르, 이들을 퇴직 처리하고 사방 아카데미와 동문회에도 소식을 알려라.”

"저들의 빈자리는 어찌하시겠습니까.”

"2차 시험을 당기도록 하지. 학생들이 시험 준비를 하는 동안 교수를 채용하겠다."

"예."

알베르가 고개를 숙였고, 교수들은 어찌할 바를 몰라 발만 동동 굴렀다. 하지만 도미니크의 결정이 달라지는 일은 없었다. 엎드려 애원하던 교수들은 학생들이 다 보는 앞에서 경비병에게 끌려 나갔다. 교수들이 끌려 나가고, 세니아나도 교장실을 나서기 위해 몸을 일으켰다. 도미니크가 입을 열었다.

"영애."

"네?"

"마차는 은밀히 프렌시프 성으로 돌려보냈습니다."

"아! 그거 저하께서 처리해 주셨군요! 그렇지 않아도 궁금했는데……."

그녀는 종알거리다가 고개를 숙였다. 도미니크가 그런 세니아나를 보며 픽 웃었다.

"보란 듯이 마차를 세워 놓아서."

마치 프렌시프 영애가 여기 있다는 걸 알리고 싶다는 것 같았다.

'누구 생각인지는 뻔하지.'

프렌시프의 장남인 란슬롯.

그는 앞에 나서지 않고도 원하는 바를 손에 거머쥐는 뱀이었다. 아무래도 프렌시프의 장남은 막냇동생에게 아카데미는 위험한 공간이라고 판단한 듯싶었다. 마음을 상하게 하면서 억지로 돌아오게는 못하겠으니 돌아갈 수밖에 없는 상황을 만들려고 했던 것이다.

'만만치 않군.'

세니아나가 눈을 깜빡이며 물었다.

"네?"

"아닙니다. 돌아가 보시죠."

세니아나가 고개를 숙이고 교장실을 떠났다. 그녀의 뒷모습을 지켜보던 도미니크에게 부관 알베르가 물었다.

"영애에게 손찌검을 했다던 학생은 어찌하실 겁니까. 퇴학시킬 까요."

"뒤."

"예?"

"아카데미가 생지옥이 되었을 테지."

부친이 두려워 집으로 돌아가지는 못하고 하루하루 피가 마를 터. 프렌시프에서 그의 부친이라는 톰슨 남작을 처리한 뒤에 스스로 자퇴서를 내게 만드는 것이 낫다. 눈치 빠른 알베르는 그의 말뜻을 알아차리고 고개를 숙였다.

"자퇴 후에 사람을 붙이도록 하지요."

"그녀에게 휘둘렀던 손은 몸에 붙여 놓지 마라."

도미니크가 낮게 읊조렸다.

그 시각, 사비에르 후작 저. 동부 아카데미에 넣어 놓았던 세작의 보고서가 올라왔다. 사비에르 후작의 얼굴이 일그러졌다. 태피스트리 아래서 찻잔을 들던 여성이 물었다.

"무슨 일이 있나요?"

"에이레네."

순간 사위를 어둡게 만들던 구름이 해를 비껴가고, 창 안으로 햇살이 쏟아져 들어왔다. 후작이 딸을 바라보았다. 햇살에 반사되어 결 좋은 은발과 하얀 피부가 보석처럼 반짝였다.

길고 우아한 속눈썹이 염려 어린 눈동자를 반쯤 가렸다. 눈꺼풀이 깜빡, 움직이는 것조차 한 폭의 명화처럼 아름다웠다. 미인이 많기로 소문난 황도에서도 이처럼 청초하고 고운 미인은 없었다. 황제가 그녀를 일컬어 제국에 핀 한 송이 수선화라 할 정도였으니까.

후작은 자랑스럽고도 자랑스러운 딸을 보곤, 분노마저 잊은 채 미소지었다.

"이런 사소한 일엔 신경 쓰지 마라."

"아버님의 근심이 제 근심인걸요."

"조슈아가 네 반만이라도 닮았으면 걱정이 없을 텐데."

한날한시에 태어난 쌍둥이는 너무나 달랐다. 딸은 황제의 귀여움과 황후의 어여쁨, 제국민의 사랑을 한 몸에 받는 사비에르의 보물이었다. 반면에 아들인 조슈아는…….

후작이 혀를 차며 중얼거렸다.

"별 해괴한 가명까지 쓰며 부득불 아카데미에 기어들어 가더니 성적마저 개판이로군."

"조슈아는 늘 수석이라지 않았나요?"

"이번엔 웬 계집애에게 밀린 모양이다."

에이레네는 생긋 미소지었다.

"무엇이 그리 즐거우냐?"

"아버님께서 조슈아에게 신경 쓰시는 모습이 보기 좋아서요."

에이레네는 받침에 찻잔을 달칵, 내려놓고는 무릎에 두 손을 포갰다.

"실수 한 번은 눈 감아 주셔요. 다음 시험에서는 좋은 성적을 받을 겁니다."

"녀석을 이겼다는 계집애가 신경 쓰여."

"그 아이가 대관절 누구기에……."

"프렌시프 늙은이의 손녀다."

에이레네의 눈이 동그래졌다.

"프렌시프 양이 동부 아카데미에 있었나요?"

"이번에 무슨 일이 있었는지 프렌시프 노인네가 질겁을 하고 아카데미에 찾아갔더구나. 그 덕에 가명까지 알아낼 수 있었지."

정확히 말하면 프렌시프에서 알린 것과 다름없지만.

새로운 성녀에 대한 관심이 지대했다. 금좌 11석까지 정보 길드를 동원해 그녀를 조사 중이었으니까. 그러니 언젠가는 동부 아카데미에 있다는 것도 알아차렸을 터.

세니아나 프렌시프가 아카데미에 있는 틈을 노리고 접근하는 자들이 분명 생길 것이다. 프렌시프 늙은이의 아카데미 행차는 그런 자들에게 하는 선언이었다. '손녀는 제 앞마당에 있으니 접근할 생각 말라'는.

'여우 같은 늙은이.'

에이레네가 고개를 갸웃 기울였다.

"어르신께서 손녀를 그리 예뻐하셨던가요……."

"성녀가 되었으니까 쓸모 있다고 여긴 걸 테지. 빌어먹을, 하필이면 그 계집애가 수석을 해서……."

성녀인 딸의 자리가 위협당해서 아들을 로열 셰프로 만들고자 한 것이다. 그런데 아들까지 이겨 먹었으니…….

사비에르 후작이 쿵! 테이블을 내리쳤다.

"로열 셰프 자리까지 노리는 것인가. 빌어먹을 계집!"

"아버님, 진정하세요."

"하지만……!"

"설마 프렌시프 양이 그렇게까지 욕심 많을까요."

에이레네는 사뿐히 일어나 부친의 손을 잡았다.

"아버님의 추측일 뿐인걸요."

"……."

"그저 요리를 좋아하는 성실한 아가씨일 수도 있어요."

그렇게 말한 에이레네는 생긋 미소지었다.

"정말로 과욕을 부린다면 아버님이 나서지 않아도 하늘이 천벌을 내릴 테지요."

"에이레네……."

그는 상냥한 딸의 얼굴을 어루만졌다.

*　　　*　　　*

제적 상담 사건 이후로는 평화로운 날의 연속이었다. 나는 햇살이 가득 내리쬐는 한낮의 벤치에 앉아 오늘 배운 요리를 정리하고 있었다.

'조제프 교수님의 파스타 진짜 맛있었지.'

나는 식당에서 남겨 온 쿠키를 오물거리며 필기한 것들을 살폈다.

"조제프 교수님의 소스로 라비올리(파스타 반죽 틈에 고기나 야채 등의 소를 채운 요리. 만두와 비슷하다.)를 해도 맛있지 않을까."

"라비올리는 무리지!"

내 옆 벤치에 앉아서 빵을 물고 있던 남학생이 소리쳤다.

"으응?"

"소스가 너무 묽잖아."

그러자 다른 학생들도 슬쩍 끼어들었다.

"맞아. 그거 같을걸, 남부에 있는 요리. 피에 고기 부추 소를 넣어서 국으로 끓인 거 말이야."

"만둣국?"

내 물음에 그들이 고개를 끄덕였다.

"그래."

"좀 다른데. 크림 소스를 국으로 생각하는 건 무리 아니야?"

"네가 생각하는 국은 뭔데?"

"콩소메와 비슷할까? 투명한 탕. 거기에 소금 간 해서……."

학생들과 나는 이런저런 이야기를 나눴다.

"남부 음식에 조예가 깊네?"

그들이 묻기에 나는 좋아한다고 대답했다. 가장 먼저 끼어들었던 남학생이 턱을 괴며 물었다.

"남부 음식 중에 가장 좋아하는 건?"

"비빔밥."

"비빔밥?"

여기는 없나?

"밥에 나물과 달걀 프라이를 넣고, 고추장에 참기름 한 방울 똑 떨어뜨린 다음에 비벼서 먹는 요리야."

"그거 개죽 아니야?"

나는 뾰로통해져서 그를 흘겼다. 남의 나라 전통 음식더러 개죽이라니!

"그렇게 따지면 파스타도 개죽 아니야? 잡다한 것 다 때려 놓고 볶은 건데."

"그건 또 맞는 말."

그의 말에 내가 히히 웃자 학생들도 으하하 웃음을 터뜨렸다.

'헉! 그러고 보니까 나 지금 학우들과 얘기하고 있잖아!'

잊고 있던 사실을 상기하니 가슴이 콩닥콩닥거렸다.

"센이 이렇게 재밌는 녀석인 줄 몰랐네."

누군가의 말에 다른 학생이 대답했다.

"프란츠가 무서워서 얘기할 생각을 못 했지."

"그전엔 세상과 싸우는 애 같았고……. 말만 걸면 성질이었잖아."

"아, 맞아. 저학년 때 센에게 책 주워 줬던 적이 있었는데 천한 손 닿은 건 더러우니까 그냥 버리라고 했어."

나는 화들짝 놀라서 말했다.

"그런데 나한테 다시 말 걸어 준 거야? 엄청 착하구나. 고마워!"

그러자 학생들이 또 한 번 웃음을 터뜨렸다.

"진짜 재밌는 애네."

"세상과 화해했나 본데."

"셴, 우리는 매일 여기서 점심 먹거든. 같이 먹을래?"

나는 가슴이 벅차서 한동안 멍하니 학생들을 바라보았다. 그러다 퍼뜩 정신을 차리고 이것저것 물었다.

"저기, 그럼 도시락 싸 와야 해? 나눠 먹어야 하니까 앞 접시도 필요한가? 메뉴는 어떤 거로—"

애들이 나를 이상한 표정으로 보길래 나는 떠듬떠듬 변명했다.

"내가 친구랑 밥 먹는 건 처음이라서……."

"으앙!"

내 옆에 앉아 있던 오렌지색 머리칼의 여학생이 나를 끌어안았다.

"귀여워!"

"어?"

"매일 같이 먹자."

내가 정말이냐는 듯 주변을 보자 애들이 고개를 끄덕여 주었다. 난 너무 기뻐서 펄쩍 뛸 뻔했다.

'다들 천사인가 봐.'

혼자서 기숙사에 돌아가며 헤헤 웃었다. 내일 점심을 싸갈 생각에 몹시 설렌다. 그런데—

‘어?’

순식간에 사방이 어둠에 잠식되었다. 당황한 나는 얼른 목걸이를 살폈다.

‘이동한 건가? 하지만 이동했을 때의 감각은 아닌…….’

울렁 ― 가슴속이 갑자기 수런거리더니 발끝에서부터 기묘한 냉기가 올라왔다. 그리고 그 순간 쩌억, 쩍 등줄기가 오싹하는 기묘한 소리와 함께 녹물 같은 덩어리가 나를 향해 스멀스멀 다가왔다.

“제, 물…….”

섬뜩한 목소리였다. 기계음 같은 낮고, 어두운 목소리. 덩어리가 점점 가까워질수록 목소리는 조금씩 더 커졌다.

“도망친, 제, 물.”

“먹, 자.”

“먹, 어 버 리, 자.”

당황한 나는 주춤 뒷걸음질 쳤으나 어느새 덩어리들이 내 주변을 포위했다. 그리고 덩어리의 틈이 세로로 갈라지면서 ―

“캬악!”

“……!”

징그러운 이빨이 수없이 나타났다. 그때 목에 건 펜던트가 번쩍 빛나고, 일전에 보았던 베고니아 꽃길이 나타났다. 동시에 누군가 내 앞을 가로막았다. 나를 끌어안은 그 사람이 덩어리들을 향해 소리쳤다.

“사라져! 이 아이는 더 이상 제물이 아니야!”

“선생님…….”

선생님은 나를 꽉 끌어안은 채 덩어리들을 노려보았다. 잠깐 물러났던 덩어리들은 하나로 합쳐져 뱀 같은 형상이 되었다. 온몸에 난 비늘 같은 이빨이 흉측하게 꿈틀거린다. 선생님이 손으로 허공을 가르자 새하얀 빛이 퍼져 나왔다.

"캬아아악!"

불에 덴 듯 온몸을 비틀던 덩어리가 이내 가루가 되어 흩어졌다. 나는 가쁜 숨을 내쉬며 비틀거리는 선생님을 부축했다.

"어떻게 된 거예요? 방금 그것들은 뭐예요?"

"삿된 자들."

"삿된 자들?"

"버려진 것들을 삼키고 살아가는 부정한 존재지."

"버려진 것……. 제가 고아라서?"

떨리는 목소리로 물으니 선생님의 얼굴이 아프게 일그러졌다.

"아니야, 절대로."

"하지만 전 아버지에게도 버림받았고, 또 어머니에게도……."

선생님이 나를 끌어안았다. 귓가에 들리는 가쁜 숨소리가 너무나 아프게 느껴져서 난 가만히 옷깃을 쥐었다.

"선생님 저요. 저번에 첫 친구를 사귀었어요."

"……."

선생님이 나를 바라보았다. 동공의 떨림이 멈추고 빛이 스며들었다.

"내일은 학교 애들과 함께 밥을 먹기로 했어요."

"……."

"할아버지랑 오빠들도 잘해 주고요. 성에서 일하는 사람들도 전부 친절해요."

"……."

"이제 버려졌다는 말에 상처받지 않아요. 그러니까 선생님."

자꾸만 눈물이 새어 나와서 입술을 꽉 깨물었다. 선생님의 눈가에도 물기가 어렸다. 나는 훌쩍훌쩍 울며 선생님의 눈물을 손끝으로 문질렀다.

"걱정하지 않으셔도 돼요."

"언제 이렇게 컸을까. 품에서 고물거리던 것이 엊그제 같은데."

선생님이 웃으며 내 머리를 쓰다듬었다.

"모든 게 네 것이다. 그러니 누구에게도 죄스러워할 필요가 없어."

"네?"

선생님이 빙그레 미소짓자 베고니아 꽃잎이 날아들었다. 나는 순식간에 꽃잎에 감싸였고, 동시에 펜던트가 뜨거워졌다. 그게 마지막이었다. 다음 순간 눈을 떴을 땐 기숙사의 침대 위였다.

*　　*　　*

"센?"

"……."

"센!"

"어?!"

화들짝 놀란 나는 옆을 바라보았다. 내게 바게트를 건네던 오렌지색 머리칼의 여학생이 무슨 생각을 그렇게 하나며 물었다.

"으응, 아무것도 아니야."

어제 선생님과 만난 기억이 너무나 선명해서 오늘 내내 정신을 놓고 다녔다. 꿈인가 싶었지만, 너무나 선명했다. 나를 끌어안아 온 선생님의 팔과 손끝에 닿았던 눈물의 감촉마저.

"자."

오렌지색 머리칼의 여학생은 직접 크림치즈까지 바른 바게트를 내 손에 쥐어 주었다.

"계속 멍한데? 무슨 걱정 있어?"

그러자 반대편에 앉아 있던 검은 머리의 여학생이 말했다.

"2차 시험에 도움받을 지도 교수님을 고민하는 거지?"

"그렇지, 고민일 만하네. 다들 어떤 교수님께 부탁드릴 거야?"

"난 레아 교수님."

"나도! 센은?"

아이들의 시선이 내게 몰렸다. 나는 빵을 오물오물 씹으며 대답했다.

"난 쟝뤼크 교수님."

"뭐어 —?!"

아이들이 펄쩍 뛰며 나를 말렸다.

"2차 시험 보기도 전에 탈진할 거야!"

"쟝뤼크한테 지도받아야 한다고 생각하면, 으으. 방학 때도 두려워서 쉬지 못할걸."

아무래도 쟝뤼크 교수님은 인기가 없는 모양이었다.

'그러고 보니까 첫 수업 때도 다들 수업을 안 들어오겠다고 했지.'

하지만 지도 교수님인걸. 가장 존경하는 교수님께 부탁드리는 게 맞아.

나는 속으로 그렇게 생각했지만, 아이들은 레아 교수님이나 기욤 교수님을 외치며, 일단 대기표라도 받아야 한다고 아우성이었다. 아이들은 점심을 다 먹기도 전에 교수님을 찾아서 흩어졌다. 나도 쟝뤼크 교수님의 연구실로 향했다. 문 안에서 작은 인기척이 들렸다.

'계신가 보다!'

나는 잘됐다고 생각하며 문을 두드렸다. 노크를 했는데 몇 분이나 응답이 들려오지 않았다. 인기척도 사라졌다.

'응?'

다시 한번 노크를 했으나 마찬가지였다. 나는 조용히 말했다.

"저기, 계신 거 아는데……."

그제야 혀 차는 소리와 함께 응답이 들려왔다.

"……들어와."

나는 방으로 들어가서 쟝뤼크 교수의 의자 앞에 앉았다. 그가 작게 투덜거렸다.

"답이 없으면 돌아갈 것이지."

"자주 그러시니까요."

"뭐?"

"학생들과 말 섞기 싫어서 없는 척하시잖아요."

"알면 가!"

그가 버럭 소리쳐서 나는 시무룩 어깨를 떨궜다.

"오늘은 용건이 있는데……."

"다들 용건이 있어서 오지."

"중요한 용건이에요."

"뭔데?"

그가 팔짱을 낀 채 물었다.

"2차 시험부터는 교수님들께 지도를 받잖아요. 그래서 저……."

"기각."

"아직 말도 다 안 했는데!"

내가 우울한 목소리로 말하니까 쟝뤼크 교수는 인상을 찌푸렸다.

"싫어."

"어째서요?"

"넌 실력이 없으니까."

"실력을 쌓으려고 아카데미에 오는 거잖아요? 실력이 있으면 바로 식당을 했지요."

그러자 그는 할 말이 없는 듯 헛기침을 했다. 한동안 나를 빤히 보던 그가 물었다.

"식당을 차리고 싶으냐?"

"네!"

나는 신이 나서 대답했다.

"바닷가에 새하얀 오두막 식당을 지을 거예요. 테이블은 네 개쯤 놓고요. 메뉴는 날마다 바뀌어요. 밤엔 가벼운 담금주를 팔 거고요."

"바닷가라……. 재료 보관하기 힘들겠군."

"하지만 파도 소리와 갈매기 우는 소리를 들으면서 기분 좋게 식사하고 돌아가는 식당을 만들고 싶은걸요."

쟝뤼크 교수가 고개를 끄덕였다.

"그렇지. 풍경보다 훌륭한 조미료는 없지."

차리고 싶은 식당을 떠올렸더니 가슴이 콩닥콩닥 뛰었다. 볼이 발그레 달아오른 나를 보고 쟝뤼크 교수가 말했다.

"다들 로열 키친이나 큰 레스토랑에 취직하기를 꿈꾸는데. 넌 이상하군."

"그런가요?"

잘 모르겠는데. 남들의 목표를 따르면 그게 꿈인가?

내가 의아한 표정으로 눈을 데룩데룩 굴리고 있을 때 노크 소리가 들렸다. 쟝뤼크 교수의 표정이 일그러졌다.

"교수님."

아소의 목소리에 쟝뤼크는 나를 보며 입술에 검지를 붙였다. 조용히 하라는 의미였다. 최대한 숨을 죽였지만, 아소는 "들어갑니다." 하고 말하더니 벌컥 문을 열었다.

"무례한 놈."

그의 말에 아소가 고개를 가볍게 숙였다. 나를 흘깃 쳐다본 아소는 다시 교수에게 시선을 고정했다.

"지도를 맡아 주시죠."

"거절했을 텐데."

"이번에도 아무도 담당하지 않으면 교수님께서도 곤란해지시지 않습니까."

반 협박에 쟝뤼크는 미간을 좁히더니 가늘게 한숨을 흘렸다.

"담당할 거야."

"누구를요!"

"저 녀석."

교수가 나를 가리켜서 나는 깜짝 놀랐다. 안 하신다면서?

'아, 핑계를 대는 거구나.'

나는 깨달았지만, 아소는 표정을 왈칵 일그러뜨렸다.

"왜! 어째서 센은 되고, 저는 안 된다는 겁니까!"

한동안 침묵이 이어지자 아소가 소리쳤다.

"교수님! 교수님을 기다리느라 고작 이따위 아카데미에서 몇 년을 허비했습니다. 저보다 교수님께 맞는 제자가 어디 있단 말입니까!"

"그 오만이 나와 맞지 않다는 것이다."

"······."

이를 악문 아소가 거칠게 문을 연 뒤 나를 한 번, 또 쟝뤼크 교수를 한 번 쳐다보더니 곧장 방을 나섰다.

"아소!"

내가 놀라서 그를 잡으려고 하자 쟝뤼크 교수가 말했다.

"놔둬라."

"하지만······."

"지도 교수 신청서는? 신청서는 가져왔나."

"정말로 제 지도를 맡아 주시려고요? 하지만 아소도 교수님께 지도를 받고 싶어 하는데······."

"저놈은 틀렸어."

왜? 누가 보기에도 나보다는 아소를 맡는 쪽이 이득이었다. 로열 키친에 들어간 제자가 있다는 건 스승에겐 누구보다 명예로운 일이었으니까.

쟝뤼크 교수는 낮은 목소리로 읊조렸다.

"요리를 정치적으로 이용하려는 놈은 질색이야."

그의 표정을 빤히 보던 나는 이내 한숨을 내쉬었다.

"신청서는 가져오지 않았어요. 괜찮으시면 여기서 작성해도 될까요?"

"그래."

내가 신청서를 작성하는 동안 쟝뤼크 교수는 말이 없었다. 난 빠르게 신청서를 작성해서 그에게 내밀었다. 하단에 서명한 그가 조용히 물었다.

"내 말이 무슨 뜻인지 왜 묻지 않지?"

"그렇지만……."

난 그가 도로 내민 신청서를 받으며 조그맣게 말했다.

"아소에게도, 교수님에게도 상처가 되는 질문일 것 같으니까요."

"……."

한동안 나를 빤히 바라보던 쟝뤼크 교수가 말했다.

"빌어먹을, 대충 봐 줄 생각이었는데."

"네?"

"방학이 끝나면 칼자루 쥐는 법부터 다시 가르칠 테니 각오 단단히 하고 오너라."

"너무 좋아요! 열심히 할게요!"

"고생시킨다는데 좋아하기는."

활짝 웃는 나를 보며 쟝뤼크 교수는 어쩔 수 없다는 듯 실소를 흘렸다.

나는 사무처에 지도 교수 허가서를 내러 갔다. 쟝뤼크 교수가 서명한 허가서를 내밀자 사무처의 직원이 눈을 휘둥그레 떴다.

"어머! 쟝뤼크 교수님이 개인 지도를 맡으신다고?"

"네."

"별일이네."

직원은 허가서를 받으며 연신 중얼거렸다.

"다른 좋은 교수님들도 많을 텐데 왜 하필?"

"쟝뤼크 교수님도 훌륭한 스승이신데요?"

"너도 참 특이하다."

그녀는 후후 웃으며 허가서를 서류철에 잘 집어넣었다.

"이제 보호자 동의서만 받아오면 2차 시험 참가자 명단에 이름이 올라갈 거야."

"네?"

"보호자 동의서 말이야. 로열 키친 응시원을 내려면 필요하단다."

맞다. 보호자 동의.

시트론의 말에 의하면 친권자의 동의가 필요하다고 했다. 학부모 상담처럼 친족이 할 수 있는 게 아니라서 무조건 아빠의 서명이 필요했다.

"저기, 그, 부모님께서 멀리 사시는데 할아버지나 형제의 서명으로는 안 될까요?"

"그건 안 되지. 그래서 2차 시험 전에 방학이 있는 거잖아? 보호자가 멀리 있으면 방학을 이용해서 받아오렴."

그렇게 말한 그녀는 산뜻하게 "다음!" 하고 외쳤다. 나는 어깨를 축 떨구고 터덜터덜 기숙사로 돌아왔다. 방안을 왔다 갔다 하면서 고민하다가 통신석을 들었다. 시트론이 가진 통신석에 신호를 맞추자 곧 점멸을 시작하더니 목소리가 들려왔다.

[네, 아가씨!]

"시트론⋯⋯."

[왜 이렇게 기운이 없으세요?]

"보호자 동의서를 받아야 할 때가 왔어."

[저런.]

시트론이 침음을 흘렸다. 나는 우울한 목소리로 물었다.

"어떡하지?"

[어르신께 대신 받아 달라고 부탁하시는 건 어떨까요?]

"그래도 될까?"

내가 화색이 되어서 물으니 시트론이 어색하게 말했다.

[싸움이야 나겠지만 설마 부자지간에 서로 죽이기야 할까요.]

"⋯⋯그렇게 사이가 안 좋으셔?"

[당파가 서로 다를 정도니까요.]

내 단편적인 기억 속에서도 그랬다. 할아버지는 아빠와 연락할 때마다 고함을 쳤고, 아빠는 할아버지의 연락조차 잘 받지 않았다.

'내가 갈 수밖에 없겠다……'

"시트론."

[네, 아가씨.]

"방학 때 영지로 못 내려갈지도 몰라……"

[방학이면 한 달 뒤지요?]

"아니 닷새 후야. 2차 시험이 빨라져서 방학도 이르게 하거든."

[어디서든 우리 아가씨께서 마음 편히 쉬시면 되지요.]

시트론은 내가 속상해할까 봐 애써 밝게 말했지만, 목소리에 스민 아쉬움을 전부 지울 순 없었다. 통신을 종료하고 나는 한숨을 푹 내쉬었다.

'방학 때 성에서 뒹굴뒹굴하고 싶었는데……'

잠깐 시무룩해졌던 나는 곧 주먹을 가볍게 쥐었다.

'아빠한테서 빨리 서명받고 영지로 가자.'

그렇게 결심하고 짐을 싸기 시작했다.

닷새는 금방 흘렀다. 방학식이 끝나고, 학생들이 뿔뿔이 흩어졌다. 난 기숙사로 되돌아가서 할아버지에게 황도로 간다는 소식을 전했다.

[……]

왜인지 빠득, 이 가는 소리가 들렸지만, 할아버지는 잘 다녀오라고 말해 주었다. 영지에 잠깐 돌아갔다가 황도로 갈까 싶었지만, 얼른 서명을 받아서 영지로 가자고 생각했다.

[기사들을 보내지.]

"포털로 바로 이동할 거니까 괜찮아요. 황도에도 연락해 놨으니까 황도 기사들이 호위할 거예요."

그러고 나는 웅얼거렸다.

"그리고 포털을 단시간에 두 번 쓰는 건 조금……."

[흠, 그렇군. 하루에 포털을 두 번 여는 건 너라도 힘에 부칠 테니까.]

"네."

[무슨 일이 있으면 연락해라.]

할아버지와 통신을 끝내고 나는 지도를 펼쳤다. 실수 없이 이동하기 위해 황도의 위치를 확인했다. 그리고 목걸이를 잡으며 문득 지도에 그려진 시장 기호를 보았다.

'황도 대시장엔 없는 물건 빼고 다 있댔지.'

한 번 가 보고 싶다…….

그리고 이동하여 눈을 떴을 때 나는—

"도미 있습니다! 물 좋은 도미!"

"둘이 먹다 하나 죽어도 모를 햇감자! 햇감자 한 소쿠리에 단돈 1피니!"

황도 대시장의 골목이었다.

'망했다.'

그나마 다행인 건 보는 눈이 없는 곳이란 것이었다. 나는 얼른 목걸이를 쥐었다.

'다시, 다시.'

저택. 나는 황도 저택에 가고 싶다…….

그렇게 생각하며 포털을 열려던 때였다.

"잡아라!"

"죄인을 잡아라!"

멀리서 고함이 들리는가 싶더니 갑주를 찬 사내들이 우르르 달려오기 시작했다. 그 앞에서 쫓기던 남자가 나를 향해 돌진했다. 그리고 아차 하는 사이에……

"오, 오지 마! 오, 오면 다 죽일 거야! 죽일 거라고!"

붙잡혀 버렸다. 내 목을 끌어안은 괴한이 허공에 칼을 휘둘렀다. 남자가 나를 끌고 뒷걸음질 치며 허공에 칼을 휘둘렀다.

"꺄아악!"

흉기를 든 괴한을 본 사람이 소리치자 주변의 시선이 온통 이쪽으로 쏠렸다. 괴한은 더 흥분해서 내 목을 조르듯이 힘주어 감았다.

"윽!"

갑주 찬 기사들은 마른침을 꼴깍 삼켰다.

"지, 진정해!"

"이, 이렇게 많은 음식이, 이, 있는데 도, 돈이 없어서 나는 나, 나흘을 아무것도 모, 못 먹었다고!"

칼을 휘두르는 손이 벌벌 떨리고 있었다. 아무래도 남자는 제정신이 아닌 듯싶었다. 그야 백주 대낮에 칼부림을 하는 사람이니 당연한 거겠지만.

'다시 포털로 이동을……!'

내가 목걸이를 잡았을 때였다. 휙! 눈앞에 짙은 보랏빛 천이 펄럭이는가 싶더니 등 뒤에서 컥! 비명이 터져 나왔다. 그리고 누군가 내 손목을 끌어당겼다. 내 등을 끌어안은 장신의 사내가 무심한 표정으로 괴한의 가슴을 밟고 있었다.

흩날리는 금발, 짙은 녹색의 눈동자. 괴한을 가만히 바라보고 있던 그가 천천히 고개를 듦과 동시에 나는 숨을 멈췄다. 아름다운 사내의 얼굴에서 내가 아는 사람이 엿보였다. 란슬롯이 나이 든다면 딱 이런 모습일 것 같았다.

그렇게 생각하기 무섭게 갑주를 찬 남자들이 한쪽 무릎을 굽혔다.

"각하를 뵙습니다."

"각하를 뵙습니다."

각하라면……

'아빠?'

내가 화들짝 놀라 그를 쳐다보기 무섭게 그는 괴한의 어깨에 검을 찔러 넣었다.

"크아악!"

단말마 같은 비명이 시장에 울려 퍼지고, 괴한의 가슴을 밟고 있던 검은 가죽신에 피가 스며들었다. 그러자 갑주를 찬 남자들의 대장인 듯한 사내가 아빠를 향해 고개를 숙였다.

"폐를 끼쳤습니다."

아빠의 시선이 남자를 향했고, 그의 눈을 본 나는 흠칫 놀랐다. 두렵다는 말로 설명이 되는 눈빛이 아니었다. 할아버지와는 궤가 다른 싸늘한 눈빛. 나도 모르게 뒷걸음질 치는데, 등에 다시 아빠의 손이 닿았다.

"가만히."

아빠의 시선이 정수리 위로 떨어졌다.

'무, 무서워.'

마치 사자 앞의 생쥐가 된 것 같다. 절대로 넘을 수 없는 포식자 앞에 가로막힌 기분. 나만 그렇게 느끼는 게 아닌 모양이었다. 괴한을 포박한 사내들이 잔뜩 긴장하여 고개를 수그렸다.

"소, 송구……."

"버러지들이 국록을 축내고 있었군."

"……."

괴한을 포박한 남자들(국록을 먹는 것으로 추측되는)의 표정이 붉어졌다.

"앞으로는 이런 일이 없도록 주의하겠습니다."

"아무래도 황도 경비대는 어린애들 놀이방인 모양이야."

"예?"

"반성문이 필요한 걸 보면."

남자들이 무어라 변명하려 했지만, 아빠는 들을 필요도 없다는 듯 나를 데리고 자리를 벗어났다. 나는 아빠의 뒤를 열심히 쫓아갔다. 그런데 시장에 사람이 워낙 많아서 걸핏하면 치이기 일쑤였다. 그러자 아빠가 몸을 돌리고 내게로 왔다.

"그, 금방 쫓아갈…… 앗!"

아빠는 나를 휙 안아 들었고, 졸지에 어린애처럼 안겨 버린 나는 아빠의 어깨를 잡았다.

"호, 혼자 갈 수 있는데요!"

"열흘쯤 걸려서 말이지."

"……."

할 말이 없어서 손만 꼼지락거렸다. 아빠는 나를 안고도 성큼성큼 잘만 걸었다.

'프렌시프 사람들은 다 힘이 센가?'

할아버지도 나를 업고 엄청 잘 걸으셨고.

우리는 곧 마차에 도착했다. 마차를 타고 저택으로 가면서 숨소리도 내지 않으려고 애썼다. 조심조심 숨을 쉬느라 이동 거리가 짧았는데도 피로감이 느껴졌다. 어느새 마차가 멈추었고, 나는 재빨리 마차에서 폴짝 뛰어내렸다.

'긴장돼서 죽는 줄 알았어.'

목을 매만지며 고개를 들었다.

"와―!"

마차 안에선 구경할 정신이 없어서 몰랐는데, 황도 저택은 정말로 아름다웠다. 커다란 건물 다섯 채가 'W' 형태로 이어져 있고, 네모난 기둥이 늘씬하게 쭉 뻗어 있었다. 기둥을 엮은 주두 하나마저 감탄이 흘러나올 정도로 섬세했다.

현관으로 이어지는 화단 속 장미가 화려하게 만개하여 짙은 향기로 저택 외부를 감쌌다. 현관 앞에 정렬한 사용인들이 아빠를 향해 고개를 숙였다. 테일 코트 연미복 차림의 집사가 우리를 향해 다가왔다. 나를 보고 잠시 멈칫하였으나 내색은 없었다.

"오셨습니까."

그가 아빠를 향해 한 번, 나를 향해 한 번 고개를 숙였다. 아빠는 눈길조차 주지 않고 저택 안으로 들어갔다. 나는 안절부절못하며 그를 쫓아갔다. 서재 안으로 들어간 그가 소파에 앉아 다리를 꼬았다.

"……."

"……."

방 안엔 무거운 침묵이 감돌았다. 소파 팔걸이를 톡, 톡, 두드리던 아빠가 낮은 목소리로 중얼거렸다.

"노인네가 노망이 들었군. 너를 여기 혼자 보내는 걸 보면."

나는 깜짝 놀라서 주변을 휙휙 둘러보았다. 집사와 사용인들이 있는데 그렇게 말해도 되는 건가? 하지만 사람들은 아무런 말도 없었다. 난 눈을 데루룩 굴리다가 우물쭈물 말했다.

"노, 노인네 아니라 할아버진데……."

그리고 혼자 보낸 건 믿어 준 거다. 내가 확실하게 이동할 거라고 생각해서.

'아, 말대꾸했다.'

퍼뜩 정신을 차리고 휙 고개를 숙였다. 그 탓에 머리가 조금 헝클어졌다. 아빠는 나를 향해 손을 뻗었다.

'맞는다!'

나는 눈을 꽉 감은 채 머리를 감쌌다.

"……."

"……."

아픔이 느껴지지 않기에 실눈을 뜨고 그를 쳐다보았다. 그의 얼굴에 곤혹스러움이 스쳐 지나갔다.

'아, 내 아빠가 아니라 세니아나의 아빠였지.'

무관심할지언정 술을 사 오라고 때리거나, 기분이 나쁘다고 발로 차지 않는다. 나는 마른침을 삼키고 천천히 팔을 내렸다.

"죄, 죄송…… 놀라서……."

할아버지나 오빠는 원래 내겐 없던 사람이었지만 아빠는 달랐다. 윤세나였을 적에 겪었던 일 때문인지 '아빠'라는 상대는 무의식적으로 공포를 불러왔다. 술에 취한 '윤세나의 아빠'에게 목덜미가 잡혀 변기 물 고문을 당한 일이 여전히 생생했다. 최초로 느꼈던 죽음의 공포였다.

'그래도 예전보다는 나아.'

어른 남자는 전부 무서웠던 시절도 있었으니까.

"네가 사람을 무서워하는 걸 노인네도……."

아빠는 잠깐 미간을 좁혔으나 이내 다시 입을 열었다.

"어르신도 아나?"

아버지, 라고는 부르지 않는구나.

나는 조그맣게 대답했다.

"맨날 그런 건 아닌데요. 그냥 오늘은 긴장이 되어서 실수를……."

아빠가 아무런 말 없이 나를 빤히 쳐다보았다. 그러지 않으려고 해도 한 번 '윤세나의 아빠'를 떠올려 버리니 손이 벌벌 떨렸다.

"아무래도 오늘은 쉬는 게 좋겠군. 마일로, 세니안을 방에 데려다줘라."

"예."

현관에서 보았던 집사가 나에게 다가왔다.

"가시지요, 아가씨."

아빠를 흘깃 훔쳐보다가 조그맣게 고개를 끄덕였다. 나는 마일로를 따라 황도 저택에 준비된 내 방으로 향했다. 화이트와 핑크로 꾸며진 방은 책상부터 테이블에 놓인 화장수까지 모두 아기자기 섬세했다. 좋게 말하면 공주님이 금방이라도 하품을 하며 일어날 것 같았고, 나쁘게 말하면…….

'레이스는 제발 그만!'

— 이라고 외치고 싶어진다. 마일로가 사람 좋게 웃으며 말했다.

"아가씨께서 오신다기에 저택의 모두가 함께 단장했습니다."

"그렇구나……."

마일로가 방문을 두드리자 사용인들이 하나둘 들어오기 시작했다. 나는 하녀들과 기사들을 보다가 어리둥절한 표정으로 마일로를 바라보았다.

"마음에 드는 하녀와 기사들을 곁에 두고 부려 주십시오."

"난 성에 개인 하녀가 있는데."

시트론이.

집사의 표정이 곤란해졌다.

"이런……. 아가씨를 모시겠다고 시험까지 거쳤는데 다들 아쉽게 되었군요."

"으음……."

사람들의 얼굴에서 실망감이 역력하다.

'그, 그럼 저택에서 머무는 동안이라면.'

어차피 서명만 받으면 금세 돌아갈 테지.

나는 조그맣게 고개를 끄덕였다.

"그럼 저 아이로."

나는 하녀들 중 가장 눈이 반짝이는 아이를 선택했다. 그녀가 생긋 웃으며 고개를 숙였다.

"감사합니다, 아가씨."

"이름은?"

"마릴린이에요."

"잘 부탁해, 마릴린."

내가 악수를 청하자 마릴린은 에이프런에 손바닥을 닦고 조심스레 내 손을 잡았다. 그러곤 집사에게서 얼른 내 짐을 받았다.

"기사는 어떤 분으로 하시겠어요? 빅터, 카터 형제는 황도에서 손꼽히는 실력자랍니다."

"음, 그럼 두 사람에게 부탁할게."

마일로가 턱짓으로 다른 사용인을 내보냈고 빅터, 카터 형제는 내 앞에 무릎을 굽히고 인사했다. 우직하고 든든해 보이는 쪽이 빅터, 선이 가는 쪽이 카터. 그렇게 외우며 말했다.

"잘 부탁해."

두 사람은 내 손등에 입을 맞춰 왔다.

'으아아!'

그, 그렇지. 기사들이니까. 마담 버지니아도 처음 만났을 때 손끝에 입 맞췄었고.

성의 기사들은 이렇지 않아서 익숙하지 않았다. 나는 좀 당황했지만, 내색하지 않으려고 애썼다.

"그럼 아가씨, 저희는 방문 앞에서 대기하겠습니다."

빅터의 말에 나는 고개를 끄덕였다. 마일로가 나가고 방 안엔 마릴린과 나만이 남았다. 마릴린은 정말로 눈치가 빨라서 내가 말하기도 전에 이것저것을 척척 준비해 줬다.

내가 침대에 누워서 꾸벅꾸벅 졸고 있으니 마릴린은 내 머리를 풀고, 가벼운 옷으로 갈아입혀 주었다.

"피곤하시지요?"

"으응……."

"편히 쉬셔요. 아, 통신석으로 연락이 오면 주무시고 있다고 말씀드릴까요?"

"부탁해……."

내가 꾸물꾸물 침대로 들어가니 마릴린이 이불을 덮어 주었다. 오늘 내내 긴장하고 있어서 그런지 금세 잠들어 버리고 말았다.

마릴린은 세니아나의 통신석을 들고 나오며 "하아……." 하고 탄성을 흘렸다. 앞을 지키고 섰던 카터가 그녀를 흘깃 쳐다보았다.

"신났네?"

"고대하던 자리를 얻었으니까. 아가씨 정말 사랑스러우시지 않아?"

"뭐……. 영지 놈들이 하도 뿔난 망아지라고 하기에 어떤 분인가 싶었더니. 상냥하고 좋은 분이시네."

"그렇지~?"

마릴린이 방문을 바라보며 키득키득 웃었다. 마릴린은 황도 저택의 총괄 집사 마일로의 외동딸이었다. 부친의 등을 보고 커서 자신도 나이가 들면 프렌시프의 충복으로 봉사하겠다고 생각해왔다. 그래서 마릴린은 세니아나가 황도에 올라오기를 오랫동안 소원해왔다.

"아주 소중히 모실 거야."

마릴린이 꿈꾸듯 몽롱한 얼굴로 중얼거렸다. 카터가 그런 그녀에게 말했다.

"성에 개인 하녀가 있다잖아?"

"홍, 영지의 사용인을 어떻게 믿고? 아가씨가 플로헤타 메리아덴에게 학대당하는 걸 바보 같이 지켜보기만 한 놈들이야."

"그렇지, 영지 놈들은 한심해."

"다들 기합을 단단히 넣고 있으니까 너도 열심히 하란 말이야. 아가씨께서 쭉 황도에 머물고 싶어지시도록."

"당연한 말을."

카터가 어깨를 으쓱 올리자 빅터는 낮은 목소리로 말했다.

"아가씨께서 주무시니 그 입들 좀 다물어라."

마릴린은 고개를 끄덕이곤 사뿐사뿐 멀어졌다. 다이닝 룸에 들어가자마자 세니아나의 통신석이 깜빡깜빡 점멸했다.

[아가씨.]

시트론의 목소리가 들려왔다.

'성의 개인 하녀구나.'

마릴린은 입매를 삐뚜름하게 올리고 말했다.

"아가씨는 주무시고 계세요."

[그쪽은 누군데 아가씨의 통신석을 함부로…….]

"전 아가씨의 개인 하녀예요."

통신석에선 한동안 침묵이 이어졌다.

[어르신께서 저와 기사들을 보내시겠다고 하셨습니다. 그러니 개인 하녀는 더 필요하지 않아요.]

"이쪽에도 기사들이 있답니다. 주인님께서 아가씨를 위해 실력자들을 붙여 주셨어요."

[저택으로 가기로 한 바커스 경과 고레일 경도 훌륭한 실력자예요.]

"이쪽은 빅터, 카터 형제가 모시고 있지요."

빅터, 카터 형제의 무위는 대륙 전역에 소문이 자자했다. 허세 한 술 보태 두 사람만으로 거뜬히 백 명의 군사를 베어 버린다는 소문까지 있는.

[……아가씨께서 일어나시면 어르신의 말씀 전해 주세요.]

"그러지요."

[그리고 아가씨는 밤에 찬 음료를 마시면 배앓이 하시니…….]

"알아요. 아, 말 나온 김에."

마릴린은 주변에 사람이 없는 것을 확인하고 목소리를 바짝 낮췄다.

"월경 주기는 어떻게 되죠?"

[예?]

"월경 전에 몸 상태를 살펴 편히 지내실 수 있도록 도와야 하잖아요?"

[그건…….]

"설마 모르는 건가요? 기가 막혀서. 매달 일주일씩 고생하신다고
요."

시트론이 당혹스러운 듯 침묵하자 마릴린은 '믿기지 않아, 정말.'
하고 중얼거렸다.

"됐네요. 그쪽에게 도움받을 일은 없겠어요."

그렇게 말한 마릴린이 뚝, 통신을 종료했다.

"영지 사용인들이란."

그녀가 부르르 어깨를 떨었다. 일은 제대로 하지도 못하면서 아
가씨를 뿔난 망아지입네, 미친개입네 떠들다니.

"염병한당께."

시원하게 욕을 하던 마릴린은 퍼뜩 정신을 차리고 합, 입을 다물
었다.

"아가씨 앞에선 고운 말, 고운 말."

그녀는 콧노래를 흥얼거리며 세니아나의 교복을 세탁하기 시작
했다.

밤늦게 일어난 나는 헉, 숨을 들이켰다.

'아빠한테 인사도 못 했는데.'

어떻게 하지……. 고민하고 있는데 마릴린이 생글생글 웃으며
말했다.

"주인님께서 깨우지 말라고 하셨어요."

"아……."

마릴린은 정말로 눈치가 빨랐다. 내가 허기지다고 느끼자마자 요깃거리를 가지고 왔고, 그 후엔 황도의 이야기를 이것저것 해 주어서 심심할 겨를이 없었다.

"아가씨, 정원을 안내해드릴까요?"

"안내?"

"네. 황도 저택의 사용인들은 대륙 전역에서 모였거든요. 정원사도 그렇고요. 정원사마다 고향의 방식으로 곳곳을 꾸며서 보는 재미가 있답니다."

"재밌겠다!"

"그렇죠?"

낮에는 아빠 눈치를 봐야 하니까 잘 돌아다니지 못하겠지?

'응, 밤이 좋겠어.'

마릴린을 따라서 정원에 나갔다. 공터가 꽤 있는 성과 다르게 발을 내딛는 곳마다 세심하게 꾸며져 있어서 정말 보는 재미가 있었다.

여름밤이라 그런지 확실히 더웠다. 내가 손등으로 땀을 훔치자 마릴린이 펄쩍 뛰었다.

"부채를 가져올게요!"

"괜찮은—"

말이 끝나기도 전에 마릴린이 저택으로 들어갔다. 난 분수대에 앉아서 손으로 물장난을 쳤다.

'시원해라.'

"들어가도 괜찮아."

뒤에서 들리는 목소리에 화들짝 놀라 벌떡 일어났다.

"아, 아빠."

"……."

"……?"

"아빠라고 불러 주는구나."

그의 눈빛이 묘해져서 난 어쩐지 민망해졌다.

"아빠니까 당연히……."

"……."

"……?"

"그래, 내가 네 아비지."

알 수 없는 표정으로 몇 번이나 중얼거린 그가 다시 내게 말했다.

"들어가도 괜찮아. 깨끗한 물이거든."

내가 주저하고 있으니 아빠는 나를 번쩍 안아 들었다.

"아, 아니에……!"

그렇게 말했지만, 아빠는 내 다리를 물속에 넣고, 분수대 틀에 앉혀 주었다. 아빠는 나와 반대로 앉아 다리를 꼬았다.

"놀아라."

분수대에서 뛰어놀 나이는 지났는데. 나는 난감해져서 어찌할 바를 몰랐다. 그런 나를 가만히 지켜보던 아빠가 내게 물을 튀겼다. 난 우뚝 굳어져서 눈을 데루룩 굴렸다.

"이렇게 노는 게 아닌가?"

"그, 연인들은 그렇겠지요?"

"그렇군……."

아빠가 팔짱을 낀 채 중얼거렸다. 어색함이 폐를 꽉 짓누르는 것 같아서 우물쭈물하다가 억지로 말을 꺼냈다.

"아빠는 바람둥인가요?"

아니야, 이거 아니야. 할 수만 있다면 다시 말을 입속으로 집어넣고 싶었다.

'바보.'

우울한 표정으로 고개를 푹 숙였다가 슬그머니 아빠의 눈치를 살폈다. 그런데 그의 얼굴에 희미한 미소가 떠올라 있었다.

"내 쪽에서 애타 본 적은 없는 것 같은데."

"아, 제국의 절세 미남……."

아빠의 별칭이 떠올라서 중얼거리니 그는 곤란한 표정이 되었다.

"그건……."

"……?"

"나이 들어서 딸에게 들으니 민망하군."

"하지만 할아버지는 자랑하셨는데…… 젊었을 때 미남이셨다고……."

"노망이 든 게 확실해."

그러더니 내 어깨를 잡았다.

"늙은이와 어울리지 마라."

나는 눈을 동그랗게 떴다가 이내 웃음을 터뜨렸다. 그러자 아빠가 물었다.

"왜?"

"할아버지도 똑같은 말씀 하셨어요."

황도로 출발 전에 잠깐 연락했더니 대뜸 '그 녀석과 어울리지 말고 냉큼 돌아와라' 했다. 아빠는 왈칵 인상을 썼다.

"영감탱이⋯⋯."

― 하고 중얼거리며.

"아가씨~"

때마침 멀리서 마릴린의 목소리가 들려왔다. 나는 분수대에서 폴짝 뛰어내린 다음 다급하게 신발을 신었다.

'헉! 젖은 건 어떻게 하지?'

아빠가 의아한 표정으로 날 보았다.

"왜 그러지?"

"저, 저는 아가씨인데 이 나이에 밤늦게 물장구친 걸 사람들이 알면⋯⋯."

이상한 사람이라고 생각할지도.

마릴린이 부채를 가지고 뛰어오다가 아빠를 발견하고 고개를 숙였다. 그동안 나는 슬그머니 뒤꿈치를 들었다. 닿는 면적을 최대한 줄여서 덜 젖게 하려고. 아빠는 그런 날 보고 픽 웃더니 마릴린에게 말했다.

"내가 방으로 데려가지."

"아, 네⋯⋯!"

마릴린은 나와 아빠가 함께 시간을 보내는 게 기쁜 모양이었다. 얼굴이 환해진 그녀는 얼른 정원을 나섰다. 나는 다시 구두를 벗고, 분수대에 쪼그려 앉았다.

"안 데려다주셔도 돼요. 발만 마르면 혼자서…… 앗!"

아빠가 한쪽 무릎을 굽히고 앉더니 손수건으로 발을 닦아 주었다.

'손수건인데……!'

"괜찮아요!"

"가만."

"……."

"갓난쟁이일 때 목욕을 시켰던 적이 있었지. 미아가 질겁을 했어."

"미아?"

구두까지 곱게 신겨 준 아빠는 내 눈을 지그시 응시했다.

"네 어머니."

"……."

미아. 미아. 미아. 나는 이름을 속으로 발음해 보았다. 이상하게 가슴이 두근거렸다.

방으로 돌아와서 나는 한참을 잠들지 못하고 뒤척였다. 자리끼를 놓아주려고 살짝 들어온 마릴린이 물었다.

"낯선 곳이라 잠이 안 오시나요?"

"아니야, 오후까지 자서 그래."

"그럼 읽으실 책이라도 가져올까요?"

"책?"

"어르신께서 금지하신 책도 황도 저택엔 있지요."

나는 마릴린을 빤히 보다가 몸을 일으켰다.

"저기, 있잖아."

"네, 말씀하세요."

"아빠가 나에게 관심이 없는 이유는 엄마 때문이야?"

"세상에, 아가씨!"

마릴린이 깜짝 놀라 나를 붙잡았다.

"주인님께선 아가씨에게 관심이 없어서 찾아가지 않으신 게 아니에요."

"하지만 영지에 일곱 번밖에 오지 않으셨는데. 황도로도 안 부르셨고."

"그건 어르신께서 아가씨와 만나지 못하게 엄히 단속하셨기 때문이에요."

뭐라고?

나는 눈을 동그랗게 뜨고 마릴린을 보았다. 그녀가 푹 한숨을 내쉬었다.

"아가씨께서 납치당했다가 돌아오신 후에 어르신께선 주인님이 미치광이라고 하시면서 아가씨와의 만남을⋯⋯!"

다급하게 말하던 마릴린이 입을 막았다.

"납치?"

"⋯⋯."

"납치라고 했어, 방금. 뭐야? 내가 납치당했던 거야?"

"그건⋯⋯."

"할아버지에게 물어볼까?"

아차 하여 눈을 꽉 감았던 마릴린이 이내 천천히 입을 열었다.

"아가씨께서 서너 살쯤에 미아 님과 함께 사라졌던 적이 있어요."

"엄마와?"

마릴린은 주변을 둘러보고 목소리를 바짝 낮추었다.

"모두 미아 님의 죽음을 이민족 탄압 때문이라고 알고 있지만, 사실은 아니에요."

"아니라니……."

"두 분은 납치당하셨고, 아가씨 혼자서 돌아오신 거죠."

쿵! 심장이 발밑으로 꺼지는 기분이었다.

'그럼 뭐야. 세니아나가 알고 있던 게 모두 사실이 아니야?'

나는 차분히 생각하려 애썼지만, 머릿속이 헝클어진 실타래처럼 꽉 막혀 도무지 사고할 수 없었다. 마릴린이 내 손을 잡고 다정한 목소리로 말했다.

"그러니까 아가씨. 아가씨는 무관심 속에서 자라신 게 아니에요."

그녀의 목소리가 한 귀로 들어갔다가 또 한 귀로 흘러나갔다. 가슴 속이 수런거렸다. 어쩐지 펜던트가 뜨거워진 것만 같았다.

"어디 가십니까?"

새벽같이 일어난 나는 살금살금 방을 나서다가 굵직한 목소리에 화들짝 놀랐다.

"비, 빅터?"

"카터입니다."

"일찍 일어나서 도서관이라도 가려고……."

"모시겠습니다."

"아냐! 혼자서 산책도 하고 싶어서……!"

카터는 의아한 듯 나를 보았지만, 이내 빙그레 미소지었다.

"주인께서 가시는 길을 막을 수야 없지요."

—라고 하더니 조용히 물러났다. 성의 기사들과는 확실히 달랐다. 내 의사보다는 안전이 중요한 그들과 달리 황도 저택의 기사들은 의사를 최우선으로 여겼다.

'다행이다.'

나는 사람과 안 마주치게 조심하면서 장서실을 찾았다.

'장서실에 보통 고용인 일지가 보관되어 있으니까…….'

혹시 거기서 과거의 흔적을 발견할 수 있을지도 모른다. 하지만 저택은 너무 크고 복잡해서 장서실을 찾았을 땐 해가 떠오르고 있었다.

"여긴가?"

나는 문을 살그머니 열고 틈으로 안을 살폈다. 커다란 책장이 몇 개나 있고, 바닥엔 책 무더기도 있었다.

'여긴가 보다!'

나는 조심스럽게 안으로 들어갔다.

"일지가…… 으음, 찾으려면 한참 걸리겠다."

그렇게 생각하며 고개를 돌리는데 책상 위에 올려진 서류가 눈에 들어왔다.

"헉!"

아빠의 결재를 기다리는 서류들!

'여, 여기 장서실이 아니고 아빠의 서재인가?'

빨리 나가자!

내가 후다닥 방을 나서려고 하는데 문틈 사이로 발소리가 들려왔다.

"그래서…… 전력석…… 영지의 지원……."

"늙은이가 쉬 내줄 리 있나."

아빠와 행정관의 대화 소리였다. 문고리 잡는 소리가 들리기에 나는 우뚝 굳어졌다.

[쥐새끼 같은 년, 여기서 몰래 뭐 하는 거야!]

'윤세나의 아빠'의 목소리가 떠올랐다. 방문이 벌컥 열리는 소리에 정신을 차렸을 땐, 책상 아래 숨어 있었다. 가슴이 터질 듯이 뛰어서 나는 쪼그려 앉은 채로 입을 틀어막았다.

"수력석을 약탈한 록타온인은 어찌 처리하시겠습니까."

"밀어 버려. 빼앗긴 놈들도 함께 처리ー"

"각하?"

"나가라."

아빠의 말에 함께 들어온 사람이 다시 방을 나서는 소리가 들렸다. 나는 숨소리도 내지 않기 위해 바들바들 떨었다. 한동안 주변이 조용했다.

'아빠도 나가신 걸까?'

내가 슬그머니 고개를 드는데, 덜컹! 의자 밀리는 소리가 들렸다.

"세니안, 찾았다."

"……!"

나는 비명도 내지르지 못하고 그대로 굳어졌다.

"자, 잘못…… 잘못……."

새파랗게 질려 사지를 벌벌 떨자 아빠의 눈에 당혹감이 스쳤다.

"이리 와."

아빠가 손을 뻗었지만, 얼어붙은 몸이 도무지 움직이지 않았다.

"자."

아빠는 나를 살며시 끌어서 번쩍 안아 의자에 앉혔다. 그러곤 설렁줄을 잡아당겼다. 금세 집사 마일로가 들어와서 고개를 숙였다.

"음료를."

마일로는 나를 잠깐 보다가 빙그레 웃으며 말했다.

"예."

그가 음료를 가지고 들어올 때까지 나는 아무런 말도 못 하고 고개만 푹 수그리고 있었다. 마일로가 음료를 두고 나가자 아빠는 내 손에 잔을 들려 주었다.

"마셔라."

"……."

눈치를 보며 꼴깍꼴깍 차갑고 달콤한 밀크티를 마셨다.

"진정 됐나?"

창틀에 기대 있던 아빠가 물어서 난 조그맣게 고개를 끄덕였다.

"놀라게 하려던 건 아니었어."

"수, 숨어들어서 죄송……."

"어릴 때 숨바꼭질을 좋아해서 같이 하자는 줄 알았지."

턱을 쓰다듬으면서 하는 말에 난 눈을 동그랗게 떴다.

"화…… 안 내세요?"

"안 내."

"……."

"찾는 게 있나?"

"사용인 일지를……."

"몇 년도?"

"제가 서너 살 무렵일 때의……."

아빠는 책장으로 걸어가더니 얼마 지나지 않아 두툼한 종이뭉치를 가지고 왔다.

"자."

"읽어도 돼요?"

그가 가볍게 고개를 끄덕여서 난 조심스레 감사하다고 말했다.

"어릴 때도 그랬지."

"네?"

"네가 제일 처음 한 말이 '고맙습니다'였어."

"엄마, 아빠가 아니라요?"

아빠의 얼굴이 일그러졌다.

"아빠보다는 할아버지가 빨랐다."

내가 아무런 말도 못 하고 종이뭉치 끝을 매만지고 있으니까 아빠가 물었다.

"궁금한 게 있나?"

어떻게 말해야 할지 고민했다. 납치당했던 것, 그리고 할아버지가 아빠를 영지에 오지 못하게 했던 이유. 두 가지가 궁금하지만 괜한 것에 호기심을 갖는다고 타박할까 봐 우물쭈물했다.

'하지만 사용인 일지도 주셨고……'

이 사람은 세니아나의 아빠야. 윤세나의 아빠가 아니야. 질문을 한다고 때리지 않아. 혁대로 후려갈기지도 않을 거야. 난 스스로를 세뇌하듯 되뇌고 조심스럽게 입을 열었다.

"할아버지가 아빠를 영지에 못 오게 하셨다고……."

"그래."

"어째서인지 여쭤봐도 되나요?"

"되는대로 사람을 불러들여 네 육신을 조사했다. 마법사, 연금술사, 그리고…… 금술사까지."

"그건……."

내가 말을 이으려던 찰나, 쿵, 쿵, 쿵! 발소리가 들리더니 벌컥! 문이 열렸다. 나는 거칠게 들어온 사람을 보고 눈이 휘둥그레졌다.

"할아버지!"

＊　　　＊　　　＊

할아버지와 시트론, 그리고 기사 고레일과 바커스가 안으로 들어왔다. 그러자 마릴린과 빅터, 카터도 황급히 들어와 아빠의 뒤에 대기했다. 할아버지는 싸늘한 표정으로 아빠를 노려보다가 나를 향해 손을 뻗었다.

"이리 와라."

"가지 않아도 돼."

할아버지와 아빠의 시선이 허공에서 부딪쳤다. 나는 두 사람 사이에서 어찌할 바를 모르고 발만 동동 굴렀다. 아빠는 내게 찬 밀크티 잔을 쥐여 주고 할아버지를 향해 한 발 내디뎠다.

"어찌 오셨습니까."

"세니아나의 통신석이 먹통이더군. 빌어먹을 사비에르에게 보그를 쥐여 주고 포털을 열었다."

내 통신석이 먹통이라고?!

나는 얼른 통신석을 꺼내서 확인했다.

'어?'

처음 가지고 있던 것과 거의 똑같지만, 유심히 보니 내포물의 형태가 달랐다. 원래 내포물은 크로스 형태였는데, 지금 내포물은 캣츠 아이처럼 오묘했다.

'마릴린에게 줬을 때 바꿔치기 당했나!'

내가 그런 표정으로 아빠를 보자 아빠는 빙그레 웃을 뿐이었다.

"당장 응시원에 서명해라. 세니아나는 영지로 데려간다."

"제 딸은 제가 데리고 있을 겁니다."

"네가 이 아이를 몇 번이나 찾아왔다고 아비라는 게야."

"어르신께서 만나지 못하게 하셨으니까요."

"4년 전부터 허가하였는데도 너는……!"

그렇게 외치던 할아버지가 나를 쳐다보았다. 그는 짓씹듯이 말했다.

"쓸데없는 짓 말고 세니아나를 돌려보내. 가자, 아가."

"여기 있어도 괜찮아."

"아서!"

"남의 집에서 행패 부리는 건 늙은이의 특권이라도 되는 겁니까?"

"막돼먹은 놈."

"그런 분의 밑에서 자랐더니."

전쟁이라도 날 것 같은 분위기였다. 일단 할아버지를 진정시켜야 할 것 같아서 일어나려니까 아빠가 내 어깨를 부드럽게 잡았다.

"네가 무슨 자격으로 세니아나를 잡는 것이냐!"

"여기서 자격 있는 사람이 어디 있습니까."

아빠를 살벌하게 노려보던 할아버지가 성큼성큼 다가와 내 손을 잡았다. 화가 많이 나 있는데도 손을 잡을 땐 아주 살포시 잡아서 조금 신기했다.

"영지로 돌아가자. 다들 애타게 기다리고 있다."

시트론이 "아가씨." 하고 날 불러와서 움찔했다. 아빠가 내 반대손을 잡았다.

"황도의 사용인들로 충분하다."

그러자 마릴린도 "아가씨……." 하고 불렀다.

"세니안을 침실로."

아빠가 빅터와 카터에게 말하자 그들은 정중히 고개를 숙이고 나를 향해 손을 뻗었다. 할아버지가 내 손을 고쳐 잡았다. 이번엔 고레일과 바커스가 빅터, 카터를 막아섰다.

"아가씨를 겁박하지 마라."

바커스가 위협하듯 말하자 카터는 실소를 흘렸다.

"아가씨 앞에서 이빨 보이지 마."

"뭐?!"

"붙어 볼까."

고레일이 "바커스." 하고 불렀고, 빅터도 "카터." 하며 동생을 진정시켰다. 하지만 양쪽 다 주인이 명하면 금방이라도 검을 꺼낼 태세였다. 나는 양손을 할아버지와 아빠에게 붙잡힌 채 소리쳤다.

"화, 황도!"

모두가 지켜보는 가운데서 나는 떠듬떠듬 말했다.

"황도…… 구경…… 하고 싶은데요."

일단 전쟁터 같은 집에서 벗어나고 싶었다.

어째서 일이 이렇게 된 걸까요.

나는 덜컹거리는 마차에 앉아 슬그머니 아빠와 할아버지를 쳐다보았다. 아빠와 할아버지는 저택을 벗어나 상업 지구에 오는 내내 서로 한 마디도, 정말 단 한 마디도 나누지 않았다.

"피곤하면 누워서 가도 괜찮아."

할아버지가 말하면,

"이리 기대라."

아빠도 말했다.

'빨리 내렸으면……!'

그렇게 생각하기 무섭게 마차가 움직임을 멈추었다. 나는 마부의 손을 잡고 마차에서 폴짝 뛰어내렸다.

'우와!'

눈앞에 보이는 광경에 나는 할 말을 잃었다. 프렌시프 령은 동부에서 제일 번화했지만, 그래도 황도를 따라올 순 없었다. 빽빽하게 늘어서 있는 건물, 다채로운 상품들, 지나가는 사람들까지 깜짝 놀랄 만큼 화려했다.

"일단 옷부터 살까."

"주문 제작하려면 오래 걸리지 않나요?"

"황도의 방식은 동부와는 달라."

그렇구나.

그렇지 않아도 아카데미에서 올 때 교복과 생활용의 단순한 옷만 가져와서 입을 옷이 필요했다. 나는 슬그머니 할아버지를 보았다. 마뜩잖은 표정을 하고 있었지만, 나와 눈이 마주치니 어쩔 수 없다는 듯 고개를 끄덕였다. 난 아빠를 따라서 웬 건물로 들어갔다.

'웨딩드레스 숍 같다.'

단층이지만 내부 넓이가 운동장 같다는 것만 빼면. 여성 고객이 주로 오는 곳이라 이렇게 특이한 구조인 모양이었다. 높은 구두를 신고 계단을 오르내리는 건 위험하니까.

"골라라."

아빠와 할아버지는 소파에 앉았고 나는 시트론, 마릴린과 함께 내부를 둘러보았다. 마릴린은 패턴이며 장식이 하나도 없는 드레스를 집고 물었다.

"형태를 먼저 고르시고요, 다음에 원단, 그리고 장식을 고르면 돼요."

"그게 오더 메이드 아니야?"

"선택한 드레스가 수치별로 미리 나와 있어서 하루 이틀이면 옷을 받을 수 있어요."

"굳이 왜?"

"황도는 유행이 굉장히 빠르거든요. 제작하려면 서너 달도 걸리잖아요? 옷을 받기 전에 유행이 지나가 버려요."

나는 고개를 끄덕였다. 그렇구나, 동부보다는 황도 쪽이 현대와 가깝나 봐.

'거의 기성품이나 마찬가지니까.'

"요새는 이렇게 어깨 천이 없는 드레스가 유행이에요."

"아하, 오프숄더."

"오프…… 네?"

"아니야."

점원이 얼른 다가와 드레스 고르는 것과 환복을 도와주었다. 탈의실에서 옷을 갈아입고 나오자 점원들이 드르륵, 커튼을 밀었다. 소파에 앉아 있던 아빠와 할아버지의 눈이 커졌다.

"잘 어울리는구나. 나를 닮아서 흰색이 잘 받아."

"저를 닮았죠."

아빠와 할아버지가 서로를 사납게 노려볼 때 점원이 말했다.

"가슴에 달린 건 진짜 사파이어랍니다. 결혼식 예물로 자주 쓰이는 보석이라 영애 또래의 아가씨들이 행복한 결혼을 꿈꾸며 구매하시지요."

그러자 아빠와 할아버지의 표정이 순식간에 변했다.

"별로군."

"다른 옷으로 하지."

"색이 있고."

"사파이어는 없는 옷."

처음으로 두 사람의 쿵짝이 맞았다.

'으응? 왜?'

나는 어리둥절한 표정으로 드레스를 살폈다.

'마음에 들었는데.'

"그, 그렇, 예……."

점원은 두 남자의 눈빛에 당황해하며 다시 커튼을 쳤다.

"아가씨, 이전에 보셨던 노란색 드레스로 하실까요?"

"으응, 그래."

점원은 다시 드레스를 입혀 주며 중얼거렸다.

"아가씨의 부군되실 분께선 여러모로……."

"응?"

내 질문에 점원은 그저 생긋 웃을 뿐이었다. 할아버지와 아빠가 내 옷을 사 주겠다고 또 다퉜다. 그럼 나눠서 사 달라고 하니 제가 더 많이 사 주겠다고 또 또 다퉜고, 나는 결국 두 벌씩으로 타협했다.

'한 벌이면 충분한데.'

숍을 나오니 어느새 해가 지고 있었다.

'어쩐지 배가 고프더라.'

그렇게 생각하는데 아빠의 시선이 느껴졌다.

"식사하러 갈까."

"그건……."

"로열 키친에서 퇴직한 셰프가 차린 식당이 근처인데."

아곤과 같은 로열 키친? 나는 냉큼 좋다고 외쳤다.

"어르신은 세컨 하우스로 가시죠."

아빠의 말에 할아버지의 얼굴이 일그러졌다. 이번에도 싸울까
봐 난 얼른 소리쳤다.

"할아버지도 같이 가시면 안 돼요?"

"……."

"같이…… 가고 싶은데……."

내가 손을 꼼질거리며 눈치를 보자 아빠가 한숨을 내쉬었다. 화
가 났나 싶었는데 별말 없이 먼저 걷기만 하기에 할아버지를 끌고
따라갔다. 아빠와 할아버지가 식당 안에 발을 내딛는 순간 영화처
럼 우수수 시선이 쏠렸다.

"프렌시프 후작…… 어르신……."

"두 분이 어떻게…… 저 여성분은……."

수군수군 소리가 따라붙었지만, 할아버지와 아빠는 신경도 쓰지
않고 안으로 걸어갔다. 지배인으로 보이는 외알 안경의 신사가 헐
레벌떡 이쪽으로 다가왔다.

"각하! 연락을 주셨으면 마중을 나갔을 터인데……! 어르신께서
도 오셨군요."

아빠와 할아버지에게 각각 인사한 그는 나를 쳐다보았다.

"이분은……."

"내 딸이지."

"아아! 그 유명하신……! 만나 뵙게 되어 영광입니다."

왼 가슴에 손을 올린 그가 허리를 바짝 굽혔다. 나도 모르게 마주 인사할 것 같아서 난 허리를 꼿꼿하게 폈다. 그리고 살짝 손을 건넸다.

"프렌시프에 신의 축복이 있기를."

고개 숙이고 있던 지배인이 양손으로 내 손을 잡았다.

'좋아, 익숙해 보였지?'

뿌듯해져서 어깨가 으쓱으쓱했다. 몰래 웃으며 고개를 돌리는데 아빠와 눈이 마주쳤다.

"……."

"……."

그가 픽 웃고는 내 머리를 쓰다듬었다.

'미, 민망해.'

자리에 앉아서 우리는 각자 메뉴를 시켰다. 정통 코스는 아니었고, 애피타이저와 메인, 그리고 디저트로 간략하게 이어졌다. 지배인이 물었다.

"와인을 곁들이시겠습니까. 루에뱅에서 좋은 와인이 들어왔습니다."

"그렇게 하지. 그리고 내 딸이 마실 샴페인도."

지배인이 돌아가고 약 20분쯤 후에 애피타이저와 술이 먼저 나왔다. 목이 말랐던 차라 샴페인을 마셨는데 정말이지 엄청나게 맛있었다. 달콤하고 산뜻한 맛의 샴페인이 입안에서 파르르 진동하며 목 뒤로 넘어갔다.

'탄산인데 이렇게 부드러울 수 있나?'

크림 소맥 같은데.

잔 안에서 맑은 샴페인이 출렁, 흔들릴 때마다 새콤달콤한 향이 올라왔다.

"이것도 마셔 보겠느냐?"

할아버지가 와인 잔을 건네기에 나는 냉큼 고개를 끄덕였다. 와인 잔의 둥근 부분을 양손으로 덥석 잡다가 아차, 하고 아빠를 보았다. 지지대를 손끝에 걸치고 있던 아빠의 눈매가 휘어졌다.

"이렇게."

아빠는 내 손을 벌려서 와인 잔을 잡는 법을 알려 주었다.

"이런, 짧군."

하지만 세니아나의 손은 유난히 작아서 아빠처럼 안정적으로 잡을 순 없었다.

'아니야, 할 수 있어.'

손을 부르르 떨면서 열심히 아빠를 흉내 냈다. 그러자 아빠가 큽ㅡ 하며 고개를 돌렸다. 내가 시무룩해지니 할아버지가 아빠를 쏘아보았다.

"왜 아이 기를 죽이느냐."

그러더니 와인 잔을 덥석 들어서 내 앞에 잔을 기울여 주었다. 먹여 주겠다는 듯이.

"저는 애가 아닌데요."

"……."

할아버지는 말이 없어졌고, 아빠는 입매를 삐뚜름하게 올렸다. 곧 식사가 나왔고, 우리는 조용히 식사를 시작했다. 애피타이저부터 디저트까지 어느 하나 모자람이 없는 근사한 식사였다.

'로열 키친의 요리사들은 하나같이 대단하네.'

나도 앞으로 이런 요리를 할 수 있을까. 그런 생각을 하니 가슴이 설렌다. 얼른 방학이 끝났으면 좋겠네.

"다 먹었으면 갈까?"

아빠가 물어서 난 고개를 끄덕이며 대답했다.

"네."

나와 할아버지, 그리고 아빠가 몸을 일으키려는데 누군가 테이블로 다가왔다.

"오랜만에 뵙습니다, 어르신."

적갈색의 호화로운 지팡이를 짚고 있는 중년의 남자가 모자를 벗으며 말했다. 할아버지의 표정이 순식간에 싸늘해졌다.

"사비에르 후작."

'이 사람이 사비에르 후작이구나.'

그는 아빠보다 열 살쯤 많아 보였고, 듬직한 인상이었다.

'역시 사람은 겉만 보면 모르는 건가.'

그렇게 생각하고 있는데 사비에르 후작과 시선이 마주쳤다.

"이 아가씨가 프렌시프의 성녀로군요……."

그가 중얼거리듯 말하자 사람들의 시선이 일시에 나를 향해 쏠렸다.

"반갑소, 영애. 요한 사비에르요."

나는 치마 끝을 잡고 무릎을 살짝 굽혔다.

"세니아나 프렌시프입니다."

"듣던 것보다 훨씬 사랑스럽군. 내 딸 에이레네가 영애와 동년배지. 황도에 머무는 동안 좋은 친구가 되어 주게."

프렌시프에 역병을 퍼뜨리고, 내 방에 감염된 시체의 옷을 넣어 둔 사람이 한 말치곤 고상했다. 후작은 껄껄 웃으면서 이어 말했다.

"내 저택에서 에이레네와 차라도 하며 이야기를 나누게. 내일 사람을 보내지."

할아버지가 냉기 서린 눈으로 후작에게 말했다.

"그만."

"어르신."

"내 손녀와 그리 대화를 나누고 싶거든 대기표를 받고 기다려라."

사비에르 후작의 표정이 왈칵 구겨졌다. 하지만 순식간에 표정을 지우고 하하, 웃음을 터뜨렸다.

"소문대로 영애를 몹시 아끼시는군요."

'할아버지가 싸고 돌아서 내가 버릇이 없는 거라는 말투잖아.'

하기야, 과거 세니아나의 소문을 생각하면 버릇 이야기가 날 만도 하다. 내가 아무리 바뀌었다고 해도 기간은 1년도 채 되지 않았다. 하지만 세니아나가 사고를 쳐 온 건 10년이란 세월이었다. 후작이 왜 불쑥 다가왔는지 알 법도 하다.

'내가 황도에 올라온 게 불안했구나.'

사교 활동을 시작하는 줄 알고. 포털의 소유자에다 프렌시프의 영애인 내가 사교계에서 영향력을 과시하기 시작하면 황궁에서 본격적으로 탐을 낼 수도 있으니까.

'그러니까 미리 평판을 떨어뜨리겠다는 거네.'

아빠와 할아버지가 코를 납작 눌러 주어도 내가 직접 나서지 않는 한 사비에르 후작의 의도대로 될 것이다. 후작은 빙그레 웃으며 할아버지에게 말했다.

"영애는 영지에서만 지내서 세상 물정에 어둡지요. 먼저 사교계에 나온 제 딸이 도움을 줄 수도 있지 않겠습니까."

나는 후작에게 말했다.

"말씀 감사합니다. 확실히 전 세상 물정에 어두워요. 그래서 말인데, 괜찮으시면 가르침을 주실 수 있을까요?"

후작은 허허, 사람 좋게 웃었다.

"궁금한 게 있나?"

"네. 보통 초대는 상대의 의사를 물어본 후에 하는 것이지요?"

뭔가 이상하다고 느꼈는지 후작이 떨떠름한 표정이 되었다. 나는 모른 척 말을 이었다.

"의사를 물어보지 않는다면 강요고요."

"……."

"부모가 있는 자리에서 자식에게 강요하는 건, 그 부모를 업신여길 때나 하는 일이 아닌가요?"

후작의 얼굴이 완전히 굳어졌고, 난 쐐기를 박았다.

"그런 모욕이라면 장갑을 던져도 할 말이 없다고 알고 있는데 어째서 인망 높은 후작께서 그런 일을 하시나요?"

"……."

"제가 세상 물정에 어두워서 뭘 모르고 있는 걸까요?"

다시 한 번 레스토랑이 술렁였다. 후작은 억지로 미소지었다.

"그렇군. 내가 반가운 마음에 큰 실수를 한 모양이야. 사과하지."

나는 고개를 살짝 숙였고, 후작은 주먹을 꾹 말아 쥐었다. 할아버지와 아빠가 나를 보며 입꼬리를 올렸다. 그리고 내 손을 잡아 후작을 지나쳤다. 인사 한마디 없이 떠났지만 사람들은 우리를 향해 수군거리지 않았다. 되려 후작을 보며 "망신도 이런 망신이……." 하며 신나게 쑥덕거릴 뿐이었다.

우리는 저택으로 돌아왔다. 할아버지는 손님방으로 돌아갔고, 아빠도 행정관들과 함께 집무실에 들어갔다. 두 사람과 외출한 데다 사비에르 후작까지 만나 잔뜩 긴장했더니 피곤이 몰려왔다. 잠깐 쉬어야지, 하고 침대에 누웠는데 졸음이 쏟아졌다.

'씻어야…… 땀…… 났으니까…….'

그런 생각을 했던 것 같은데 다시 눈을 떴을 땐 사방이 어두컴컴했다.

"꿉꿉해."

역시 씻고 잘걸.

얼른 일어나서 욕실로 향했다. 성에선 내 방에 욕실이 딸려 있었는데, 저택엔 방 밖으로 내 전용 욕실이 있다.

'성보다 커서 좋았는데 이럴 땐 불편하구나.'

그렇게 생각하며 얼른 샤워를 마쳤다. 옷을 갈아입은 다음 머리를 말리고 나오는데 복도 끝에서 불빛이 새어 나오고 있었다.

'할아버지 방이네?'

이렇게 늦은 시간지 왜 안 주무시지? 설마 또 아빠랑 싸우시나!

나는 황급히 할아버지의 방으로 향했다. 고함이 오고 갈 줄 알았는데, 방 안은 고요했다. 똑, 똑, 노크를 했다.

"누구냐."

"세니아나예요."

"……들어와라."

문을 열고 들어가자 할아버지는 창가에 있는 티 테이블에 앉아 있었다.

"왜 안 자고."

"씻고 나오다가 불이 켜져 있길래요."

"그렇구나."

난 할아버지의 옆에 앉아 그의 시선을 따라 고개를 돌렸다. 하늘 가득 수놓인 별이 금세라도 쏟아질 것 같았다. 멍하니 하늘을 바라보다가 슬쩍 할아버지를 바라보았다. 할아버지는 창밖으로 시선을 고정한 채 조용히 말했다.

"내가 미우냐."

"……."

"아비와 보지 못하게 하여. 이제껏 네게 무심하여."

나는 의자 위에 쪼그려 앉아 다리를 안았다.

"할아버지는 제가 왜 미우셨어요?"

그가 나를 쳐다보았다.

"매번 속을 뒤집어 놓아서."

"그래서 별채로 보내신 거예요?"

"대치 중인 적군에게 우리 군의 이동 경로를 알렸을 때는 도저히 참을 수 없었지."

"……."

"팔백 명이 죽었다. 그 중엔 나와 생사고락을 함께한 오랜 지기 도 있었어."

할아버지는 가만히 내 눈을 바라보았다.

"손녀이니 당연히 용서해야 한다는 네가 마귀처럼 보였다. 소름 이 끼쳐서 참을 수 없었어."

"……."

"그때 너와 이야기를 나눴어야 했나."

"……."

"그리 독하게 군 까닭이라도 물었어야 했던 걸까."

가슴이 조여들어서 나는 고개를 푹 수그렸다. 어떤 말도 할 수가 없었다. 용서도, 위로도, 변명조차도. 그저 죄송하다는 말을 몇 번 이고, 몇 번이고 삼킬 수밖에. 나는 세니아나가 아니니까. 그래서 난 자격이 없었고, 동시에 죄스러웠다.

내내 마음이 불편했다. 할아버지가, 오빠들이, 또 아빠가 주는 마 음이 모두 내 것이 아님을 알고 있었기 때문에. 내 것이 아니라고 스스로를 꾸짖고, 또 꾸짖어도 자꾸만 욕심이 불쑥 고개를 들었다. 세니아나는 없잖아. 이제 내가 세니아나잖아. 못된 생각이 가시덩 굴처럼 가슴을 옭아맸다.

"세니아나."

"……."

"미안하다."

그 말을 들을 사람은 제가 아니에요. 진실을 입 밖에 낸다면 어떻게 될까? 가족들의 미소는 영영 볼 수 없겠지. 세니아나를 돌려내라고 화내고, 다그칠지도 모른다.

'상처 주고 싶지 않아.'

나는 소리를 내지 않으려고 애쓰며 울음을 삼켰다. 머리 위로 할아버지의 시선이 느껴졌다. 조심스럽게 손을 뻗어 오던 그가 흠칫, 물러났다. 늘 그랬다. 언제나 유리 조각을 만지듯 아주 조심스럽게 내게 닿았다. 그럴 때마다 목구멍으로 말이 비집고 올라왔다.

'할아버지가 좋아요.'

항상 다정하게 대해 주셔서 고마워요. 계속 곁에 있게 해 주세요.

"갈게요……."

"그래."

나는 손바닥으로 눈을 문지르며 일어났다. 방을 나서는 내내 할아버지의 시선이 떨어지지 않았다.

잠이 올 것 같지 않아서 멍하니 저택을 걸었다. 정신 차렸을 땐 현관이었다.

"아가씨?"

복도를 걸어오던 시트론이 놀라 내게 다가왔다.

"표정이 왜 이렇게 안 좋으실까."

시트론은 걱정 어린 표정으로 손수건을 꺼내 내 얼굴을 닦아 주었다.

"무슨 일 있으세요?"

"아니, 그냥 길을 잃어버려서⋯⋯."

"저도요."

나는 눈을 동그랗게 떴다. 시트론이 생긋 미소지으며 말했다.

"응?"

"황도 저택은 처음이라서요. 어디가 어딘지 모르겠어요."

나는 곤란한 척하는 시트론을 보고 웃어 버렸다. 시트론은 길눈이 밝아서 한 번 다녀간 곳은 지도라도 보는 것처럼 달달 외웠다. 게다가 다이닝 룸 같은 곳에서 나오고 있었으면서 내가 걷고 싶어 하는 것 같으니까 모른 척해 주는 것이다.

"그럼 저쪽으로 가 볼까요?"

일부러 방과는 정반대 길로 이끌면서.

'시트론은 정말 상냥해.'

나는 시트론의 손을 잡고 걸었다. 탐험하듯이 이곳저곳을 걸으며 장식물이라든가, 촛대를 구경했다.

"이 올빼미상 성에도 있는데."

"너무 호화로워서 하인들은 닦을 때마다 벌벌 떨어요."

나는 아하하, 웃으며 고개를 끄덕였다. 그렇겠다, 정말로.

다음 복도엔 그림이 잔뜩 있었다. 미술관 같아서 눈을 휘둥그레 떴다.

"그림이지?"

"네."

그런데 마치 사진 같았다. 착용한 액세서리까지 너무 현실감이 넘쳐서 탄성을 흘렸다. 시트론이 함께 그림을 감상하며 말했다.

"역대 후작 부인들이네요. 성에도 초상화첩이 있어요."

"후작 부인? 그럼 할머니랑 오빠들의 어머니도 있을까?"

"아가씨의 할머님은 계실걸요?"

"궁금해!"

우리는 가장 끝으로 달려갔다. 시트론은 마지막 그림 전에 멈춰서 말했다.

"이거네요."

나는 숨을 크게 들이켰다. 그림 속의 할머니는 매우 아름다웠다. 고혹적인 적색의 머리칼과 고귀한 황금빛 눈동자를 가진 미인. 선하나하나가 그린 듯 단정했지만, 하나로 모이니 강인해 보였다.

"너무 멋지다."

"그렇죠? 실제로도 정말 멋진 분이셨대요. 강한 자에겐 굽히지 않았지만, 약한 자에겐 연시보다 무르셨어요."

그림은 초대부터 현대까지 나열된 것 같았다.

'그럼 마지막 그림은 뭘까?'

란슬롯의 어머니? 아니면 가웨인의 어머니일까? 설레는 마음으로 걸음을 옮겼는데…….

"어머, 이분은……!"

시트론이 활짝 웃으며 말했다.

"아가씨의 어머님이세요."

"……"

"아가씨?"

"……말도 안 돼."

나는 뻣뻣하게 굳어져서 마지막 그림을 바라보았다.

'거짓말, 어떻게, 어떻게 이 사람이……!'

색이 엷은 갈색 머리칼과 고동색 눈동자, 다정한 미소, 눈가에 있는 갈고리 모양의 상처. 잊어버리고 싶지 않아서, 사진 하나 없는 게 사무쳐서 매일 밤 꿈에 그리던 사람.

[세나야.]

[우리 세나.]

[세나, 찾았다.]

"선생님……."

비명이 터져 나올 것 같아서 나는 입을 틀어막았다. 한국인답지 않게 서구적으로 느껴지던 그 모습이 설마……

어째서, 왜? 어떻게 선생님이 세니아나의 엄마란 말이야?

* * *

다음 날, 나는 하루 종일 방 안에서 생각을 정리했다. 머릿속이 엉킨 실타래처럼 복잡했다. 아무리 생각해도 내게 벌어진 상황이 이해되지 않았다.

'내가 아는 것들을 정리해 보자.'

1. 선생님은 세니아나의 엄마와 똑같은 얼굴이다.

2. 선생님은 포털이 어디에 있는지 알고 있었다. 마치 나를 위해 남겨 준 것처럼 포털의 마원을 가지고 나오는 방법에 대해 알려 주었다.

테이블을 두드리던 손이 우뚝 멎었다.

그래, 선생님도 가족이 없었어. 나를 찾기 이전에 지인조차 전무했다.

'선생님은 이 세계의 사람. 세니아나의 엄마야.'

그렇다면 어떻게 내가 있는 곳으로 오신 거지?

'납치당한 적이 있다고 그랬어. 그 뒤로 영영 사라졌고.'

그때 돌아가신 건가? 그래서 내가 죽은 세니아나의 몸에 들어온 것처럼 윤세나의 세계에 온 거야?

'하지만 죽은 몸에 들어온 게 아니라 원래 몸 그대로 이동했잖아.'

마치 스스로 이동한 것처럼.

나는 엎드려서 끙끙거리다가 펜던트를 매만졌다.

"선생님을 만날 수 있으면 좋을 텐데."

아니면 이 일을 자세히 아는 다른 사람이 있으면 좋겠…… 어?

"맞다, 아빠!"

아빠가 납치에서 돌아온 세니아나의 육신을 조사했다고 했다.

'좋아, 아빠를 찾아가 보자.'

내가 막 문을 열었을 때였다. 방문 앞에 서 있던 사람이 우뚝 굳어졌다.

"할아버지?"

"……."

"무슨 일이세요?"

"하루 종일 밥도 안 먹고 방에 있다기에."

할아버지는 나를 빤히 쳐다보았다. 내가 고개를 갸웃 기울이자 그가 작게 헛기침을 했다.

"어제 내가 괜한 소리를 한 게 아닌가 하여."

'그렇지, 참.'

선생님의 일 때문에 잠깐 잊고 있었다. 나는 아니라고 하려다가 할아버지의 손에 들린 그릇을 보았다. 그가 슬그머니 손을 뒤로 감추었다.

"그거 저한테 주시려고요?"

"속이 불편하면 먹지 않아도……."

"정원에서 먹어도 돼요?"

"그래!"

아빠한테는 이따가 가지 뭐. 할아버지가 좋아하시는 것 같으니까.

나는 할아버지와 함께 정원에 나갔다. 아빠와 함께 있었던 분수대에 앉아서 할아버지가 가져온 그릇을 무릎에 놓았다. 도각도각 잘린 수박과 복숭아, 청포도, 자두. 다 내가 좋아하는 것들이라서 좀 신기했다.

'내가 좋아하는 것들을 어떻게 아실까.'

수박을 포크로 집어서 할아버지에게 건넸다.

"너 먹어라."

"많은데요."

"……."

할아버지와 나는 시원한 분수대에서 함께 과일을 먹었다. 반쯤 남겨 놓았을 때, 할아버지의 검지에 자리한 반지가 깜빡거렸다.

'통신석이다.'

할아버지가 통신석을 두 번 두드렸다. 그러자…….

[어르신!]

절규 같은 목소리에 나는 깜짝 놀랐고, 할아버지는 눈살을 찌푸렸다.

[이리 가시면 어찌하십니까. 오늘은 돌아오셨어야지요. 결재해 주실 서류가 몇 장인지 아십니까!]

얼마나 절박한지 거의 우는 투였다. 다른 사람들도 함께 있는 모양인지 웅성웅성 시끄럽다.

[광산 건이 급합니다. 일단 서류라도 보내 주세요!]

마담 버니지아가 버럭 소리치자 다른 사람들도 [나도 급하네!], [내 관할지엔 해충 떼가……!] 하며 시끄럽게 말했다. 갑자기 쿵! 드르륵! 하는 소리와 함께 [나도 얘기 좀 합시다!] 하는 파르뎅 남작의 목소리가 들렸다. 통신석을 들고 옥신각신하는 중인 것 같다. 할아버지는 짜증 섞인 얼굴로 말했다.

"란슬롯과 가웨인이 있지 않으냐."

[가웨인 도련님은 하계 훈련 때문에 영지에 안 계시고, 란슬롯 도련님은 손님을 맞이하고 계십니다!]

[급한 건은 어르신께서 마무리 지어 주셔야지요!]

[언제까지 계실 겁니까. 제발 돌아오십시오!]

그러고 보니까 여름이 할아버지에겐 가장 바쁜 계절이었다. 나는 슬쩍 할아버지를 보았다.

"돌아가셔야 하는 게 아닌가요⋯⋯?"

[아가씨? 아가씨이십니까?]

마담 버지니아의 목소리가 들려왔다.

"네."

[저희 좀 살려 주십시오!]

그 말에 할아버지가 왈칵 인상을 찌푸렸다.

"왜 세니아나를 붙잡고 난리냐."

[저희 말은 귓등으로도 안 들으시니 그렇지요! 아가씨, 저희 전부 과로로 죽게 생겼습니다.]

나는 당황해서 중얼거렸다.

"저, 저는 할 수 있는 일이⋯⋯."

그러자 마담 버지니아가 또 한 번 소리쳤다.

[어르신께 말씀 좀 해 주십시오!]

이렇게까지 부탁하니 입을 꾹 다물고 있기가 뭐했다. 나는 우물쭈물하다가 할아버지를 힐끗힐끗 보았다.

'하지만 나도 어려운데⋯⋯.'

할아버지는 가신들에게 호통을 쳤다.

"파업이다! 늙은이를 이만큼 부려먹었으면 되었지!"

[아이고, 어르신, 제발⋯⋯!]

내가 할아버지의 옷깃을 잡자 거짓말처럼 할아버지가 조용해졌다.

"돌아가시면 안 될까요?"

"······."

"다들 힘들어하니까······."

할아버지는 나를 빤히 보다가 한숨을 내쉬었다.

"······능구렁이 같은 놈들이."

"네?"

"연락하마. 그때 나를 황도로 다시 이동시켜다오."

"아, 네!"

그러자 통신석에서 [아가씨, 만세!] 하는 소리가 들려와 나는 어색하게 웃었다. 할아버지는 짜증 섞인 손길로 통신을 종료했다.

"그럼 이동시켜드릴게요."

"그래."

난 할아버지를 영지로 돌려보내 주었다. 할아버지가 들고 있던 포크가 분수대 안으로 뚝 떨어졌다.

'앗!'

깨끗한 물이랬는데!

당황해서 물 안으로 손을 뻗었다. 그런데 보기보다 깊은지 손이 닿지 않았다. 나는 분수대 틀을 잡고 끙끙 몸을 기울였다. 몸이 크게 휘청하였을 때였다.

"위험해."

아빠의 목소리가 들리고, 그가 내 손을 잡아 주었다. 나는 놀라서 눈을 휘둥그레 뜨고 그를 바라보았다.

"뭐 하는 거지?"

"포크가 빠져서……."

아빠가 곁에 있던 마일로에게 눈짓했다. 마일로는 긴 팔로 단숨에 포크를 꺼냈다.

"접시를 치워드릴까요?"

마일로가 물어서 난 고개를 끄덕였다. 그가 접시와 포크를 들고 정원을 나섰고, 이곳엔 아빠와 나 둘만이 남았다.

"늙은이와 함께 있던데."

"아, 할아버지께선 영지로 돌아가셨어요."

"잘됐군."

나는 눈을 깜빡이며 아빠를 쳐다봤다.

"왜?"

"아빠는 할아버지를 왜 싫어하세요? 혹시 엄…… 마 때문인가요?"

할아버지가 선생님과의 결혼을 반대했으니까?

아빠가 내 옆에 앉으며 입을 열었다.

"미아는 이민족의 신관이었다."

"신관이요?"

선생님이?! 내가 눈을 동그랗게 뜨자 그가 고개를 가볍게 끄덕였다.

"강력한 힘을 타고 나서 전투가 있을 때면 언제나 선봉에 섰을 정도로. 그때마다 제국의 병사들을 쓸어 버렸지."

'선생님 대단해!'

내가 눈을 반짝이자 아빠는 실소를 흘렸다. 내 머리를 쓰다듬은 그가 이어서 말했다.

"그러니 이민족의 나라가 패망한 후에도 제국의 눈엣가시였던 거다."

제국의 후작인 아빠와는 절대 이어질 수 없는 신분이었다는 거구나.

'그래서 프렌시프에서 세니아나의 엄마가 이민족 매춘부라는 소문을 잠재우지 않았던 거야.'

그녀의 신분을 철저하게 감추기 위하여.

"네 할아버지를 비롯해 모든 가신들이 미아와 나를 반대한 건 그런 이유에서였지."

"……."

"미아는 너를 낳고도 오두막에 숨어 살 수밖에 없었다."

"엄마가 납치된 게 그 때문이라고 생각하세요?"

아빠는 아무런 말도 없었다.

'그래서 프렌시프를 미워하는구나.'

아니, 본인 스스로가 제일 미운 거야. 지키지 못했다고 여겨서.

세니아나와 선생님에게 미안해서 아무에게도 마음을 내주지 않았다. 아빠의 눈이 깊게 가라앉아서 나는 주춤주춤 손을 뻗었다. 마른 눈을 살짝 매만지자 그가 희미하게 웃었다.

"할아버지는 아빠를 지키고 싶었던 거예요."

"……."

"자식이 겪을 고통이 걱정되는 건 당연하니까."

"……."

"아빠가 엄마를 깊게 사랑하셨다는 걸 알겠어요. 죄스러워서 저를 보러 오지 못하셨군요. 다행이에요."

"다행…… 이라고."

"미워서 오지 않았던 게 아니니까."

일순 아빠의 눈이 굳어졌다.

"너."

"네?"

그가 내 손을 꽉 잡고 나를 끌어당겼다.

"세니아나가 아니군."

나는 흠칫 놀라 분수대에서 일어났다. 주춤, 뒷걸음질 치자 아빠가 한 걸음 한 걸음 다가왔다. 그때 삐익ㅡ! 이명이 화살이 되어 머릿속을 가르고 온몸을 진동시켰다. 눈앞이 희뿌옇게 변하고 무릎에 힘이 빠졌다. 몸이 휘청 무너지고, 시야가 검게 변했다.

"……안!"

아빠의 목소리가 멀어진다.

＊　　＊　　＊

나는 멍하니 낡은 건물 앞을 바라보았다. 희망원이라고 쓰여 있는 간판석 앞에 오도카니 선 아이를 나는 알고 있었다. 저건 고아원에 버려졌을 때의 나다.

어린 나는 솜이 삐져나온 성인용 패딩을 입고 있었다. 코를 훌쩍일 때마다 고장 난 지퍼 대신 옷깃을 여민 클립이 짤랑짤랑 흔들렸다. 어린 나의 귀가 붉었다. 한겨울에 아주 오랫동안 밖에 있었기 때문이었다. 발갛게 튼 인중으로 코가 주룩주룩 흘러내렸다.

'기다리지 마, 바보야.'

아빠는 안 와. 평생 오지 않았어.

"아이고, 고집하고는! 그만큼 기다렸으면 이제 알 법도 하잖아, 응? 네 애비가 너 여기 버리고 간 거야!"

"온댔는데……. 뻥튀기 사 가지고 온다고 했는데……."

"가! 좀!"

원장이 나를 거칠게 끌고 들어갔다. 고아원에 들어가고 나서 사나흘쯤 뒤에야 깨달았던 것 같다. 이 아줌마의 말이 진짜구나. 나 정말로 여기에 버려졌구나.

생각해 보면 어린 나는 손이 많이 가는 아이였다. 피부병도 앓고 있지, 말도 안 하지, 아이들과는 매일 같이 싸우지. 그렇게 귀찮은 나를 원장이 좋아할 리 만무했다. 보조금 때문에 데리고는 있지만, 걸핏하면 머리를 쥐어박았다. 그리고 아이들은 강자와 약자를 구분할 수 있을 만큼 영리했다.

"괴물이래요, 괴물이래요~"

"민주랑 괴물이랑 닮았다! 이제 너 괴물 친구야!"

"으아앙, 싫어! 선생님!"

"너, 이 계집애! 또 친구를 울렸어!"

장면이 필름처럼 흘러 여름이 되었다. 어린 나는 자원봉사자들이 주고 간 상자에서 몰래 빵을 꺼냈다.

저 때는 왜 항상 배가 고팠을까? 밥을 먹고도 뒤돌아서면 배가 고팠다. 그런 내 앞에 스티커가 든 초콜릿 빵이 있었으니 참을 수 있었을 리가 없다. 어린 나는 빵을 티셔츠 안에 숨기고 얼른 놀이터 구석에 숨었다.

들킬세라 허겁지겁 먹다가 빵이 목에 걸려 켁켁거렸다. 초콜릿 크림이 묻은 더러운 손가락을 쪽쪽 빨던 어린 내가 흠칫, 어깨를 오그라뜨렸다. 원장이 야차 같은 얼굴로 나를 노려보고 있었다.

"원수 같은 년. 내가 손대지 말라고 했어, 안 했어."

"……."

"그 새를 못 참고! 이리 와, 이리 안 와?!"

원장이 나를 끌어내 등이며 다리를 빗자루로 내리쳤다. 저 날은 하루 종일 밖에서 손을 들고 있다가 밤이 되어서야 겨우 방으로 돌아갔다. 이불을 뒤집어쓰고 있는데 입양이 결정된 아이가 다른 아이들과 종알종알 이야기를 나누었다.

"그럼 민주 너는 의사 선생님네 가는 거야?"

"웅! 이것도 새엄마가 사 준 거다?"

아이가 네모난 필통을 반으로 열며 자랑했다. 중앙에 화이트보드와 보드마카, 작은 클리너가 달린 캐릭터 필통은 당시 아이들에게 최고로 인기 있었다.

"좋겠다~!"

"새엄마가 이런 거 많이 사 주고 사랑해 줄 거랬어. 내가 제일 예쁘고 착해서 데려가는 거래."

"그러면은 다음엔 윤정이가 가겠다. 민주 다음으로 예쁘니까."

"히히, 그럼 괴물은 입양 못 가겠네?"

그 애들의 말이 맞았다. 나는 초등학교에 들어가고 나서도 입양

가지 못했다. 또 한 번 필름 돌아가는 소리가 들렸다.

다시 겨울. 원장의 눈총과 아이들의 장난도 여전했다. 어린 나는 아이들이 놀이터에서 신나게 떠드는 소리를 들으며 방 안에 있었다. 구석에서 책을 읽고 있는데, 덜컹, 문 열리는 소리가 났다. 나는 흠칫 놀라서 얼른 책을 끌어안았다.

학습 만화는 인기가 좋아서 보는 순서가 정해져 있었는데, 그 날은 내 차례가 아니었다. 어린 내가 벌벌 떨며 고개를 수그리자 인기척이 조금씩 다가왔다. 나는 어린 내게 말해 주고 싶었다. 괜찮다고. 겁먹지 않아도 된다고. 오늘은 선생님이 오시는 날이니까.

"안녕."

"……."

가지런히 하나로 묶은 머리카락에서 좋은 냄새가 났다. 밖은 너무너무 추운데 그녀의 회색 코트엔 햇빛 냄새가 묻어나는 것 같았다. 어린 나는 멍하니 그녀를 올려다보았다.

선생님의 눈에 뽀얀 눈물이 어렸다. 그녀는 덜덜 떨리는 손을 뻗었다가 움츠리는 나를 보고 무언가를 꾹 참듯 얼굴을 일그러뜨렸다. 어린 나는 그녀가 화가 난 줄 알고 움찔, 뒤로 물러났다. 그러자 그녀는 머플러를 꾹 쥐고 서럽게 울었다.

"너무, 너무 오래 기다리게 했지."

"……."

선생님은 억지로 환히 웃었다. 그리고 살짝 내 손을 잡았다.

"찾았다, 세니아나."

뭐라고?

이건 내 기억에 없는 일이었다.

그게 무슨 소리예요? 왜 나를 세니아나라고 부르는 거예요?

'선생님!'

나는 다급히 선생님을 잡았다. 하지만 그저 통과할 뿐, 손끝에 어떤 감각도 남지 않았다. 어린 내가 손을 등 뒤에 쏙 감추고 어물 어물 중얼거렸다.

"아닌데……. 나 순이인데……."

저 날이 내가 고아원에 들어간 다음, 처음으로 말문을 연 날이었 다. 선생님이 부드러운 목소리로 물었다.

"순이라고 부르면 되니?"

"……."

"싫으니?"

"……."

"그럼 예쁜 이름을 지어 줄까?"

"……."

"어디 보자, 어떤 이름이 좋을까."

선생님은 손등으로 눈물을 훔치며 말했다.

"세나."

"……."

"세나라고 하자."

"세나……."

"그래, 세나."

퓨즈가 탁 켜지듯 그날의 기억이 떠올랐다.

맞아, 내 이름은 선생님이 지어 주셨어. 왜 몰랐을까. 세나, 세니 아나. 이렇게 비슷한 이름인데.

순간 펜던트가 번쩍 빛나고, 나는 다른 공간으로 이동했다.

"크르릉."

내 앞에 있는 사자를 보고 깜짝 놀랐다. 포털 마원을 찾았던 동굴에서 보았던 사자였다.

"드디어 내 목소리가 들리나 보군."

사람 말? 눈을 휘둥그레 뜬 나는 주춤주춤 뒷걸음질 쳤다. 사자는 기지개를 켜듯 발을 멀리 딛고 몸을 부르르 떨었다. 그러더니 내게 다가오기 시작했다.

"자, 잠깐만요."

나는 기어들어 가는 목소리로 말하며 어깨를 움츠렸다.

"무, 무서우니까 거기서 말씀하시면 안 될까요……."

사자가 우뚝 멈추었다. 얼마 지나지 않아 털이 온통 환히 빛났다. 그리고 순식간에 손바닥만 한 고양이로 변했다.

"이 정도면 되었소?"

"귀여워라……."

내가 그렇게 말하자 사자, 아니, 고양이는 눈을 느리게 깜빡였다.

"오백 년 살며 처음 듣는 얘기군."

"싫으신가요?"

"원한다면 귀여움이라고 불러도 좋소. 겁 많은 주인."

나는 작게 웃었다. 하지만 곧 웃음이 잦아들었고, 표정이 어둡게 가라앉았다.

"미아가 아니라 실망하였소?"

나는 선뜻 아니라고 말하지 못했다. 베고니아 꽃잎을 보자마자 선생님이 떠올랐다.

"주인이 본래의 육신으로 만나 온 자는 미아가 아니라오."

"네?"

"정확히 말하자면 말이오."

"그럼……."

"남겨 둔 것이지. 기억이라고도 부르는."

나는 영문을 모르겠다는 표정으로 고양이를 보았다. 고양이는 순식간에 내 어깨로 뛰어올라 뺨에 작은 머리를 비볐다.

"선생님에게 여쭤보고 싶은 게 있어요."

"주인의 추측이 사실인지?"

"그래요."

선생님은 처음 만났을 때 나를 '세니아나'라고 불렀다. 그리고 삿된 자들에게 포위되었을 적에 그녀는 말했다.

[언제 이렇게 컸을까. 품에서 고물거리던 것이 엊그제 같은데.]

나와 선생님이 만난 건 내가 막 초등학교 들어간 무렵이었기 때문에 고물거릴 정도로 작지 않았다. 또…….

[모든 게 네 것이다. 그러니 누구에게도 죄스러워할 필요가 없어.]

나는 떨리는 목소리로 말했다.

"선생님의 말씀은 마치, 마치 제가 정말로……."

"세니아나인 것처럼."

고양이의 말에 나는 숨을 들이켰다. 굳은 나를 보고 고양이가 다시 입을 열었다.

"맞소."

"그럼 어떻게 제가 세나, 아니, 순이가 된 거죠?"

"억지로 육신에서 벗어난 영혼이 마침 빈 몸을 찾았던 거지. 비록 다른 세상의 것이었지만."

순이로서의 첫 기억은 담벼락 앞에 쓰러져 오들오들 떨던 것이었다.

'그때 죽었던 거구나, 순이.'

"혹시 납치당했을 때 선생님은 돌아가셨던 거고, 저는 육신과 영혼이 떨어진 건가요?"

"당시에 미아는 죽지 않았다오. 주인을 찾기 위해 스스로 이세계에 간 것이지."

"그럼 과거의 세니아나는 대체 누구죠?"

"주인의 운명을 약탈하려 한 자요."

과거의 세니아나가 내 영혼을 분리했단 말인가.

"제 운명을 약탈했으면서 왜 죽으려고 한 거죠?"

고양이는 빙그레 웃었다.

"프렌시프의 일족은 재미있더군."

"네?"

"그들은 본능적으로 약탈자를 경계하였다오."

"……."

"원하는 바는 이루지 못하는데 본래 몸은 마법이 점점 풀려 썩어 가고 있었소. 불안해질 수밖에."

"자살해서 본래 몸으로 돌아가려고 했던 건가요?"

"그렇다오."

"어째서 선생님은 이런 이야기를 해 주지 않은 거죠?"

"약탈자들이 미아를 금제했지. 사후에도 풀리지 않는 고약한 마법이었소."

그래서 선생님이 내게 무엇인가 말하려 할 때마다 공간이 뒤틀렸던 거구나!

"누가 그런 일을……."

"나 또한 그것은 알지 못하오."

"대체 당신은 누구예요?"

고양이가 사뿐사뿐 다가와 내 발치에 엎드렸다.

"나는 당신의 종, 당신의 길이요."

"……포털?"

"영리한 내 주인."

"앞으로도 만날 수 있나요?"

"주인이 나를 필요로 한다면."

쪼그려 앉아 고양이의 머리를 쓰다듬었다. 갸르릉, 기분 좋은 소리를 내며 우는 그를 보고 나는 빙그레 미소지었다.

"뭐라고 부르면 될까요?"

"주인이 부르는 모든 이름이 나의 이름이오."

"그래도 이름이 있어야 부르기 편한데…… 음, 예삐?"

식당 근처 미용실에서 키우는 푸들의 이름이었다. 고양이는 잠깐 침묵했다.

"······미아는 나를 멀린이라고 불렀다오."

"저도 멀린이라고 부를게요."

멀린이 나에게서 멀어짐과 동시에 또 한 번 빛이 뿜어져 나왔다. 그는 본래의 우아한 갈기를 가진 사자가 되었다. 그가 공중을 향해 크르릉! 포효했고, 나는 곧 빛에 휩싸였다.

*   *   *

"······가씨!"

"아가씨!"

멀리서 들리는 소리에 나는 무거운 눈꺼풀을 겨우겨우 들어 올렸다.

"으······."

"아가씨, 괜찮으세요?"

"아가씨!"

울음기 밴 목소리가 양쪽에서 들려왔다. 시트론과 마릴린의 목소리였다. 나는 끙, 신음하며 조그맣게 말했다.

"으응······."

얼마나 잔 건지 목이 다 쉬고, 눈이 퉁퉁 부어 잘 보이지 않았다. 몇 번이나 깜빡이고 나서야 점점 시야가 선명해졌다.

"나 얼마나 잤어?"

"오늘로 이틀째예요."

"그렇게나 오래?"

내가 깜짝 놀라서 물으니 시트론이 한숨을 내쉬었다.

"이번 기회에 자세히 검사를 해 봐야겠어요. 성에서도 한 번 쓰러지신 적이 있잖아요."

그러자 마릴린은 비명을 지르듯 소리쳤다.

"뭐라고요? 쓰러지셨던 적이 있는데 왜 그때 검사하지 않은 거예요!"

"진료한 마티스 남작이 괜찮다고 하셨……."

"의사 한 사람의 말을 어떻게 믿어요! 황도로 모셔왔었어야죠!"

"마티스 남작도 훌륭한 의사예요."

"황도로 모셔 왔으면 황궁의의 진료를 받을 수 있었을 거예요."

내가 끙 신음을 흘리자 두 사람이 합, 입을 다물었다. 마릴린은 의사를 데려오겠다며 뛰쳐나갔고, 시트론도 물을 가져오겠다며 일어났다.

"시트론."

"네?"

"잠깐 앉아. 물어볼 게 있어."

시트론은 의아한 얼굴로 간이 의자에 앉았다.

"옛날의 나한테 같이 떠나자고 했었지?"

민망한 얼굴이 된 그녀가 고개를 끄덕였다.

"그랬지요."

"그 말을 듣고 내가 너를 구박했었잖아. 그때 내가 정확히 어떻게 했던 거야?"

시트론이 픽 웃으면서 내 목소리를 흉내 냈다.

"네까짓 게 감히 나를 동정해? 하녀 주제에, 천것 주제에! 이게 다 프렌시프의 찢어 죽일 놈들 때문이야!"

"……."

" — 라고 하시면서 뺨도 찰싹. 너무하셨죠?"

"응……."

나는 세니아나가 시트론의 호의에 겁을 먹은 거라고 생각했다. 믿었다가 상처받을까 봐 지레 겁을 먹고 피한 거라고. 하지만 시트론의 말을 들으니 알겠다. 세니아나는 내가 가여워할 만한 사람이 아니었다는 걸.

나는 내가 한 말도 아닌데 시트론에게 미안해서 고개를 수그렸다.

"그럼 오늘 식사하시고, 약도 드시고, 푹 주무시는 거로 빚 받을게요."

"고마워, 시트론."

"별말씀을."

시트론이 식사를 가져오겠다고 나섰다. 나는 침대 헤드에 기대 벽에 걸린 거울을 바라보았다.

'본래 몸으로 돌아간 걸까.'

그녀의 진짜 육체가 썩기 시작했다고 했으니 돌아가지 못했을 수도 있겠다.

'왜 그랬니.'

자꾸만 억울함이 불쑥불쑥 고개를 들었다.

'아니야. 긍정적인 생각. 긍정적인 생각.'

이미 지나간 일은 돌이킬 수 없다. 세니아나가 살아 있는지조차 확실하지 않으니 복수할 수도 없었다. 나는 우울함을 떨치기 위해 식사를 하고, 책을 읽었다. 멀린과 이야기를 한 뒤에 마법에 관한 게 궁금해져서 그쪽을 찾아봤다.

마릴린이 데려온 의사에게 진료를 받은 후에 뒹굴거리고 있는데 노크 소리가 들렸다.

"나다."

"네, 넷!"

아빠의 목소리에 나는 다급히 대답하며 얼른 침대에서 일어났다.

아빠와 나는 테이블을 사이에 두고 앉았다. 아빠가 물었다.

"몸은?"

"괜찮아요."

"그럼 내 질문에 답할 준비가 된 건가."

아빠의 말이 떠올랐다.

[너, 세니아나가 아니군.]

아빠의 눈을 가만히 응시하다가 조용히 말했다.

"네."

"대답해 봐라."

나는 마른침을 꼴깍 삼키고 조심스럽게 입을 열었다.

"저는 아빠 딸…… 이에요."

"뭐?"

내 입으로 말하려니까 엄청 부끄러웠다. 볼이 붉어져서 난 얼른 손으로 뺨을 가렸다.

"그, 그러니까 아빠 딸 맞다고요."

"세니아나라고."

"네, 제가 세니아나예요."

혹시 믿지 않는 건가 싶어서 나는 슬그머니 아빠를 올려다보았다.

'믿지 않는 걸까?'

하지만 멀린에게서 들은 이야기를 할 순 없었다. 믿기 힘든 이야기였으니까. 세니아나의 기억을 아무리 뒤져 보아도 영혼을 바꾸는 마법이 있다는 얘기는 없었다. 이세계의 마법은 마도구를 만드는 정도로만 쓰였다. 전투 마법사들이 있기는 했지만, 선생님을 마지막으로 사라졌다.

'나도 굳이 얘기하고 싶지 않아.'

가족들이 알게 되면 마음 아파할지도 모르니까.

아빠는 내 눈을 쳐다봤다. 불안해져서 치맛자락을 꼭 쥐는데, 그가 입을 열었다.

"그렇군."

평온한 대답에 나는 눈을 동그랗게 떴다. 그러자 아빠가 물었다.

"왜?"

"너무 쉽게 믿으셔서…… 아!"

그렇지, 아빠는 납치에서 돌아온 후에 내 육신을 조사했다고 했어. 혹시 세니아나를 의심하고 있었던 걸까?

"궁금한 게 있는 표정인데."

"물어봐도 돼요?"

"물론."

"절 조사하신 건 아빠 딸이 아니라고 의심하셨기 때문인가요?"

"미친놈이라고 생각하나?"

고개를 절레절레 젓는 나를 보며 아빠가 픽 웃었다.

"모두가 그리 여기던데."

"왜 의심하신 거예요?"

"그런 생각이 들었을 뿐이다. 이건 내 딸이 아니다, 라고."

아빠는 낮은 목소리로 말했다. 스스로 미쳤다고 여겼노라고. 또 증거조차 없는 일로 딸을 멀리하는 게 정신 나간 일임을 알고 있었다고.

"하지만 어떻게 해도 딸로 여겨지지 않았지."

"그럼 저는, 저는 어째서……."

"태어났을 때의 너를 안았던 순간과 같은 감정을 느껴서."

"그게 어떤 감정인데요?"

아빠가 다정히 웃으며 내 뺨을 감쌌다.

"내 삶의 주인이 이 녀석이 되겠구나, 하는."

"아빠."

"그래."

"아빠…… 아빠."

나는 이름을 가슴에 새기듯 몇 번이나 아빠를 불렀다. 아빠가 아무런 말 없이 대답해 주어서 나는 또 한 번 눈물을 터뜨릴 수밖에 없었다.

그날 밤, 나는 할아버지에게 연락했다.

[무슨 일이냐.]

"할아버지."

[그래.]

"저요, 할아버지 좋아해요."

진짜 세니아나가 아니라는 생각에 할 수 없었던 말이었다. 진심을 솔직하게 얘기할 수 있다는 건 정말로 멋진 일이었다. 가슴이 벅차고, 설렌다. 내 말이 끝나기 무섭게 통신석에서 소리가 사라졌다.

[아가씨께서 방금, 뭐라고?]

얼마쯤 뒤에야 소리가 들려왔다.

'주변 사람들이 다 들었나 봐!'

"끄, 끊을게요."

나는 엄청나게 부끄러워져서 얼른 이 상황을 피하고 싶었다.

[황도로 돌아가겠다. 포털을 열어다오.]

[안 됩니다, 어르신!]

[저희 다 죽습니다!]

사람들이 애원했지만, 할아버지는 들은 척도 않았다. 내가 히히 웃으며 안 된다고 말하자 할아버지를 제외한 사람들이 안도의 한숨을 터뜨렸다.

다음 날. 마릴린의 빗질을 받으면서 오빠들과 연락했다.

[무슨 짓을 한 거야?]

가웨인의 말에 난 통신석으로 고개를 돌렸다.

"네?"

[그렇게 무서운 얼굴은 처음 봤다.]

어제 일 때문에 부끄러우셔서 화가 나신 건가? 나는 깜짝 놀라서 다급히 물었다.

"할아버지가 왜요?"

[싱글벙글하시잖아.]

"아……."

내 얼굴이 붉어지자 시트론이 후후 웃으며 얼굴에 파우더를 두드려 주었다. 나는 민망해서 말을 돌렸다.

"훈련은 잘 끝내셨어요?"

[응.]

"큰오빠는요?"

[아직 정신없지.]

[알면 거들어.]

란슬롯의 목소리가 들려왔다. 반가움에 '오빠!' 하고 외치자 란슬롯이 낮게 웃었다.

[영지로 언제 돌아와?]

"조금 더 있다가요."

[어서 돌아와. 보고 싶으니까.]

란슬롯은 정말로 다정하다. 그를 독사라고 생각하던 세니아나가 이해되지 않을 정도로.

통신을 종료했을 땐 단장도 마무리되었다. 오늘은 아빠와 단둘이 놀러 가기로 해서 시트론과 마릴린이 평소보다 더 정성 들여 꾸며 줬다. 의자에서 일어났을 때, 아빠가 방으로 들어왔다.

"준비는?"

"마쳤어요!"

아빠가 팔을 내밀었다. 나는 우물쭈물하다가 살짝 팔짱을 꼈다. 내가 진짜 세니아나라는 걸 깨달은 뒤에 억지로 쌓아 두었던 벽이 허물어졌다. 불편하고 무서웠던 아빠가 편해졌고, '윤세나의 아빠'에 대한 기억이 더는 날 괴롭히지 못했다.

"가지."

"네."

나는 아빠와 가장 번화한 살롱에 갔다. 사교 클럽 같은 곳으로 고위 귀족만 출입할 수 있는 곳이라고 했다. 이런 곳은 처음이라 쭈뼛쭈뼛 안을 훑었다.

"차와 술 중에 어떤 걸로 할래?"

"저는 아이스티요."

아빠는 와인을, 나는 아이스티를 받아서 주변을 가볍게 걸었다. 당구대며 티 테이블, 카드 판도 있었다.

'오락 센터 같은 곳인가 봐.'

당구대 앞에 멈춰 서자 아빠 주변으로 중년의 귀족들이 다가왔다.

"이거 해가 서쪽에서 떴나 봅니다."

"예, 후작께서 살롱을 다 찾으시고."

"오오! 각하!"

주변에 금방 사람이 몰려들었다. 아빠는 중앙에서 엄청나게 귀찮은 표정을 짓고 있었다. 난 방해가 될까 봐 슬쩍 아빠 곁을 벗어났다. 당구대 옆에 있는 테이블 주변엔 내 또래의 영애, 영식들이 잔뜩 있었다.

"어머, 프렌시프 양!"

카드 테이블에 있던 소녀가 날 불렀다.

'크리스틴!'

후·비들이 동부 별궁에 왔을 때 내게 날을 세우던 영애였다.

그러니까 성이……, 아.

"라지엥 양."

"이런 데서 다 뵙네요. 황도에 올라오셨군요."

"네."

"황후 폐하나 황비님들의 파티에서나 뵐 줄 알았어요. 귀여움받으셨잖아요."

불리지 못한 걸 보면 눈 밖에 난 모양이지? 라는 눈빛이었다. 그녀가 나를 위아래로 훑으며 이어 말했다.

"하기는. 사비에르 영애가 황도에 있으니 폐하와 황비님들께서 시간이 없으실 거예요."

나 같은 건 어차피 그녀의 대타였다는 의미다.

6장

"저도 라지엥 양을 파티에서 뵐 줄 알았는데, 여기 계시네요."

나도 '그건 너도 마찬가지지'라는 표정으로 쳐다봤다. 크리스틴의 입매가 비틀렸다. 그녀는 억지로 호호, 웃으며 말했다.

"살롱이 궁금한 날도 있으니까요."

"저도 그래요."

"그럼 함께하시겠어요?"

"네?"

"카드놀이요."

크리스틴이 앉아 있던 사람을 보내고, 나를 그 자리에 앉혔다.

"배팅은 착용한 액세서리로 한답니다."

"재물을 걸고 하면 도박 아닌가요?"

"오직 착용한 패물만 배팅할 수 있어요. 그래서 도박처럼 큰 판이 아니죠."

크리스틴이 규칙을 설명했다. 같은 모양의 카드나 똑같은 숫자만을 내서 카드를 다 없애는 사람이 벨을 누르면 승리한다.

'원 카드와 할리갈리를 섞어 놓은 것 같네.'

그렇지만 이건 눈 가리고 아웅 아닌가. 재물을 거는데 포커를 치면 본격적인 도박 같아 보이니까 조금 바꾼 거잖아.

테이블에 앉은 세 사람이 중앙에 목걸이며 팔찌 등을 내려놓았다. 그러고 보니 저 세 사람은 액세서리를 이것저것 많이도 착용했다. 살롱에 온 목적이 명백하다.

'아, 이게 그건가!'

별궁에서 소녀들에게 들은 적이 있었다. 또래들 사이에서 인기가 많은 놀이라고 했다. 하지만 패물을 모두 잃으면, 놀이에 빠져 체면을 잃은 도박 중독자처럼 여겨진다고 했다.

'그래서 큰 망신을 당한다고 했지.'

아무래도 크리스틴은 이번 기회에 내 코를 납작하게 해 주고 싶은 모양이었다.

'하지만 이미 앉았으니 거절하기도 좀 그래.'

나는 귀걸이를 빼서 테이블 중앙에 내려놓았다. 게임이 시작되었다. 카드가 참가자들에게 모두 돌아가자 크리스틴이 히죽 웃었다.

"프렌시프 양은 아직 규칙이 익숙하지 않을 테니 첫 게임은 배우는 정도로 할까요?"

"부탁드려요."

나는 생긋 웃으며 말했다.

뎅ー! 게임이 끝났음을 알리는 종소리에 크리스틴의 얼굴이 하얗게 질렸다.

"더 하시겠어요?"

내가 태연한 목소리로 물으니 그녀는 입술을 꽉 깨물었다. 내 앞엔 패물이 온통 가득했다. 이미 참가자 중 한 사람은 드레스 외엔 몸에 걸친 게 없어서 도망치듯 살롱을 나섰다. 크리스틴이 짓씹듯 말했다.

"하죠."

"하지만 영애는 이제 인장밖에 남지 않았잖아요?"

더 잃기 전에 돌아가시지?

크리스틴이 주먹을 바르르 떨며 말했다.

"서로 가진 걸 전부 걸기로 해요."

크리스틴은 이번 게임엔 정말 이길 자신이 있다는 듯 말했다. 하지만 나는 어깨를 으쓱 올렸다.

"제게 손해인데요?"

"달리 원하는 게 있나요?"

"착용한 패물 외에 다른 건 걸 수 없으니까 받을 게 없지요."

"허리라도 굽히겠어요!"

크리스틴이 날카롭게 말했다. 허리를 굽히는 건 아랫사람이 윗사람에게 하는 인사법이었다.

'체면을 거시겠다?'

그렇다면야. 내가 고개를 끄덕이자 크리스틴은 재빨리 카드를 섞었다. 그리고 시작. 나는 저번 판보다 더 빨리 벨을 눌렀다.

"······!"

"이런, 인장까지 가져올 생각은 아니었는데."

크리스틴의 인장을 내 앞으로 가져왔다.

"정말로 인장까지 가져가는 건 너무 하잖아요!"

"그래서 마지막 게임 전에 만류했던 것 같은데요."

"······!"

크리스틴이 새빨개져서 벌떡 일어났다. 나는 돌아가려고 하는 그녀의 팔을 잡았다.

"주실 게 더 남지 않았나요?"

게임을 구경하던 영식이 풉! 하고 웃자 크리스틴은 어쩔 줄을 몰랐다.

"이거 놔요!"

그녀가 손을 뿌리치며 외쳤다. 주변에 있던 사람들이 수군거리기 시작했다.

"귀족이란 자가 약속을 저리 쉽게 어기다니······."

"남은 체면도 없나 보죠."

"인장까지 잃었으니 말이에요."

"좀 한심한데요."

부채로 입을 가린 영애의 말에 크리스틴이 그들을 매섭게 흘겼다.

"어떻게 나를 이토록 비참하게……."

궁지에 몰리자 어린애 같은 면모가 선명하게 드러났다. 확실히 어린애이긴 했다. 나와 세 살쯤 차이가 난다고 했으니 열일곱 정도?

'이번에 당했으니까 다음엔 이런 시시한 기 싸움은 하지 않으려고 하겠지.'

그거면 되었다. 나는 뛰쳐나가는 그녀를 보며 어깨를 으쓱 올렸다.

게임에서 딴 패물을 가지고 아빠에게 돌아갔다.

"그건 뭐지?"

"카드놀이에서 땄어요."

"그렇게나 많이?"

양손에 가득 찬 패물을 보고 아빠가 말했다.

"네."

"게임을 잘하나?"

난 슬쩍 주변을 돌아보다가 까치발을 들고 그의 귀에 속삭였다.

"속임수를 썼거든요."

원래 속임수는 그들이 먼저 쓰긴 했다. 나는 그걸 역이용한 거고. 크리스틴 무리는 테이블 아래에서 서로서로 패를 교환했다. 이 게임은 벨을 누른 사람이 패물을 다 가져가는 거라서 승리를 몰아주려던 것이다. 난 그들이 카드를 바꾸는 타이밍을 노려서 포털을 열었다. 그리고 받는 쪽의 패를 내 패와 바꿔치기했다.

"마지막은 그냥 실력이었지만요."

그걸 아빠에게 말해 주자 그의 눈이 살짝 커졌다.

"이런, 내 딸이 도박에 재능이 있군."

"따서 아빠 드릴게요."

"부자가 되겠는걸."

제국에서 손꼽히는 부자인 아빠가 그런 얘기를 하는 게 우스워서 나는 키득키득거렸다.

"하지만 그건 두고 가는 게 좋겠다. 황도의 벌레들은 더러운 소문을 쉽게 만드니까."

"그럴게요."

나는 사환에게 패물을 맡겼다.

'아, 인장은 신용카드 같은 거니까 크리스틴의 저택에 보내는 게 낫겠다.'

인장만 쏙 골라서 주머니에 넣으니 아빠가 잘했다는 듯 머리를 쓰다듬었다. 살롱에서 잠시 시간을 보내고 아빠와 상점 지구로 갔다. 가는 곳마다 시선이 몰렸다. 나보다는 아빠에게.

"하아······."

중년의 부인들이 자꾸만 안타까운 한숨을 흘려서 그때마다 나는 흠칫 놀랐다.

"다들 아빠를 보고 있어요."

"내가 잘생겨서 그래."

똑같은 말을 가웨인에게 들었던 적이 있었다. 역시 피는 못 속이는 거라고 생각하고 있는데 아빠가 무언가를 불쑥 내밀었다.

"장미다!"

"장미의 계절이니까."

"역시 바람둥이셨지요?"

아빠는 픽 웃었다. 그때, 그의 통신석이 깜빡깜빡 점멸했다. 잠깐 멈춰서 통신을 걸어온 사람과 이야기를 주고받던 아빠의 표정이 굳어졌다.

"왜요?"

내 물음에 그가 싸늘하게 말했다.

"날파리가 꼬였군."

— 하고.

*　　*　　*

저택으로 돌아가자 황후의 초대장이 와 있었다.

'양반은 못 되시네.'

크리스틴과 얘기를 한 게 반나절 전인데. 아니, 어쩌면 벌써 소문을 듣고 날 초대한 걸지도 모른다. 의아한 점은 왜 아빠도 함께 초대했을까, 하는 거였다. 나를 구슬리려면 보호자 동반보다는 혼자인 쪽이 좋을 텐데.

"어찌할 거지?"

"황도에 온 이상 한 번은 가야 한다고 생각했어요."

어차피 벌어질 일이라면 빨리 처리하는 게 낫지.

나는 황후에게 초청에 감사하며 곧 찾아뵙겠다는 편지를 보냈다. 그리고 이튿날, 아빠와 함께 입궁했다.

황궁은 어마어마하게 컸다. 황제가 지내는 아발론 궁부터 후·비가 각각 소유한 궁, 대전 회의가 이뤄지는 본궁, 신전, 기사단의 병영 등. 엄청나게 큰 건물이 십수 채나 있고, 그렇게 커다란 부지를 높디높은 방벽이 감싸고 있었다.

얼마나 넓은지 마차를 타고 들어와서도 한참을 가야 황후궁이 나왔다. 황후궁에 들어가자 궁의 주인인 황후가 우리를 몹시 반겨 주었다.

"이리 반가울 데가!"

"황후 폐하, 강녕하셨습니까."

내가 치마를 넓게 펼치며 말하자 황후는 빙그레 웃었다.

"그런 인사는 됐네."

황후, 아빠와 함께 정원에 들어갔다. 정원에 놓인 커다란 테이블에 우리보다 먼저 사람이 와 있었다. 중년의 여성과 내 또래의 소녀였다. 그들이 황후에게 한 번, 그리고 아빠에게 한 번 인사했다.

"자, 앉아서 얘기하지."

테이블에 앉자 곧 시종이 차를 가져왔다. 황후와 중년의 여성은 차를 마시며 이런저런 이야기를 나누었다. 의아할 정도로 영양가가 없는 이야기였다. 금좌 11석 중 하나인 아빠를 불러서 일부러 할 이야기가 아니었다. 아빠도 그렇게 생각한 모양인지 찻잔을 내려놓았다.

"이제 본론을 말씀하시죠."

그러자 황후가 중년의 여성을 쳐다보았다. 그 사이, 나는 그녀의 딸로 보이는 소녀와 눈이 마주쳤다. 소녀가 생긋 미소지은 순간, 황후가 입을 열었다.

"내가 자네에게 중신을 설까 하네."

나는 깜짝 놀라서 황후를 쳐다보았다.

"레제 부인과 딸인 릴리 양일세."

그리고 황후는 나와 아빠도 그녀들에게 소개했다.

"서로 자식이 있으니 흠 될 것도 없고, 가문 간에 격도 맞으니 이보다 더 잘 어울리는 한 쌍이 어디 있겠는가."

아빠의 표정이 싸늘해지자 황후는 눈썹을 까딱 들어 올렸다.

"황제 폐하께서도 두 가문의 합은 제국의 경사라 하시었네."

황제의 중신과 다름없다는 말이었다. 아빠가 나를 향해 고개를 돌렸다.

"세니안."

"네."

"잠깐 정원을 구경하고 있어라."

그러자 황후가 릴리에게 말했다.

"레제 양도 함께 가게."

릴리는 얼른 일어나서 나를 향해 손을 뻗었다. 나는 아빠를 잠깐 쳐다봤다가 그녀를 따라 정원 안으로 향했다. 아빠가 보이지 않는 곳에 도착하자 릴리가 입을 열었다.

"네가 세니아나구나. 만나서 반가워!"

대뜸 말을 놓기에 나는 눈을 깜빡였다.

"우리 동갑이거든."

"아……."

"어제 살롱에 왔었다며?"

"어떻게 알아?"

"그 살롱이 어머니 소유거든."

사뿐사뿐 걷던 릴리가 뒤돌아 다시 나를 보았다.

"후작님은 정말 근사하시다. 멀리서 뵈었을 때보다 훨씬 더 멋지셔."

"고마워."

"저런 분이 내 아버지가 된다고 생각하니까 설레는걸."

그녀는 마치 결혼이 기정사실이라도 되는 양 말했다. 물론 황제까지 찬성한다면 프렌시프로서는 거절하기 힘든 제안이긴 하지만.

레제 부인은 누가 보기에도 좋은 신붓감이긴 했다. 황후의 말에 따르면 가문의 격도 맞고, 살롱의 운영을 보건대 지혜로운 편인 것 같았다. 게다가 미인이기까지 했다.

그리고 릴리는 그녀를 쏙 빼닮았다. 짙은 고동색 머리칼과 맑게 빛나는 초록색 눈동자. 인상은 약간 달랐는데 레제 부인이 우아하다면, 릴리는 쾌활하고 밝았다. 흰 장미를 매만지며 릴리가 말했다.

"란슬롯 님과 가웨인 님도 정말 멋지시고. 참, 내가 막내야."

"어?"

"난 12월 하순 생이거든. 그러니까 잘 부탁해, 언니?"

그녀는 대뜸 내 손을 잡고 붕붕 흔들었다. 란슬롯이 '막내야' 하고 날 부르던 게 떠올라서 난 기분이 묘했다.

"요리를 한다면서?"

"응."

"아카데미에 다녀?"

"맞아, 지금은 방학이야."

"끝나면 다시 돌아가겠구나. 아쉽다. 함께 지내면 좋을 텐데."

입술을 동그랗게 모으며 "으음……." 하고 침음을 흘리던 그녀가 다시 활짝 웃었다.

"네가 없을 때 오빠들과 친하게 지내면 되겠다."

"아빠가 너희 어머니와 결혼을 할 거라고 생각해?"

"그럼. 두 분 폐하께서 모두 지지하시는데. 두 분께 밉보여서 좋을 게 뭐야?"

"……."

"아, 나비다! 세니아나, 이리 와. 같이 구경하자."

릴리가 밝게 웃으며 내 손을 잡았다.

우리가 다시 돌아갔을 땐, 아빠와 황후는 이야기를 마친 상태였다.

"그럼."

레제 부인이 먼저 인사를 했고, 릴리도 생글생글 웃으며 인사했다. 아빠는 저택으로 돌아가면서부터 바빠졌다. 마차 안에서도 통신석으로 이야기를 나눴고, 돌아와선 긴긴 회의가 이어졌다.

*   *   *

나는 아빠의 부탁으로 란슬롯과 가웨인에게 포털을 열어 주었다.

"오빠!"

두 사람이 반가워서 폴짝폴짝 뛰었다. 그러자 가웨인이 짓궂게 웃으며 내 볼을 마구 늘렸다.

"더 못생겨졌잖아."

"아닌데……"

란슬롯이 빙그레 웃곤 가웨인의 손을 탁 쳤다.

"그래, 예쁘기만 한데. 잘 지냈어?"

"네!"

인사를 나누고 있는데 행정관들이 오빠들을 데리러 왔다. 두 사람은 회의에 들어갔고, 난 정원에 있는 흔들의자에 앉아서 회의가 끝나길 기다렸다.

'빨리 스무 살이 되면 좋을 텐데.'

이 나라의 나이로 미성년자는 아니지만, 스무 살이 지나야 정말 성인으로 대우받았다. 회의도 스무 살 생일이 지나야만 들어갈 수 있었다.

'무슨 얘기를 하는 걸까?'

결국 레제 부인과 결혼하는 건가? 아빠에게는 결혼이 큰 의미가 없어 보였는데. 하기야 메리아던 영애가 누군지도 몰랐는데 결혼하라니까 했잖아.

내 옆에 함께 있던 시트론과 마릴린이 물었다.

"아가씨, 왜 그렇게 표정이 안 좋으세요?"

"무슨 일 있으세요?"

나는 턱을 괸 채 고개를 저었다.

"모르겠어."

"네?"

이상하게 자꾸만 시무룩해지는데 왜인지 모르겠단 말이야. 나는
한숨을 푹 내쉬었다.

"목욕하실래요?"

"응?"

마릴린의 말에 내가 되물었다.

"기분이 나아지실 거예요."

시트론도 좋은 오일이 있다면서 목욕을 권했다.

"그럴까."

"가요, 아가씨."

"네, 그래요."

시트론이 욕조에 오일을 풀어 줬고, 마릴린은 조물조물 마사지
를 해 주었다. 정말로 기분이 나아지는 것 같아서 두 시간이나 욕탕
에 있었다.

'개운해!'

욕실에서 나와 방으로 가는데 모퉁이 뒤에서 시끌시끌한 소리가
들렸다.

"놓으라니까."

가웨인의 목소리였다.

'회의가 끝났나 봐!'

나는 활짝 웃으며 종종걸음으로 코너를 돌았다. 그런데 ─

"작은오빠는 말수가 없구나."

"초면에 대뜸 말을 놓는 건 누구에게 배운 버르장머리지?"

가웨인이 빈정거렸다.

"그렇지만 폐하께서 우리가 격의 없이 지내길 바라신다고 하셨는걸."

릴리의 말에 가웨인이 입을 열려던 찰나였다.

"세니아나다!"

나를 발견한 릴리가 손을 흔들었다. 그러자 오빠들도 나를 돌아보았다. 내가 가지 않으니 그들이 이쪽으로 다가왔다. 란슬롯이 빙그레 웃으며 말했다.

"씻었어? 머리가 젖었네."

"네……."

그는 시트론에게 수건을 받아서 내 머리를 닦아 주었다. 그런 란슬롯의 팔을 잡은 릴리가 내 쪽으로 빼꼼 고개를 내밀었다.

"안녕!"

"안녕."

"어머니께서 네게 케이크를 전해 주라셔서 왔어."

"아……. 감사하다고 전해 줘."

"응! 우리 먼저 먹고 있을 테니까 머리 말리고 와."

그러더니 란슬롯과 가웨인의 팔짱을 꼈다.

"여성의 젖은 모습을 보는 건 실례랍니다."

뒤돌아가려던 릴리가 다시 나를 향해 종종걸음으로 다가왔다. 그리고 나를 오빠들과 반대쪽으로 끌고 가며 말했다.

"오빠들과 이번 기회에 친해지고 싶거든. 그러니까 좀 천천히 와 줘?"

양손을 모으고 애교 있게 웃었다.

"부탁해~"

머리를 말리고, 옷을 갈아입은 후에 응접실로 향했다. 오빠들과 릴리는 테이블을 가운데 두고 마주 본 형태로 앉아 있었다. 릴리가 생글생글 웃으며 제 옆자리를 두드렸다.

"여기 앉아."

내가 앉자마자 그녀는 손뼉을 짝! 치며 말했다.

"예뻐라! 그게 어르신과 각하께서 직접 골라 주신 드레스구나!"

"어떻게 알았어?"

"황도는 소문이 빠르거든. 프렌시프의 일은 특히나 자세하지."

그렇게 말한 릴리는 내 앞에 케이크가 든 접시와 찻잔을 놔 주었다.

"단 걸 좋아한다면서?"

"으응."

"나도 크림이 너─무 좋아. 그래서 어머님께선 내가 아직도 이렇게 아기 같은데 시집은 어떻게 보낼지 걱정이시래."

릴리는 정말로 밝았다. 오빠들이 민망할 정도로 말이 없는 데도 전혀 주눅 들지 않았다. 살롱에 관해서 이야기하던 릴리가 나를 쳐다봤다.

"참, 크리스틴 라지엥과 다퉜다면서?"

"다툰 건 아니고……."

그냥 사소한 마찰 정도였다. 크리스틴이 벌컥 화를 내긴 했지만, 내 쪽에서 응하지 않았으니까.

"내가 들은 것과는 다른데?"

중얼거리던 릴리가 오빠들을 슬쩍 쳐다보더니 "아." 하며 다시 내게 말했다.

"민망해서 그러는 거야?"

"아니, 정말로ㅡ"

"그래, 그런 거로 하자. 넌 싸우지 않았어."

왠지 내가 눈에 빤히 보이는 변명을 한 것처럼 느껴졌다. 릴리는 내가 그런 게 아니라고 말할 새도 없이 오빠들 접시에 새하얀 쿠키를 하나씩 내려놓았다.

"이건 달지 않으니까 먹어 봐. 오빠들은 단 건 싫어하지?"

가웨인은 대답하지 않고 다리를 꼬았다. 상대방이 묻는데 대답하지 않은 건 사교계에선 아주 몰상식한 행동이었다. 그래서 대신 란슬롯이 대답했다.

"그렇습니다."

"편하게 대해 달라니까."

그녀는 뾰로통한 표정으로 내 팔을 끌어안았다.

"큰오빠는 고집쟁이인가 봐."

난 난감했다. 이 상황에서 아니라고 하면 '네가 싫어서 그래' 하는 뜻밖에 되지 않았다. 그렇다고 란슬롯 앞에서 고집쟁이가 맞다고 할 수도 없었다.

나는 차를 마시는 것으로 대답을 피했다. 릴리도 딱히 내 대답을 듣고 싶었던 건 아닌 모양이었다. 또 오빠들에게 이것저것 묻기 시작했으니까.

얼마 지나지 않아 행정관이 오빠들을 찾아왔다.

"어르신의 서신이 도착했습니다."

"가지."

오빠들이 몸을 일으켰다.

"차는 다음에 마시자."

란슬롯이 내 머리를 다정히 쓰다듬었다. 가웨인도 내게 장난스러운 목소리로 말했다.

"보고 싶다고 울진 마."

"제가 애인가요."

내가 뾰로통하게 말하니 가웨인이 "애지." 하면서 내 볼을 살짝 꼬집었다. 두 사람이 나간 후에 릴리는 내 방으로 가자며 손을 끌어당겼다. 방 안에 들어가자마자 그녀가 탄성을 흘렸다.

"너무 예쁘다! 아아, 나도 이렇게 방을 꾸미고 싶었는데."

릴리는 침대에 걸터앉아 인형을 끌어안고는 나를 올려다보았다.

"이 방 내가 쓰면 안 돼?"

"어?"

"나랑 어머니가 프렌시프 저에 들어오면 내게도 방이 필요하잖아. 괜찮지?"

그녀가 그렇게 말했을 때, 노크 소리가 들렸다.

"나다."

'아빠!'

나는 얼른 문을 열어 줬다.

"좋은 냄새가 나는구나."

"버베나 오일을 푼 물로 목욕했어요."

"그래."

그가 내 머리를 쓰다듬으며 방에 들어왔다. 릴리는 치맛자락을 잡고 살짝 무릎을 굽혔다.

"각하를 뵙습니다."

"아직 돌아가지 않았군."

"세니아나와 함께 놀고 있었답니다."

릴리가 내 팔을 끌어안으며 물었다.

"즐거웠지?"

'아.'

왜 그녀의 말에 기분이 이상해지나 싶었더니 말투 때문이었나 보다. 릴리는 제 의견을 말하곤 늘 '그렇지?'라든가, '내 말이 맞지?' 하고 호응을 유도했다. 그럴 때마다 나는 당황스러웠다. 아니라고 하면 내가 이상한 것 같은 분위기를 풍겼으니까.

'사실은 아닌데도.'

별로 즐겁지 않았다. 그녀와 있는 건. 아빠는 대답하지 못하는 나를 잠깐 쳐다보았다.

　"저녁 준비가 다 된 모양이더군. 갈까?"

　"네, 좋－"

　"저도 함께해도 될까요?"

　릴리가 끼어들었다. 아빠는 무표정한 얼굴로 대답했다.

　"시간이 늦었지 않은가. 해가 지기 전에 돌아가지."

　"아……. 그렇죠, 늦었네요."

　아빠는 집사에게 꽃다발을 가져오라고 했다. 손님이 돌아갈 때, 꽃을 들려 보내는 게 귀족의 마중법이었다.

　"이걸로 주시면 안 될까요?"

　릴리가 화병에 꽂힌 장미를 가리켰다.

　"괜찮지, 세니아나?"

　그건 아빠가 상점 지구에서 내게 선물했던 꽃이었다.

　"이, 이건 안 돼!"

　내가 깜짝 놀라서 장미가 꽂힌 화병을 끌어안자 릴리의 눈이 동그래졌다.

　"하지만 고작 장미 한 송이인데……."

　그녀가 너무해! 하는 눈으로 나를 쳐다보며 말했다.

　"응? 이거 나 줘."

　"고작 장미 한 송이니까 더 좋은 꽃다발을 가져가."

　"그래도 난 그게 좋은데……."

　그렇게 말하고 릴리는 아빠를 힐끔 쳐다보았다. 나는 손님 앞에서 추태를 부린다고 혼이 날까 봐 굳어졌다. 그런데 아빠는 픽, 실소를 흘릴 뿐이었다.

"각하……."

릴리가 부르자 아빠의 얼굴에서 다시 표정이 사라졌다.

"무례한 건 레제의 가풍인가."

"네? 각하, 그게 무슨……."

"상대방의 의견은 무시하고, 제 말만 고집하는 게 말이야."

아빠의 말에 릴리가 크게 당황했다.

"그, 그게 아니라 저는……!"

무어라 변명하려 했지만, 아빠는 듣지 않고 집사에게 마차를 준비하라 일렀다. 축객령과도 같았다. 결국 릴리는 그대로 프렌시프저를 떠나야 했다.

이튿날, 레제 부인이 릴리와 함께 찾아와서 '어제 딸이 범한 무례를 내게 직접 사과하고 싶다'고 전해 왔다. 나는 그들이 있는 탈라리아관으로 향하다가 한숨을 내쉬었다. 마릴린이 염려 어린 표정으로 날 쳐다봤다.

"주인님께서 아가씨의 의사를 최우선으로 손님을 맞이하라고 명하셨어요."

그러니까 내가 만나길 원하지 않으면 가지 말라는 말이었다. 나는 고개를 조그맣게 저었다.

"하지만 탈라리아관에서 기다리시니까."

탈라리아관은 황제의 칙서나 귀족들의 편지를 전하는 방문자들이 들어가는 곳이었다. 따지자면 성의 우편국과 같은 곳. 저택에 온

손님들이 갈 만한 곳은 아니다.

'그런데 거기서 기다리는 사람을 거절하면……'

사과하러 온 사람을 망신 주고 쫓아낸 것과 다름없다. 무엇보다 레제 부인은 황후가 직접 중매한 사람이다. 함부로 대했다고 소문이 났다간 황궁의 분노를 살지도 모른다.

'아빠가 가지 않아도 좋다고 한 건, 그런 것도 신경 쓰지 말라고 하신 거겠지만.'

나 때문에 가족들이 곤란해지는 건 싫다. 마릴린이 왈칵 인상을 찌푸렸다.

"레제 영애는 영악해요. 절대 거절할 수 없는 상황만 만들잖아요."

"마릴린."

집사 마일로가 경고하듯 그녀를 부르자 그녀는 내 눈치를 보며 죄송하다고 웅얼거렸다. 나는 또 한 번 가벼운 한숨을 내쉬고, 다시 걸음을 옮겼다. 탈라리아관에 들어가자마자 릴리가 벌떡 일어나 나에게 다가왔다.

"세니아나, 정말 미안해~!"

울상을 지으며 내 손을 꼭 붙잡고 연신 사과를 해왔다.

"어제 돌아가서 한숨도 자지 못했어. 불쾌했지? 미안해."

"……"

"네 기분을 나쁘게 하려던 건 아니었어. 생각 없이 말하는 버릇을 고치라고 어머니께 자주 혼이 났는데……. 아니야, 다 변명이지. 정말, 정말로 미안해."

눈물까지 펑펑 흘리며 말해서 난 입을 뗄 겨를도 없었다. 내가 당황하고 있으니 소파에 앉아 있던 레제 부인이 딸에게 말했다.

"릴리, 그만하렴. 프렌시프 양이 당황하잖니."

"아……! 놀랐어?"

릴리가 내 팔을 잡고 눈썹을 늘어뜨렸다. 레제 부인은 "정말이지." 하고 말하며 릴리와 나를 떨어뜨렸다. 그러곤 나를 쳐다봤다.

"갑자기 찾아와서 폐를 끼쳤구나."

난 치맛자락을 잡고 무릎을 굽혔다.

"별고 없으셨습니까, 레제 부인."

"릴리와는 다르게 차분하구나. 어제 일은 정말이지 부끄러워."

그렇게 말하며 릴리를 흘겼다.

"저 아이는 따끔하게 혼을 냈단다."

그녀는 내게 새빨간 장미를 수십 송이 엮은 꽃다발을 내밀었다.

"사과를 받아 주겠니?"

"본채로 가시지요."

"면목이 없어서 말이다. 내가 가면 각하와 프렌시프 경들도 불편할 거야."

그녀는 내 손을 잡고 이어 말했다.

"영애도 당황스러울 테지."

"……."

"너를 보고 사과하고픈 이기심에 실례를 범했어. 그 또한 사과하마. 사실 프렌시프 저에 방문해야 할 이유도 있었지만."

"다른 이유요?"

내 말에 릴리가 얼른 편지를 내밀었다. 황후의 티파티 초대장이었다.

"황후 폐하께서 네게 전하라고 하셨단다."

"하지만 저는 아직 데뷔탕트를 하지 않았어요."

그러니까 파티에 초대받기엔 어려운 입장이었다. 레제 부인이 빙그레 웃으며 말했다.

"어려워 말려무나. 지인들끼리의 가벼운 모임이야."

릴리는 밝은 표정으로 그녀의 말에 끼어들었다.

"고위 인사만 모여서 다들 엄청 가고 싶어 해! 우리는 우편으로 받았는데, 황후 폐하께서 네게는 직접……!"

"릴리, 너는 정말."

레제 부인이 또 딸을 타박했다. 릴리가 입술을 삐죽였다.

"하지만 특별한 일인걸요. 세니아나가 각별히 귀여움받고 있다는 거잖아요. 부럽다는 말이었는데."

"상대에 따라서 부담스러울 수 있는 말이야."

레제 부인의 말이 맞다. 나는 부담스러웠다. 파티에 별로 가고 싶지 않은데, 이렇게 특별한 초대를 하였다니까 거절할 수 없었다. 나는 인상을 약간 찡그리고 초대장을 매만졌다. 그러자 릴리가 말했다.

"갈 거지?"

"쉽게 결정할 일이 아니야."

황후의 지인들만 있는 파티에 갔다는 게 알려지면 내가 그녀의 줄을 잡았다고 생각할 거다. 그걸 프렌시프의 의사로 착각하는 사람들도 생겨날 거고. 할아버지나 아빠와 상의 없이 결정할 수 있는 내용이 아니었다.

"하지만 폐하께선 각하와 너를 함께 초대하셨는데……."

조그맣게 웅얼거리던 그녀가 나를 쳐다봤다.

"네가 가지 않으면 각하께서 거절하신 줄로 아실걸."

"……."

"가자, 응? 재밌을 거야."

'뭐지, 이 애는.'

악의가 없는 건가, 아니면…….

가족에게 황후의 초대가 있다는 말을 전하자 가웨인이 인상을 찌푸렸다.

"하여간에 편 갈라놓는 데엔 귀재지."

"가웨인."

혀를 찬 가웨인이 아빠를 보았다.

"가지 않으면 세니아나가 표적이 될 겁니다."

아빠도 잠깐 고민하더니 고개를 끄덕였다. 난 얼른 아빠에게 말했다.

"그런 걱정 때문이라면 가지 않으셔도 돼요."

'나 때문에 아빠가 불편한 자리에 가는 건 싫어.'

손을 꼼지락거리자 아빠는 내 손에 쿠키를 쥐여 주었다.

"괜찮아."

"그래도……."

"파티 날에 나도 황제와 나눌 말이 있으니 잠깐 들르마."

"……."

아빠가 걱정하지 말라는 듯 미소지었지만, 나는 계속 마음이 좋지 않았다.

*　　*　　*

며칠 후, 파티 날. 나는 시트론, 마릴린과 함께 황후궁을 찾았다. 정원에 들어가니 황후가 생긋 웃으며 나를 맞았다.

"프렌시프 영애."

"황후 폐하를 뵙습니다."

"와 줘서 고맙네. 프렌시프 공은?"

"폐하와 이야기를 마친 후에 들르신다고 하셨어요."

"들른다, 라."

그 정도면 되었다는 듯 은근한 미소를 띤 황후는 다시 입을 열었다.

"드레스가 아주 잘 어울리는군."

"조부님께서 골라 주셨어요."

"아아, 이 옷이 그……."

그녀가 눈매를 둥글게 휘었다.

"두 사람이 영애를 몹시 아끼는 모양이야. 후작이 직접 꽃을 사 영애에게 선물했다지?"

나는 그걸 어떻게 알았냐고 물으려다가 릴리의 말을 떠올렸다.

'참, 프렌시프 소문은 유난히 더 빨리 돈다고 했지.'

나는 헤헤 웃으며 말했다.

"네, 아버지께선 다정하셔요."

"삼대가 다복하니 보기 좋군."

황후는 날 살뜰히 챙겼다. 그 덕에 발걸음을 옮길 때마다 사람들의 시선이 내게로 쏟아졌다. 물론 그 중엔 프렌시프 성녀를 향한 호기심도 다수 포함되어 있었다. 악의에 찬 시선도 있지만.

'크리스틴도 왔구나.'

이쪽을 파르르 노려보던 크리스틴이 나와 시선이 마주치자 흥, 하고 고개를 돌렸다. 그때, 파티장 안으로 레제 부인과 릴리가 들어왔다. 릴리는 사뿐사뿐 걸어 황후와 내게 다가왔다.

"황가의 광영 있기를."

치맛자락을 잡은 채 무릎을 굽힌 그녀가 밝게 웃었다.

"초청해 주셔서 감사합니다!"

황후의 눈이 살짝 커졌다.

"그 드레스는……."

"아, 페어리 숍에서 맞췄답니다. 좋은 옷이 많아요."

황후가 한 말의 의미는 '어디서 샀느냐'가 아니었다. 몇 개의 장식품을 제외하면 나와 똑같은 옷을 입고 있었기에 그런 것이지.

"세니아나! 앗, 우리 옷이 비슷하네."

"……."

"프렌시프 저에서 네가 입고 있던 옷이 너무 예뻐서 나도 맞췄는데. 같은 옷을 입고 올 줄은 몰랐어."

"브로치도 똑같은데."

"그렇네."

그녀가 제 가슴에 달린 브로치를 매만졌다. 턱밑에 앞발을 붙이고 있는 고양이 모양의 브로치. 저건 오빠들이 내게 사 준 것과 색깔만 달랐다.

내 것이 에메랄드 바탕에 핑크 토르말린이 눈처럼 달려 있다면, 그녀의 것은 진갈색 원석에 에메랄드 눈이 달려 있었다. 고동색 머리와 초록 눈을 가진 그녀와 똑같이.

릴리는 깜짝 놀라서 말했다.

"어쩐지, 계속 눈에 들어오더라니. 저번에 황궁에서 보았을 때 네가 하고 있던 브로치와 비슷한 모양이구나."

"……."

"혹시 기분 나빠?"

"……."

"그렇다면 정말 미안."

릴리는 울상을 지으며 내 팔을 끌어안았다. 그녀의 몸에서 버베나 향이 풍겼다. 사람들의 술렁임이 점점 커졌다. 몇몇은 인상을 찌푸리며 릴리를 쳐다봤다.

"저건 좀……."

"이래서 기성품이 싫다니까요. 역시 오더 메이드여야 이런 일이……."

"레제 양은 엘리자베스 양 때도 그러더니 이번에도……."

"쉿, 레제 부인이 계시잖아요."

파티 분위기가 심상치 않았다. 황후는 내색하지 않았지만, 제 파티에 소란이 생기니 약간 불쾌한 듯 보였다. 그때 황후와 막역한 귀부인이 중재하듯 말했다.

"폐하, 재미난 게임을 준비하셨다면서요?"

"아, 그렇지."

그러자 사람들이 황후에게로 관심을 돌렸다.

"파티 시작 전 여흥이라네. 의미 있는 것이 이 궁 안에 있으니 영애, 영식들은 그것을 찾아 가져오게나. 하면 보답으로 선물을 주지."

귀부인들이 물었다.

"저희는 참가하지 못하는 겁니까?"

"이번 게임은 젊은이들에게 양보하시게."

황후의 말에 귀부인들이 까르륵 웃었다. 황후는 홀을 한 번 돌아보고 이어 말했다.

"우리는 젊은이들이 찾는 동안 카드놀이라도 하세."

"저희에게도 선물이 있습니까?"

"승자에겐 만족감이라는 선물이 있겠지."

황후는 파티가 시작될 때까지 각자 의미가 있다고 생각하는 물건을 가져오라고 했다. 영애와 영식들이 흩어져서 궁을 뒤지기 시작했다.

시트론과 마릴린이 내 곁을 따라오며 말했다.

"다른 분들은 정원으로 가셨습니다."

시트론의 말에 마릴린이 고개를 끄덕였다.

"황후 폐하께서 백장미 정원을 아끼시거든요. 분명히 거기에 숨겨져 있을 거라고들 해요."

"으음, 그렇게 쉬운 곳일까."

나는 복도를 걷다가 웬 방의 문이 살짝 열려 있는 것을 보았다.

'들어가도 되겠지?'

궁 안은 모두 뒤져도 좋다고 했으니까.

문을 열고 들어간 곳은 음식 창고였다. 파티장에 음식을 나르기 위해 준비해 둔 곳인 것 같았다. 테이블 한가운데 올려져 있는 샌드위치가 보였다.

문득 샌드위치 이야기가 떠올랐다. 워낙 간단한 음식이다 보니 평민들이 제일 처음 만들었을 거라고 생각하지만, 샌드위치를 만든 건 귀족이었다.

영국의 존 몬테규 백작은 카드놀이에 홀딱 빠져 식사 시간도 아끼느라 빵 사이에 채소와 고기 따위를 욱여넣어 먹었다. 성실한 그를 헐뜯기 위해 만든 헛소문이라는 이야기도 있지만, 어쨌든 샌드위치 탄생에 대한 일화 중엔 가장 유명하다.

'하지만 그건 윤세나가 살던 세계의 일인데.'

길라게온에도 그런 일화가 있을까? 나는 시트론과 마릴린에게 그런 일이 있느냐고 물어봤다.

"루이지 가의 선조가 그랬지요."

"유명한 일화랍니다."

지구나 여기나 도박 중독자는 별반 다르지 않구나. 하기야, 비싼 고기를 빵 사이에 끼워 먹을 생각은 귀족들이나 할 수 있겠지.

'잠깐만 아까 황후가 귀부인들에게 카드놀이를 하자고 했었는데.'

설마!

"우리는 이걸 내자."

"네에 — ?!"

시트론이 놀라서 되물었고, 마릴린도 잔뜩 당황했다.

"하지만 아가씨, 황후 폐하께선 의미 있는 것을 찾아오라고 하셨어요."

나는 빙그레 웃으며 고개를 끄덕였다.

"그래, 의미가 있지."

"그게 무슨……."

"젊은 영애, 영식들이 살롱에서 하는 놀이를 제지하려는 거야."

"네?"

"고가의 액세서리를 걸고 하는 놀이이니 도박과 다를 바 없는데 다들 놀이일 뿐이라며 모른 체하잖아."

"그렇죠. 정도는 갈수록 심해지니…… 아아, 맞네요!"

일부러 젊은 영애, 영식에게만 의미 있는 것을 찾아오라고 한 점. 귀부인들에겐 카드놀이를 하자고 한 점. 상이 없냐는 귀부인들의 물음에 상은 만족감일 뿐이라고 일축한 점. 모두 힌트였던 거다. 나는 고개를 끄덕였다.

"크리스틴 라지엥이 인장까지 걸었다는 걸 듣고, 이제 '놀이'를 제지할 때라고 생각한 거겠지."

황후의 지인들이 모인 파티인데, 로웨나 황비의 말벗인 크리스틴
이 있는 것부터가 이상했다.

"그렇군요!"

시트론과 마릴린이 소리쳤다.

"영민하세요, 아가씨."

"네, 정말로 지혜로우셔요."

그때였다.

"세니아나, 여기 있었구나."

릴리가 문을 열고 들어오더니 나를 보며 활짝 웃었다.

"다들 회장에 모였어. 우리도 얼른 가야지."

"그래."

"뭘 낼 거야?"

그러더니 시트론이 들고 있는 샌드위치를 쳐다보았다.

"설마 샌드위치?"

"……."

"그런 걸 가져가면 비웃음만 살 거야! 안 되겠다. 자, 내가 찾은
걸 줄게."

공작새 장식품이었다. 그녀는 공작새가 황후를 뜻하니 분명 제
것이 정답일 거라고 말했다.

"아니야, 나는 됐어."

"괜찮대도. 사과 대신이야."

"릴리, 나는 괜찮다고 말했어."

"아……."

내가 굳은 얼굴로 말하자 릴리가 시무룩 어깨를 떨궜다. 난 한숨을 내쉬고 릴리에게 말했다.

"가자."

"으응……."

파티장엔 대부분의 영애, 영식들이 돌아와 있었다. 황후가 그들에게 가져온 것을 물었다. 다들 릴리와 비슷한 황후의 상징물을 말했다. 아니면 그녀가 아끼는 것이라든가.

"레제 영애는 무얼 가져왔을까."

"저는……."

릴리가 흘깃 시트론을 보더니 그녀의 손에 들린 샌드위치 접시를 잡았다.

"샌드위치를 가져왔어요."

뭐라고?

"샌드위치?"

눈이 동그래진 사람들이 쑥덕거렸다. 나는 굳은 얼굴로 릴리를 쳐다보았다. 하지만 그녀는 티 없이 맑게 웃고 있었다. 한 귀부인이 불쾌한 얼굴로 말했다.

"우리를 조롱하는 건가?"

그러자 사람들이 하나둘씩 입을 열기 시작했다.

"그러게요. 폐하께서 마련한 게임인데 너무 성의 없지요."

"그게 아니라 샌드위치는 도박광을 의미하는 음식이잖아요."

"그럼…… 어머머, 무례해라!"

파티장이 터져나갈 듯 시끄러워졌다. 카드놀이를 했던 귀부인들이 얼굴을 찡그렸다. 황후가 테이블을 두드렸다.

"그만."

사람들이 입을 다물었다. 황후가 후후, 웃으며 릴리를 쳐다봤다.

"레제 양이 정답을 가져왔네."

황후는 크리스틴 무리를 날카롭게 쳐다보았다. 유난히 카드놀이에 빠진 사람들이었다. 그들이 희게 질려서 고개를 숙였고, 황후는 마뜩잖은 얼굴로 고개를 돌렸다. 그제야 황후가 '놀이'를 제지하려 했다는 걸 알고 당황했다.

'역시 내 생각이 맞았어.'

그런데……. 나와 릴리의 시선이 허공에서 부딪쳤다. 릴리는 당혹스러운 표정으로 무어라 말하려다가 입을 다물었다. 황후가 시녀장을 쳐다보았다.

"레제 영애에게 그것을."

시녀장이 고개를 꾸벅 숙이곤 벨벳 천으로 감싼 상자를 가져왔다.

"열어 보게."

황후의 말에 릴리는 조심스럽게 상자를 열었다.

"아……!"

상자 안을 확인한 릴리의 눈이 동그래졌다.

"폐하, 이건……!"

그녀가 꺼낸 건 황금 매 펜던트가 달린 팔찌였다. 화려한 패물도 아니고, 고가의 보석도 아니었지만, 릴리는 뛸 듯이 기뻐했다.

'별궁에서 들었어. 저건 초대장과 같은 거야.'

그것도 황제와 후·비들이 참석하는 대만찬의 초대장 말이다. 그걸 본 마릴린이 참지 못하고 입을 열었다.

"폐하, 그건 저희 아가씨께서……!"

순간 장내의 시선이 이곳에 쏠렸다. 황후의 파티에서 감히 사용인이 입을 연 것에 불쾌해하는 사람들이 대부분이었다. 나는 얼른 마릴린의 손을 잡았다. 그녀는 움찔 떨었지만, 자중하라는 내 뜻을 알아차리고 고개를 숙였다. 황후가 물었다.

"무슨 일인가."

나는 얼른 변명했다.

"제가 몸이 좋지 않습니다, 폐하."

"그런……. 황궁의를 호출하지."

"아니에요. 피로 때문이니 쉬면 나아질 거예요."

황후는 시녀장에게 휴게실을 안내해 주라고 명했고, 나와 하녀들은 시녀장을 따라 휴게실에 들어갔다.

"그럼 영애, 필요하신 게 있으시면 불러 주십시오."

내가 가볍게 고개를 끄덕이자 시녀장이 휴게실을 나섰다. 마릴린이 희게 질린 얼굴로 무릎을 꿇었다.

"죄송해요."

치마를 꾹 쥔 손이 바들바들 떨린다. 일이 잘되든, 잘못되든 마릴린은 엄벌을 피하지 못했을 거다. 그리고 그건 황도에서 오래 산 그녀가 제일 잘 알고 있겠지. 오직 날 생각해서 앞뒤 가리지 않은 것이다. 나는 마릴린의 손을 잡고 말했다.

"고마워."

"아가씨……."

"일어나, 무릎 배기겠다."

하지만 마릴린은 뚝뚝 눈물을 흘릴 뿐, 좀처럼 일어나지 못했다. 시트론이 그녀를 일으켰다.

"아가씨의 마음을 불편하게 하지 마세요."

내가 생긋 웃던 그때, 문이 살짝 열리더니 릴리가 빼꼼 얼굴을 내밀었다.

"세니아나……."

릴리는 내 표정을 보더니 깜짝 놀라서 달려왔다.

"나, 나는 네가 상을 받았으면 하는 마음에 그런 거야. 공작새가 정답인 줄 알았거든……."

"……."

"미안해서 받지 못하는 것 같기에 마음을 편하게 해 주려고 했어. 정말로 샌드위치가 정답인 줄은 모르고……"

우물우물 변명하던 그녀가 내 손을 꼭 잡았다.

"정답이라는 걸 알았을 때 말했어야 했는데 폐하 앞에서 거짓말을 했다고 할 수는 없잖아."

"……."

"파티장이 소란스러워지면 우리 둘 다 곤란해지니까. 그래서…… 미안해."

"릴리."

내가 낮은 목소리로 부르자 그녀가 고개를 크게 끄덕였다.

"응!"

"미안하지 않으면서 왜 미안하다고 하는 거야?"

어리숙한 실수인 척했던 모든 행동들이 고의였으면서. 그리고 난 이번 일로 그녀가 어떤 사람인지 정확히 알았다.

릴리의 눈이 동그래졌다. 쏟아질 듯 커다래진 눈에 눈물이 어리기 시작했다.

"이때까지 날 그렇게 생각했던 거니?"

가련하게 어깨를 떨며 입을 막는다. 나는 그녀에게 잡힌 손을 빼내며 말했다.

"왜 내 방에 있던 장미를 달라고 했니?"

"그건……!"

"아빠가 준 걸 알고 있었잖아."

"모, 몰랐어. 각하께서 주신 거였어?"

"아니, 넌 알았어. 네 입으로 말하지 않았니? 프렌시프의 소문은 빠르게 퍼진다고."

릴리가 어두운 표정으로 물었다.

"혹시 그것 때문에 내게 기분이 나빴던 거야?"

"뭐?"

"내가 각하와 오빠들에게 친근하게 굴어서……."

마릴린과 시트론의 얼굴이 딱딱하게 굳었다. 이 와중에도 나를 못된 애로 몰고 가는 그녀가 기막히다는 듯이.

릴리는 재빨리 손을 내저었다.

"너 없을 때 내가 오빠들과 친해질까 봐?"

"나야말로 궁금한데."

"어?"

"왜 굳이 내가 없을 때 친해져야 하는 거야?"

"……."

저택에 왔을 땐 일부러 늦게 와 달라고 부탁하기까지 했다. 게다가 나와 똑같은 옷, 똑같은 브로치, 똑같은 향.

'내 자리를 빼앗고 싶다는 거였어.'

릴리의 표정이 일순 싸늘해졌다. 그러나 금세 본래의 어리숙한 표정으로 돌아가서 고개를 갸웃 기울였다.

"있잖아, 세니아나."

"……."

"이건 너를 생각해서 하는 말인데, 다른 곳에선 그렇게 말하지 않는 게 좋겠어."

"뭐?"

"사람들이 네가 아빠의 의붓딸이 된 나를 질투한다고 생각할 수 있으니까."

릴리가 생긋 웃었다.

"친하게 지내자, 응?"

"……."

"네가 나를 미워하면 다들 곤란해지잖아. 아빠도, 오빠들도, 그리고 두 분 폐하도."

그러더니 내 손을 다시 잡았다.

"폐하께 샌드위치 이야기는 하지 않을 거지? 황후 폐하는 소란을 제일 싫어하시잖아."

"거짓말도 싫어하시지."

"하지만 네가 그 말을 입 밖에 내면 황후 폐하께서 놀이를 제지하려고 하신 것보다 우리의 싸움이 더 크게 조명될걸."

"……."

"폐하께서 그걸 바라시겠니?"

이 애는 고단수였다. 온갖 인간군상을 다 겪은 나도 드물게 본 타입이다.

'어째 프란츠나 배신자인 세드릭보다 까다롭네.'

플로헤타는 멍청하기라도 했지, 얘는 정말로 교활하다. 내가 릴리를 빤히 쳐다보자 그녀가 생긋 웃었다.

"네 생각에도 그렇지?"

"아니."

"……뭐?"

"난 그런 거 하나도 안 무서워."

내가 좋아하지 않는 사람의 싸늘한 눈길은 하나도 무섭지 않다.

'황후가 날 죽일 것도 아니고.'

혁대로 폭행하거나 발길질을 하지도 않을 거 아니야.

릴리의 눈이 파르르 떨렸다.

"세니아나, 네가 사교계를 몰라서 그러는 것 같은데 흠이 죽을 때까지 따라다니는 세계가 사교계야."

"그게 흠이라고 생각하지 않으니까 괜찮아."

"뭐?"

"거짓말을 하지 않는 게 어떻게 흠이야?"

나는 그렇게 말하고 뒤돌아서 걸어가 문고리를 잡았다. 릴리가
다급하게 따라왔다.

"어디 가려고!"

"그야 폐하께 네가 한 말을 해야 하잖아."

"정말 못됐구나!"

"내가 왜?"

"어른들이 얼마나 염려하시겠어!"

그때, 문이 벌컥 열렸다.

"아빠⋯⋯."

나는 조그맣게 그를 불렀고, 아빠는 묘한 분위기의 휴게실 내를
슥 훑어보았다.

"큰 소리가 오가더군."

릴리가 얼른 황후가 준 팔찌를 꺼내 내게 건넸다. 표정은 다시 시
무룩하고 가련하다.

"가져가."

"⋯⋯."

"이런 것 때문에 너와 싸우기 싫어."

싸웠다는 말에 아빠가 미간을 좁혔다. 릴리는 작게 탄식하더니
고개를 수그렸다.

"황후 폐하께서 개최한 놀이 때문에 세니아나가 절 오해했어요."

"오해?"

릴리는 자초지종을 설명했다. 제 위주로 편집, 각색한.

"정답이 샌드위치인 걸 알고 사실을 말씀드리려고 했는데 선물을 보고 도무지 입을 열 수가 없었어요."

"……."

"세니아나는 성녀잖아요? 대만찬에 가게 되면 정치적으로 얽히게 될지도 모르고요. 그래서 제가 가는 게 낫겠다 싶었는데……."

릴리가 한숨을 폭 내쉬며 눈을 깜빡였다.

"세니아나에게 가문이 곤란해지는 것보다 대만찬이 우선일 줄은 몰랐어요……."

아빠는 내게 시선을 돌렸다.

"네 입으로 얘기해라."

"제 말이 맞아요, 각하~"

릴리는 시무룩 어깨를 떨궜다. 여기서 저 얘기가 제 위주로 한 말이라고 해 봤자 일을 해결할 수 없을 거다. 릴리의 말은 어쨌거나 그럴듯하다. 장미 일이나, 나를 따라 한 것, 가족들에서 떼어 놓으려고 한 것들도 겉보기엔 너무나 사소한 일이었다. 그러니까 본질적인 해결책은 달리 있었다.

나는 아빠의 옷깃을 조심스럽게 잡았다. 아빠가 고개 숙인 나를 지그시 쳐다보는 게 느껴졌다.

"결혼하지 마세요……."

"……."

"우리 아빤데……."

말하고 나니까 어리광 피우는 것 같아서 난 증발하고 싶은 기분이었다.

'창피해!'

목 끝까지 빨개져서 어쩔 줄 몰랐다. 어른들 일에 신경 쓰지 말라고 하면 어떻게 하지? 그러면 더 민망해지는데. 하지만 아빠는 아무런 말도 없었다. 나는 슬그머니 아빠를 올려다보았다.

"아빠?"

"……."

저는 이렇게 창피한데 아빠는 왜 흐뭇하게 웃고 계시나요?

"한 번 더."

"네?"

"내가 누구라고?"

"우리 아빠?"

아빠가 어리둥절한 나를 웃으면서 보다가 내 뺨을 살짝 꼬집었다. 그러자 릴리가 버럭 소리쳤다.

"세니아나!"

그녀는 얼른 나를 끌어당겼다.

"못 써. 각하를 곤란하게 하면 어떡하니."

"……."

"정말……."

릴리는 가늘게 한숨을 내쉬고 아빠를 쳐다보았다.

"세니아나도 진심은 아니었을 거예요. 용서하세요."

그녀가 그렇게 말하던 찰나에 노크 소리가 들리고, 레제 부인과 황후가 들어왔다.

"밖에서 들었다. 그게 무슨 소리니?"

레제 부인이 딸을 보며 문자 릴리가 울상을 지으며 말했다.

"세니아나가 제게 서운했는지 각하를 곤란하게 하기에……."

"그게 무슨……."

레제 부인과 황후, 그리고 릴리의 시선이 내게 닿았다. 아빠는 나를 가리듯 내 앞에 서서 무표정한 얼굴로 황후를 쳐다보았다.

"폐하를 뵙습니다."

"인사도 없이 딸을 찾아갔대서 무슨 일인가 싶었지."

웃으면서 이야기하지만, 말 속에 뼈가 있었다. 아빠는 태연하게 받아쳤다.

"딸아이의 몸이 좋지 않다기에 염려가 앞섰습니다."

피곤한 애를 억지로 파티에 끌어냈으니, 하는 표정이었다. 황후는 할 말이 없는지 침음을 흘렸다.

"그래, 황제 폐하는 무슨 일로 뵙고 왔는가."

"황궁의 배려는 마음만 받겠다는 말씀 전했습니다."

황후와 황제가 주선한 결혼을 하지 않겠다는 말이었다. 나는 눈을 동그랗게 떴고, 릴리의 표정이 딱딱하게 굳어졌다. 황후도 미간을 좁혔다. 황후가 나와 릴리를 번갈아 보다가 다시 아빠를 쳐다봤다.

"영애들 간에 무슨 일이 있었군."

"제가 귀찮을 뿐입니다."

"귀찮다? 나와 황제 폐하의 배려가!"

황후의 표정이 날카로워졌지만, 아빠는 대수롭지 않게 대답했다.

"세 번이나 결혼했습니다. 이만하면 충분하죠."

란슬롯의 어머니, 가웨인의 어머니까지 하면 결혼한 건 두 번이다. 그런데 세 번? 플로헤타는 약혼만 했을 뿐인데?

'아, 선생님……'

나는 어쩐지 가슴이 살랑거려서 손을 꼼질꼼질 매만졌다. 그러자 황후가 다시 입을 열었다.

"그리 쉬이 결정할 일이 아니네. 레제 부인과의 결혼은 나와 황제 폐하께서 프렌시프에 주는 선물이야."

아빠는 레제 부인에게 말했다.

"선물, 이라시는데."

이곳에 있는 사람들 중 레제 부인만이 유일하게 침착했다. 마치 일이 이렇게 될 줄 알았다는 표정이었다.

"글쎄요, 저는 이때껏 제가 물건이 아닌 줄로 알고 있었는데요."

"어머니!"

황후의 심기를 거스르는 말에 릴리가 그녀를 붙들었다. 레제 모녀를 똑바로 바라보던 황후가 표정을 싸늘히 굳혔다.

"두 사람의 의견이 그렇다는데 내가 무슨 말을 하겠나."

그러곤 시녀장을 보며 말했다.

"피곤하니 파티는 이만 끝내도록 하지."

아빠가 고개를 가볍게 숙이고, 레제 부인이 무릎을 살짝 굽혔다. 황후가 불쾌한 표정으로 방을 나갔다. 릴리는 아빠를 향해 무어라 말하려고 했지만, 아빠는 듣지 않고 내게 손을 뻗었다.

"갈까?"

"네!"

난 아빠의 손을 잡은 채 레제 부인을 돌아보았다.

"가 보겠습니다……."

레제 부인이 생긋 웃으며 고개를 끄덕였다. 그런 부인과 나를 보는 릴리의 표정이 살벌했다.

*　　*　　*

저택으로 돌아가는 레제 가의 마차 안. 레제 부인이 태연히 신문을 펼치자 릴리가 날카롭게 소리쳤다.

"대체 왜……! 어머니는 제가 가엽지도 않으세요?"

레제 부인은 고개를 모로 꼬며 릴리와 눈을 맞추었다.

"네가 왜. 내가 밤낮없이 일해 잘 먹이고 잘 재웠는데."

"아빠 없이 자라게 하셨죠!"

"누가 보면 내가 네 아빠를 죽이기라도 한 줄 알겠구나. 병들어 간 사람을 어찌 붙잡니."

릴리가 치맛자락을 꽉 비틀었다. 분노로 어쩔 줄을 모르는 딸을 보고 레제 부인이 고개를 저었다.

"네 아비가 네 어리광을 너무 받아 줬어."

"프렌시프 가예요! 금좌 11석의 두 자리나 차지한 프렌시프라고요! 어머니가 제 생각을 하시면 어떻게 이래요!"

신문을 소리 나게 접은 레제 부인이 딸을 매섭게 쳐다봤다.

"네 생각하여 네 아비를 버텼어. 더는 희생을 강요하지 마."

"프렌시프 후작 부인이 돼서 세상을 호령하는 게 희생이라고요?"

"어찌 제 아비와 외조부를 저리 빼닮았는지."

"황후 폐하께 가요. 사과하시고, 다시 중신을 서 달라고 부탁하세요."

릴리가 애원하듯 말하며 레제 부인을 흔들었다. 그런 딸의 손을 쳐낸 레제 부인이 한숨을 삼켰다.

"황후 폐하께서 우리 좋으라고 주선하시는 줄 아니."

"외가 세력을 흡수하시려는 거잖아요."

레제 부인이 골치 아프다는 듯 이마를 짚었다. 레제 부인의 친정은 대대로 황제의 사역견이었다. 그런 가문을 황후가 빼앗는다면 황제의 눈 밖에 날 텐데, 그런 짓을 왜 하겠는가.

"내가 레제 가를 상속받았기 때문이야. 레제 가를 프렌시프에 선물로 넘기려는 거라고."

"어째서⋯⋯."

"프렌시프 성녀의 마음을 잡고 싶으시니까."

"세니아나요?"

릴리의 표정이 차가워졌다. 레제 부인은 그런 딸을 보고 인상을 썼다.

"레제 가를 넘겨서 프렌시프와 친분을 쌓으려는 거다. 게다가⋯⋯."

릴리가 어리둥절한 표정으로 고개를 갸웃 기울였다.

'네가 집안에서 세니아나를 몰아내는 것도 은근히 바라고 계시지.'

그때 손을 내밀면 품에 안을 수 있으니.

하지만 딸이 황후의 체스 말이라고는 말할 수 없었다. 프렌시프 쪽에서 먼저 거절해 준 건 잘된 일이었다. 레제 부인이 말없이 창밖을 바라보자 릴리는 그녀를 노려보았다.

'어머니는 바보야.'

세니아나를 사랑스러워 어쩔 줄 모르는 눈으로 보던 프렌시프의 남자들이 떠오르자 또 울컥 화가 치밀었다. 프렌시프 후작이며 경들은 막내에게 꿀처럼 달콤했다.

반밖에 섞이지 않았는데도 핏줄이라는 이유만으로 그리 귀여움을 받는데, 자신 또한 가족이 되면 얼마나 사랑해 주겠는가. 그럼 자신은 황금 탑의 꼭대기에서 군림하게 될 거다.

'이런 기회를 그냥 놓칠까 봐?'

아무래도 '그 사람'을 만나 봐야겠다. 릴리의 눈이 욕망으로 일렁거렸다.

*　　*　　*

가웨인이 내 주변을 어슬렁어슬렁 걸으며 장난스럽게 웃었다.

"왜, 왜요."

"나는 너한테 뭔데?"

"오빠요."

"앞에 단어가 빠졌잖아."

'우리' 오빠?

아빠에게 '우리 아빤데…….'라고 했던 말을 듣고 난 후로 가웨인은 계속 내 주변을 뱅뱅 맴돌았다. 나는 황후에게 쓰던 편지 끝을 꼭 잡았다.

"진짜……."

"진짜아."

그가 내 말을 따라 하며 피식피식 웃었다. 내가 새빨개진 얼굴로 고개를 휙 돌리니 란슬롯이 그만하라며 그의 머리를 책으로 때렸다.

"하지만 이 녀석 귀엽잖아."

"드문 일도 아니고."

나는 너무 부끄러워서 도망치고 싶었다. 쥐구멍으로 이동할 수는 없을까. 목걸이를 만지작거리며 생각했다. 가웨인이 내 앞에 턱을 괴고 앉아서 히죽 웃었다.

"질투했어?"

"오빠한테는 안 했어요."

그러자 란슬롯도 웃으면서 물었다.

"그럼 난?"

"……."

역시 쥐구멍으로 이동할 수 있으면 좋겠어. 여기서 계속 있다간 편지 한 줄 못 쓰겠다. 파티에 다녀온 초청객은 호스트에게 '파티너—무 멋졌고 초대해 줘서 정말 감사'라는 편지를 쓰는 게 예의라고 했다. 거기다 아빠로 인해 황후가 언짢아졌으니 내게 이 편지는 예의가 아니라 필수였다.

방을 나서려고 하는 나에게 오빠들이 물었다.

"어디가?"

"피곤해?"

"방에서 편지를 쓰려고요."

그러자 가웨인이 말했다.

"여기서도 쓸 수 있잖아."

오빠가 자꾸 놀리잖아요, 하는 눈빛으로 쳐다보니까 그가 어깨를 으쓱 올렸다.

"나는 영지 경비 때문에 곧 돌아가야 한다고. 얼굴 많이 보여줘."

"⋯⋯."

"유리관에서 쓰는 건 어때? 더 잘 써질걸."

"유리관이요?"

"끝내주거든."

그렇게 말한 가웨인이 일어나서 나를 끌어당겼다. 란슬롯도 우리를 따라왔다.

유리관은 W자로 이어진 건물 중 왼쪽 끝에 있는 건물이었다. 오빠들은 유리관 안으로 들어가서 계단을 성큼성큼 올랐다. 꼭대기 층까지 어찌나 빨리 걷는지 난 끙끙거리며 그들을 쫓아가야 했다. 숨이 차서 잠깐 멈추자 가웨인이 날 돌아보더니 번쩍 안았다.

"으악!"

"꺄악, 이 아니라?"

"으악, 도 할 수 있어요."

"야옹, 해야 할 것 같은데."

"장난치지 말고 내려 주세요!"

하지만 그는 들은 척도 안 했다. 그래서 란슬롯에게 도움을 요청했다. 란슬롯이 빙그레 웃으며 가웨인에게 말했다.

"떨어뜨리면 죽일 거다."

아니, 그게 아니라!

내가 버둥거리자 가웨인이 한 손으로 등을 토닥토닥 두드렸다.

"나 아직 죽기 싫거든?"

우리는 건물의 꼭대기로 올라왔다. '내려 주세요!'만 반복하던 나는 꼭대기 층의 문이 열리자마자 말을 잃었다.

"와아—!"

유리 덮개를 건물 위에 덮은 것처럼 벽이며 천장이 온통 투명했다. 머리 위에 가득 박힌 별이 잡힐 것처럼 가깝게 느껴졌다. 금방이라도 별이 쏟아질 것 같은 밤하늘이 너무 아름다워서 숨을 크게 들이켰다.

지지대도 없이 어떻게 이런 구조로 건물이 지어졌을까, 하는 궁금증이 저 멀리 날아갈 정도로 황홀한 광경이다. 가웨인이 내려 주자마자 난 중앙으로 뛰어갔다.

'플라네타륨 같아!'

빙글빙글 돌면서 천장을 보고 있으니까 딩—, 하는 소리가 들려왔다. 고개를 돌리니 호화로운 그랜드 피아노 앞에 란슬롯이 서 있었다.

"칠 수 있어요?"

가웨인이 픽 웃으며 말했다.

"당연하지. 형 건데."

"큰오빠 피아노 치는구나."

너무 잘 어울리는 거 아니야?

나는 피아노의 옆 프레임을 잡고 까치발을 든 채 란슬롯을 보았다.

"쳐 주시면 안 돼요?"

그러자 가웨인은 당황한 얼굴로 내 어깨를 붙잡았다.

"그건—"

"네?"

문득 육체에 남은 기억이 떠올랐다. 란슬롯의 어머니는 매사 무심하고, 엄격했다. 그런 그녀가 유일하게 마음을 붙였던 게 아들의 피아노였다. 그녀는 란슬롯에게 지나칠 정도로 철저히 피아노를 가르쳤다고 했다. 그리고 이혼. 란슬롯의 외가에선 그에게 프렌시프의 정보를 요구했고, 그가 거절하자…….

'프렌시프에 전쟁을 걸었다고 그랬지.'

그것도 란슬롯이 홀로 성에 있을 때를 노려서.

아들의 앞날은 전혀 생각지 않은 행동이었다. 다행히 전쟁은 프렌시프의 승리였고, 란슬롯은 그날 영지에 있던 피아노를 부쉈다. 그 후로 피아노는 한 번도 치지 않았다. 난 기억이 떠오르고 엄청나게 당황했다. 얼른 피아노에서 손을 뗐다.

"아니에요! 안 쳐도 괜찮—"

"무슨 곡?"

"네?"

"듣고 싶은 곡 있어?"

내가 말이 없자 란슬롯은 빙그레 웃었다. 건반에 가지런히 손을 올려놓은 란슬롯이 천천히 손가락을 움직이기 시작했다.

달콤하고도 달콤한 선율. 가슴이 저미도록 다정한 멜로디는 마치 귓가에 '너는 소중해' 하고 말하는 것 같았다. 바람은 선선했고, 머리 위엔 그림 같은 별들이 수놓여 있으며 방 안을 꽉 메운 선율은 감미롭다.

나는 확신할 수 있었다. 만약 주마등이 인생의 가장 행복한 순간만 담는다면 내가 죽어갈 때 오늘을 보겠구나, 하고.

다음 날 아침. 옷까지 다 입고 나온 나는 복도 반대편에서 오는 아빠를 발견했다.

"안녕히 주무셨어요?"

"그래, 너는?"

"잘 잤어요."

우리는 식당으로 같이 내려갔다. 오빠들이 먼저 와 있었다.

"일찍 오셨네요."

"돌아갈 준비를 해야 하니까."

"벌써요?"

내가 깜짝 놀라서 묻자 란슬롯이 고개를 끄덕였다. 그러고 보니까 두 사람은 황제가 레제 부인과 선을 주선한 일로 급히 올라온 것이었다. 이제 거절을 했으니 돌아갈 때가 되긴 했지.

"참, 거절한 일로 두 분 폐하께서 기분이 상하시지 않았을까요?"

아빠는 냅킨을 펼치며 가볍게 대답했다.

"황후는 그렇겠지. 하지만 황제는 어차피 거절할 줄 예상하고 있었다."

"네? 그런데 왜……."

"이번 일로 우리에게서 얻어낼 게 있었던 거다."

"아하."

나는 고개를 끄덕였다. 그러니까 오빠들은 결혼 때문이 아니라 황제가 원하는 바를 준비하려고 올라온 거네.

'어? 그럼 나 괜히 창피한 일만 한 거잖아!'

우리 아빤데, 라고 말했던 일이 또다시 떠올라서 얼굴이 화르륵 달아올랐다. 나는 생각을 떨쳐 내려고 얼른 입을 열었다.

"황제 폐하는 뭘 원하셨는데요?"

아빠가 나를 힐끔 쳐다보았다. 내가 눈을 깜빡이자 그는 수저를 들며 답했다.

"보그."

"네?"

"영지에 보그가 있는 건 아는데, 손에 넣을 순 없으니 교활하게 압박해 온 거지."

"아……."

그냥 카르스족에서 보그 말고 전력석을 받아올 걸 그랬나.

'황제한테 한두 개를 주진 않았을 테고, 슬슬 카르스족에게 다녀와야겠다.'

카르스족의 예쁜 공주님 트리스탄이 떠올랐다. 제국어를 공부하겠다고 했는데, 다시 가면 말이 통하려나. 그런 생각을 하며 식사를 마쳤다. 오빠들은 곧장 방에 올라가서 서류를 챙겨 나왔다. 짐이 서류나 검뿐이라서 나는 눈을 깜빡였다.

"이것만 가져가는 거예요?"

"그래."

"다른 건요?"

가웨인이 다른 게 뭐가 있냐는 듯 미간을 좁혔다.

"그러니까 옷이라든지, 그런 것들이요."

하다못해 하인이 짐 가방이라도 들고 있어야 하는 거 아니야?

"왜?"

"네?"

"새로 사면 되지."

"……"

부자들의 삶이란……. 나는 한숨을 폭 내쉬며 목걸이를 잡았다. 이동할 곳을 생각하고 포털을 여는데—

"어?"

나는 눈을 깜빡이고 목걸이를 쳐다보았다. 포털이 열리지 않는다.

목적지를 생각하고 길을 연다. 다시.

목적지를 생각하고 길을 연다. 다시.

다시.

'안 열려.'

잠깐 다른 생각을 해서 목적지가 아닌 곳으로 이동한 적은 있어도 열리지 않은 적은 없었다. 가웨인이 물었다.

"무슨 일이야?"

"포털을 열 수가 없어요……."

내 말에 모두의 표정이 굳어졌다.

*　　*　　*

"일단 상황을 지켜봐야겠습니다."

[놀라지 않도록 잘 다독여라.]

서재 쪽에서 란슬롯과 할아버지의 목소리가 들렸다. 내가 아무런 말 없이 앉아 있자 사용인들이 눈치를 보았다.

"저, 아가씨, 너무 걱정하지……."

하인이 말하려다가 다른 사람들의 눈치를 받고 입을 다물었다. 그들은 좋은 향이 나는 차를 내려놓고, 살그머니 방을 빠져나갔다. 내게 혼자 있을 시간이 필요하다고 생각한 것 같았다. 나는 홀로 남아서 생각을 정리했다.

전력석은 어떻게 하지. 보그를 황제에게 주면 영지는 다시 전력석에 허덕여야 한다. 보그를 못 주면 아빠는 결혼을 해야 하는데. 그보다 앞으로 전력석 수급이 문제다. 사비에르가 거래해 줄까? 그 많은 배상금을 물고, 망신을 당했는데 쉽게 거래를 재개할 리 없다.

'안 돼, 긍정적인 생각!'

나는 짝, 소리가 나게 얼굴을 치고 찻잔을 들었다.

"하나씩 정리하자. 포털을 다시 열 수 있을지도 모르잖아."

나는 내가 해야 할 일을 정리했다.

1. 포털의 문제점 확인.

포털이 열리긴 하는데 이동을 못 하는 건지, 아예 열리지도 않는 건지 알아봐야 한다.

2. 황제에게 보그를 주지 않는 것.

후속 대책이 없는 상태로 보그를 주게 되면 영지가 전력석난에 허덕여야 할 거다. 못해도 보그를 건넬 시일을 늦춰야 한다.

'좋아.'

나는 차를 홀짝 마시고, 서재로 향했다. 방 앞에 서 있던 시트론과 마릴린이 나를 따라왔다. 서재로 들어가자 가족들은 마침 내가 듣고 싶은 이야기를 하고 있었다.

"언제까지 황궁에 보그를 보내기로 하셨습니까."

"사흘 뒤."

"빠르군요."

"그조차 양보한 것이다. 황제는 세니안이 포털을 열 수 있으니 운반엔 시간이 들지 않을 거라고 생각하지."

"들어가도 돼요?"

나는 문 안으로 빼꼼 얼굴을 내밀고 물었다. 아빠가 고개를 끄덕여서 방 안으로 들어갔다.

"여쭤볼 게 있는데요."

"그래."

"제가 황도로 왔을 때, 아빠가 저를 구해 주셨잖아요."

"구해 줘?"

내 말에 오빠들이 되물었다. 가웨인의 표정이 사나워졌다.

"네가 위험했다고?"

"괴한이 습격해서요."

"경비대는 뭘 했는데!"

"그게 중요한 게 아니라요."

나는 손을 살랑살랑 젓고, 아빠를 쳐다봤다.

"그때 어떻게 오신 거예요? 포털이 열린 걸 알고 오신 거죠?"

아빠가 점쟁이라서 내가 거기에 뿅 나타날 줄 알고 오진 않았을 테니까.

"그래."

"어떻게 아셨어요?"

"황궁 결계는 다른 결계보다 월등히 민감하지. 이동지도 추적이 가능해."

"아, 제가 대시장에 있는 게 이상해서 오셨군요."

마침 사비에르 영애가 황궁에 있어서 그녀에게 이동을 부탁한 것이었다.

'그럼 황궁에 가서 포털을 열어 보면 되겠다.'

결계에 걸린다면 이동은 안 돼도 여는 건 가능한 거다. 그런데 어떻게? 황후에게 두 번이나 불려갔는데 이번에도 그녀를 찾으면 로웨나 황비의 시선이 곱지 않을 거다. 그렇다고 로웨나 황비를 찾으면 황후가 아빠의 결혼 문제로 내가 마음을 돌렸다고 생각할 텐데.

'아! 황궁 대만찬 초대 팔찌가 있어!'

그때 분명히 릴리가 '가져가!' 하면서 테이블에 내려놓았다. 줬으니까 내가 써도 되겠지, 뭐. 어차피 샌드위치는 정말로 내가 찾은 거고.

그런데 문제가 있었다.

"놓고 왔다, 그거."

내가 끄응, 신음하며 혼잣말을 하자 아빠와 오빠들이 의아한 표정으로 날 보았다. 가웨인이 물었다.

"뭘?"

"대만찬 초청 팔찌요……."

"대만찬? 가려고?"

"포털이 열리기는 하는지 황궁 결계로 시험해 보려고요."

황후나 황비에게 초청을 청하는 게 아니라 군이 대만찬에 가려는 이유를 말하지 않아도 가족들은 납득했다. 그때 마릴린이 슬그머니 손을 올렸다.

"저어…… 아가씨……."

"응?"

"그 팔찌, 제가 가져왔는데요……."

뭐라고?

"아가씨께서 받아야 할 선물인데, 레제 영애가 가져가는 건 싫어서……."

마릴린이 주눅 든 채 중얼거렸다. 내가 멍하니 쳐다보자 그녀가 또 한 번 변명했다.

"레제 영애는 영악하니까 놓고 가시면 냉큼 가져갈 것 같아서요……."

"그, 그랬구나. 지금 어디에 있어?"

"아가씨의 침실 서랍에 넣어 두었어요."

나는 얼른 침실로 돌아가서 서랍을 열었다. 잘 안 쓰는 곳이라 있는 줄도 몰랐는데, 정말 팔찌가 들어 있었다.

"황궁에 갈 수 있겠다!"

지나친 충성심 최고!

오늘은 크게 도움이 되었다. 나는 황후에게 '레제 영애로부터 팔찌를 양도받았고, 그녀를 대신해 아빠와 함께 대만찬에 참석하고 싶다'는 편지를 보냈다. 가족들이 나 혼자서는 절대로 보내지 않겠다고 해서 어쩔 수 없었다.

'우리에게 감정이 상해서 싫다고 하면 어쩌지?'

그럼 로웨나 황비에게 연락해야 하나, 고민하는데 황후가 답장을 보내 왔다. 편지엔 '나와 아빠의 참석을 허락하며 우리가 오는 날을 기다리고 있겠다'는 말이 적혀 있었다.

"의외로 흔쾌히 허락하네요."

내 말에 아빠와 란슬롯이 가볍게 대답했다.

"감정에 휩쓸려 봐야 득이 되지 않을 테니까."

"프렌시프가 황위 싸움에서 로웨나 황비의 편을 드는 것보다 두려운 게 없을 테지."

"아하."

이틀 후 저녁. 나는 아빠와 함께 황궁으로 향했다. 만찬장 앞에 도착하자 시종이 우리가 도착했음을 알렸다. 그 틈에 아빠가 나에게 조용히 말했다.

"황제 앞에서 포털을 열어선 안 된다."

"네. 불순한 의도로 열었다고 오해받을 수 있으니까요."

"결계에 걸리면 어떻게 말해야 하는지도 알지?"

"포털을 소유한 지 얼마 되지 않아 아직 불안정한 상태다. 의도를 가지고 연 건 아니다. 어차피 결계 때문에 이동이 불가능하다는 것을 알고 있다."

"좋아."

아빠가 내 머리를 쓰다듬었을 때, 문이 열렸다. 나는 치마 끝을 잡고 무릎 굽히며 고개를 푹 수그렸다.

"황가에 광영 있기를."

아빠도 인사했고, 얼마 지나지 않아 낮은 목소리가 들려왔다.

"고개를 들게."

황제의 말에 천천히 고개를 든 나는 소리 없이 숨을 들이켰다.

'도미니크와 똑같이 생겼어!'

흰머리가 약간 섞인 금발이라는 것과 그보다 분위기가 부드럽다는 것을 제외하면 거의 판박이다. 그가 미소지으며 말했다.

"그대가 프렌시프의 성녀로군."

"세니아나 프렌시프입니다."

"앉아서 이야기하지."

황제가 미소 지으며 의자를 향해 눈짓했다. 나와 아빠가 착석하자 황제는 날 지그시 응시했다.

"어디까지 이동할 수 있나? 몇 명이나 이동시킬 수 있지?"

별궁에서 로웨나 황비에게 들었던 이야기와 똑같았다. 말투는 그때보다 더 당당했다. 나는 당황하지 않고, 차분하게 이야기했다.

"시험해 본 적이 없습니다."

"아쉽군. 만인이 탐내는 보물을 끌어안고만 있는 건가."

그러면서 은근히 아빠를 쳐다봤다. 네가 그러라고 시켰지? 라는 표정이라서 여기엔 당황하지 않을 수 없었다. 아빠가 대답했다.

"팔 생각이 없으니 끌어안고 평생 귀히 여길 생각입니다."

"길거리에서 꽃을 선물할 정도로 말이지."

황제도 아는 거야?

나는 놀라서 아빠를 쳐다봤지만, 아빠는 대수롭지 않은 표정이었다.

"원한다면 별도 따다 줄 생각입니다."

"허어……. 딸자식 없는 사람은 서러워서 살겠나."

그러자 황비들이 호호, 웃으며 말을 받았다.

"황자는 차고 넘치시지 않습니까."

로웨나 황비의 말이었다. 그녀는 나를 향해 눈을 찡긋하고, 다시 황제에게 시선을 돌렸다.

"있는 아들을 귀히 여겨 주십시오."

특히 장자를, 하는 눈빛이었다. 그러자 황후가 인상을 찌푸리며 말했다.

"황제 폐하께서는 늘 자식을 귀히 여기시네."

로웨나 황비와 황후의 눈에 불똥이 튀니 황제는 귀찮다는 듯 벨을 흔들었다. 이윽고 궁인들이 음식을 내오기 시작했다.

'로열 키친의 음식!'

겉보기에도 예사롭지 않았다. 예술품처럼 곱고 아름다워서 난 홀랑 시선을 빼앗겨 버렸다. 황제가 먼저 맛을 본 후에 다른 사람들이 스푼을 드는 게 예법이다. 나는 그가 얼른 식기를 들길 기다렸다. 별안간 문가에서 시종의 목청 높은 소리가 들려왔다.

"폐하!"

만찬장에 뛰어들어온 그가 황제에게 무릎을 꿇고 소리쳤다.

"소피아 부인께서 쓰러지셨습니다!"

소피아 부인은 치매를 앓고 있다는 황제의 친모였다. 황제가 굳은 얼굴로 식기를 놓았다.

"아무래도 오늘은 날이 아닌 모양이군. 만찬은 다음에 이어 하도록 하지."

그가 몸을 일으키자 황후와 황비들도 그를 따랐다. 아빠는 한숨을 가늘게 내쉬곤 곧 돌아오겠다고 말했다. 황후가 떠나기 전에 내게 잠시 정원을 구경하고 있으라고 해서 시녀장의 안내를 받아 정원으로 향했다.

'황족들이 없는 새에 포털을 열어 보자.'

나는 정원을 걷는 척 내 뒤를 따르는 시녀들을 힐끔거렸다. 저들이 한눈을 파는 때를 노려야 하는데 어찌나 세심하게 나를 살피는지 나는 정원 깊숙이까지 걸어야 했다. 장미 덩굴로 이어진 미로 같은 길을 막 지났을 때였다.

"흐—웅."

가냘픈 신음과 함께 당황스러운 광경이 눈앞에 펼쳐졌다. 남녀가 서로 엉켜 입을 맞추고 있었다. 여자의 옷은 반쯤 흘러내려 가슴을 겨우 가리고 있었고, 남자는 여자의 허벅지 사이에 다리를 끼워 넣은 채 그녀의 뒷머리를 잡고 있었다.

입술과 입술이 몇 번이나 부딪쳤다 떨어지면서 새빨간 혀가 얼핏얼핏 보였다. 얼마나 격렬한 키스인지 남자의 입가에 립스틱이 번져 있었다. 그때, 남자와 시선이 부딪쳤다. 나는 깜짝 놀라서 양손으로 눈을 가렸다.

"죄, 죄송…… 하시던 거 마저 하세요……."

츕— 입술이 떨어지는 소리가 들렸다. 그 사이 시녀들이 가까이 다가왔다.

"황자님!"

황자? 제국엔 황태자 하나와 황자 둘뿐이었다. 도미니크는 아니니 그러면…….

'황후의 아들인 4황자구나!'

내가 살짝 손을 내렸을 때였다. 4황자가 불쑥 얼굴을 들이밀었다.

"못 보던 얼굴인데."

그가 나른히 중얼거렸다. 키스 말고 또 뭘 했는지 그의 가슴팍 단추가 반쯤 떨어져 있었다. 덕분에 가슴팍이 훤히 드러났다. 내가 황급히 다시 손을 올리자 픽, 하는 실소와 함께 그가 말했다.

"누구?"

나는 당황해서 도무지 말이 나오지 않았다. 그런 날 대신해 시녀들이 말했다.

"프렌시프 영애십니다."

"아, 새로운 성녀."

성녀, 하니까 떠올랐다. 사비에르 영애와 결혼할 거랬잖아? 그럼 저 여자가 사비에르 성녀인가?

'하지만 저 드레스, 하녀의 옷인 것 같은데.'

황후의 파티장에서 저런 옷을 입은 하녀들을 봤는데. 맞는 거 같은데!

나는 황자에게서 뒷걸음질 치며 슬그머니 손을 내렸다. 그의 뒤로 당황한 여자의 얼굴이 보였다. 내가 고개를 갸웃 기울이자 황자가 말했다.

"어머니가 수작 부리는 중이라던 프렌시프의 성녀?"

그런 걸 아들이 대뜸 말해도 되는 거야?

'이상한 사람인가······.'

일단 나는 그에게 인사했다.

"저하를 뵙습니다. 세니아나 프렌시프입니다."

4황자가 싱긋 웃으며 나를 처다보았다. 내가 눈을 도르륵, 굴리니 시녀가 대신하여 황급히 그를 소개했다.

"미카엘 로젠카로튼 님이십니다."

그러곤 옷을 추스르는 하녀를 쏘아보며 "어서!" 하고 눈을 부라렸다. 나가라는 의미였는지 하녀는 서둘러 정원을 빠져나갔다. 미카엘이 빙글빙글 웃으며 나를 처다봐서 엄청 당황스러웠다.

"황궁엔 무슨 일로?"

"……대만찬에 초대를 받아서요."

"붉은색, 녹색?"

붉은색은 황후를 뜻하고, 녹색은 로웨나 황비를 뜻했다.

"일단은 붉은…… 분이시긴 한데……."

"그렇다면 내가 에스코트해야겠군."

"그건 옷을 입으신 후에 의논하면 안 될까요?"

눈 둘 데가 없어서 민망합니다…….

"숙녀가 원하신다면."

미카엘이 대수롭지 않다는 듯 말하더니 바닥에 떨어져 있던 재킷을 주워들었다. 시녀들이 얼른 재킷에 묻은 풀잎을 털고, 그에게 옷을 입혀 줬다. 흐트러진 머리까지 정리하니 이제야 그가 황자님처럼 보였다.

황제를 닮은 백금발은 남자치곤 길이가 길었음에도 기가 막히게 어울렸다. 란슬롯이 아름다운 인상이라면 이 남자는 야릇했다. 하녀가 어째서 직무도 잊고 그를 정신없이 탐닉하고 있었는지 알 것 같을 정도로 색기가 흘렀다.

"그럼 갈까."

"저쪽으로요!"

나는 경비병들이 있는 테이블 쪽을 가리켰다.

"이쪽은 어때?"

그가 반대편 ─ 깊숙한 정원 ─ 을 가리켜서 나는 질겁하고 고개를 도리도리 저었다.

"하하."

"……?"

"귀여운 아가씨네."

그렇게 말한 그가 내게 손을 뻗던 찰나.

"그 손 치워."

익숙한 목소리가 들려왔다. 막 돌아온 모양인지 화려한 외출복 상태의 도미니크가 미카엘을 싸늘히 쳐다봤다. 난 반가움에 소리쳤다.

"저하!"

그러자 그가 낮은 목소리로 말했다.

"이쪽으로 오십시오."

도미니크가 손을 뻗으니 미카엘이 내 앞을 한 팔로 가로막았다.

"오늘 에스코트는 이쪽 몫이야, 형님."

"손목이 날아가도 그따위 소리를 지껄일 수 있는지 볼까."

미카엘이 픽 웃기 무섭게 도미니크의 안광에 새파란 빛이 일렁였다.

"여전히 겁이 없네, 형님."

'형님'을 힘주어 발음하는 게 빈정거리는 것만 같았다. 하지만 도미니크는 신경 쓰지 않고 내 손을 잡았다. 미카엘이 경고하듯 말했다.

"이건 꽤 불쾌한데."

도미니크가 눈썹을 까딱 들어 올렸다.

"가서 엄마한테 이르든가."

미카엘의 얼굴이 미미하게 일그러졌고, 도미니크는 나를 살짝 끌어당겼다. 일촉즉발의 상황인데도 그가 나를 잡고 있으니 어쩐지 안심이 되었다. 나는 그의 손을 잡고 조심조심 건너갔다. 내 등 뒤로 미카엘의 시선이 따라붙었다.

나는 도미니크에게 이끌려 정원을 가로질러 걸었다. 시녀들이 재빨리 따라오자 그가 고저 없는 목소리로 말했다.

"내가 모시겠다."

시녀들이 잠깐 당황했지만, 이내 고개를 숙였다. 난 도미니크와 함께 정원을 나서 어떤 방으로 들어갔다. 마주 본 소파가 나란히 있는 방이었는데 응접실인 듯 보였다.

"문은 열어 놓겠습니다."

"아, 네!"

단둘이서 응접실의 문을 닫고 있으면 별의별 소문이 다 날 것이다. 도미니크는 시종에게 차를 내오라고 말했다. 난 소파에 앉자 한숨을 내쉬었다.

미카엘은 란슬롯에 버금가는 독사 같았다. 다른 점이 있다면 란슬롯은 절대로 나에게 독니를 드러내지 않을 거라는 확신이 있지만, 미카엘은 그렇지 않다는 것이었다.

'무서웠어.'

그렇게 생각하다가 "아!" 하고 도미니크를 보았다.

"감사합니다."

곤란했는데 구해 주어서.

도미니크가 괜찮다는 듯 고개를 끄덕였다. 그때, 차와 몇 가지 티 푸드가 나왔다. 시종이 차를 내려놓고 나서자마자 난 덥석 쿠키부터 집었다.

아차.

"먹어도 될까요?"

"물론."

소피아 부인이 쓰러졌다는 소식 때문에 나온 음식에 손도 대지 못했다. 그 덕에 배가 몹시 고팠다. 쿠키를 오물오물 씹고 있자니 도미니크가 픽 실소를 흘렸다.

"식사를 준비하라고 할까요?"

양 볼 가득 쿠키를 씹고 있어서 대답이 늦어졌다. 나는 얼른 목으로 넘기려고 더 빨리 입안의 내용물을 씹었다.

"아야!"

그러다 혀를 깨물어서 눈물이 찔끔 났다. 도미니크가 내 뺨을 잡았다.

"봐요."

"괘, 괜찮…… 으."

"아, 해."

그가 말까지 놓으며 단호히 말해서 우물쭈물하다가 혀를 살짝 내밀었다.

"피는 안 나는군요."

그가 가늘게 한숨을 내쉬었다. 난 심장이 쿵쿵거리고 그의 손이 닿은 뺨이 뜨거웠다. 내가 어쩔 줄 모르고 스르륵 시선을 돌리니 그 또한 말없이 나를 봐주었다. 방 안엔 어색한 침묵이 감돌았다. 그러길 몇 분, 멋쩍음을 견디지 못한 내가 입을 열었다.

"저, 저기, 그, 소피아 부인께서 쓰러지셨다고⋯⋯."

"그렇군요."

"가 보지 않으셔도 되나요?"

"심약한 분이시니 저를 반기지 않을 겁니다."

그러고 보니 도미니크의 로브 끝자락에 검붉은 물이 들어 있었다.

"피인가요?"

"⋯⋯."

도미니크가 대답 없이 나를 빤히 쳐다보았다.

"저하."

"그렇다고 하면 당신이 날 두려워할까 싶어서."

"아닌데."

찻잔을 들며 가볍게 한 말에 도미니크는 눈을 깜빡였다.

"예?"

"무섭지 않아요, 저하."

그리고 나는 활짝 웃으며 "우리는 친구니까!" 하고 덧붙였다. 도미니크가 한숨을 내쉬었다.

*　　*　　*

황제와 후·비, 아서 프렌시프가 소피아 부인의 방에 도착했을 땐, 쓰러졌던 소피아 부인은 정신을 되찾아 있었다. 황제가 침대 주변에 잇는 비즈 발 안으로 들어갔고, 후·비와 아서 프렌시프는 발

밖에서 대기했다. 황제는 비쩍 마른 몸으로 누워 있는 소피아 부인의 손을 가볍게 쥐었다.

"식사를 그리 안 하시니 매번 쓰러지시는 게 아닙니까."

"으…… 으으."

"어머니."

황제가 그녀의 귓가에 속삭였다.

"가시기 전에 '그 이야기'를 해 주셔야 합니다."

소피아 부인이 황제의 손을 휙! 쳐냈다. 반쯤 정신을 놓고 있던 노인의 눈빛이 지금만큼은 이전처럼 또렷했다. 황제는 미소를 지운 채 소피아 부인의 새파란 얼굴을 쳐다보았다.

"그리 고집을 부리셔서야."

"나가! 나가! 살인마! 내 아들을 죽여 놓고! 죽여 놓고!"

절규 같은 고함에도 황제의 표정엔 동요가 없었다. 그가 빙그레 웃으며 흘러내린 이불을 올려 주었다.

"어머니 아들은 여기 살아 있지 않습니까."

"올리비에야……. 올리비에야……."

반역죄로 처형된 형제의 이름이 나오자 황제는 쓰게 웃었다. 그가 소피아 부인의 헝클어진 머리를 정리하려 손을 뻗었을 때.

"아아악!"

그녀가 비명을 내질렀다. 숨이 넘어갈 것 같은 고함에 발이 쳐지고 의사들이 다급히 들어왔다.

"부인, 숨을 쉬셔야 합니다!"

"진정제를 가져와라!"

한순간에 난리 통이 되어 버린 방은 꽤 시간이 지난 후에야 정리가 되었다. 쉭—, 쉭—. 끊어질 것처럼 숨을 토하던 소피아 부인이 아서 프렌시프를 향해 손을 뻗었다. 아서는 침대 밑에 한쪽 무릎을 굽히고 마른 가지 같은 그녀의 손을 받쳤다.

"예."

"딸이…… 태어났다지."

"……."

"너를 닮아 아주 사랑스러울 테야……."

"……."

"나는 네 모친과 친자매 같았으니…… 할미 대신이다……. 아이의 이름을, 이름을 지어 줘야……."

"지어 주셨습니다."

"그랬던가……. 내 무어라 지었더라……."

"세니아나입니다."

덜덜 떨리던 소피아 부인의 손이 뚝 멎었다.

"그래, 그랬지. 세니아나, 세니아나였어."

멍하니 중얼거리던 그녀가 아서를 쳐다보았다.

"아기를 안아 주어야겠다……. 갓난아이 젖 냄새가 맡고 싶구나……."

방 안에 있던 사람들이 아서에게 시선을 집중했다.

"부탁하네."

황제가 낮은 목소리로 말하자 아서는 미간을 좁혔다.

도미니크와 차를 마시던 나는 부름을 받고, 소피아 부인이 기거하는 궁으로 향했다. 침실 안으로 들어가자 후·비가 자리를 비켜주었고, 나는 천천히 침대에 다가갔다.

"부르심을 받고 왔습니다. 세니아나 프렌시프입니다."

"이리로……."

나는 흠칫 놀라 어깨를 오그렸다. 산 사람의 목소리 같지 않았다. 선생님을 간병하던 병원에서 이런 목소리를 들은 적이 있었다. 생사의 경계에 있는 환자들에게서 들었던 목소리. 나는 손을 뻗은 노인 앞에 살포시 무릎을 꿇었다. 노인이 내 머리칼을 살짝 쥐었다.

"후작과 같은 색이구나……."

우리 아빠는 금발인데? 아, 할아버지를 말하는 건가.

치매를 앓고 있으시다더니 정말로 정신이 온전하지 않은 모양이었다.

"옳지, 옳지. 귀엽구나, 귀여워."

아기 어르는 것 같은 말에 나는 어찌할 바를 몰랐다. 당황해서 아빠를 쳐다보니 그가 괜찮다고 말하며 내 손을 잡았다.

"네 이름을 지어 주신 분이다."

나는 양손으로 그녀의 손을 부드럽게 잡았다. 그러자 그녀가 억지로 몸을 일으키려 했다.

"아기를 안아 주어야……."

"괜찮아요!"

내가 깜짝 놀라 말하니 소피아 부인이 희미하게 미소지었다. 나는 울상을 지었다.

"누워 계세요, 대부인."

소피아 부인은 엄청나게 말라서 움직이면 금세 뼈가 똑 부러질 것 같았다.

"착해라……."

다정한 목소리로 중얼거리던 그녀가 수척한 손으로 내 얼굴을 쓰다듬었다. 그때 이불이 젖어 들었다. 새하얀 이불에 누런 물이 번지고 지린내가 진동했다. 소피아 부인이 실례를 한 것이다.

"어머!"

황비들이 당황한 표정으로 코를 막았다. 황제는 인상을 썼고, 시종들은 당황했다. 분위기가 이상해지자 소피아 부인이 움찔, 어깨를 떨었다. 그녀는 흠칫흠칫 사람들의 얼굴을 살폈다. 제게 향하는 시선이 곱지 못하니 그녀의 얼굴이 벌게졌다. 소피아 부인이 베개를 던졌다.

"꺄악!"

머리에 베개를 맞은 황비가 비틀거렸다.

"어머니!"

황제가 소리치며 시녀에게 손짓했고, 시녀들이 소피아 부인 가까이로 다가갔다. 소피아 부인이 비명을 내질렀다.

"아아악! 아악!"

난 얼른 그녀를 잡았다.

"잘하셨어요."

"흐……."

"요의는 참지 않아야 몸에 좋지요. 자, 부인, 화장실에 가서 저와

물놀이를 할까요?"

"……."

소피아 부인은 흥분하던 일을 금세 잊었다. 나는 순해진 그녀의 등을 다독였다. 윤세나였을 적에 친한 이웃 할머니가 치매를 앓아 알게 되었다. 정신을 놔서 아무것도 모르는 것 같지만, 의외로 자신을 향한 타인의 시선은 예민하게 알아차렸다.

실수를 꾸짖거나 자존심에 상처를 입으면 흥분한다. 그럼 주변 사람들이 노인을 억지로 진정시키려고 하는데 그건 좋은 방법이 아니었다. 무슨 일이 있었는지는 잊어도, 감정은 남아 우울증까지 앓게 하니까.

'그럼 밥도 안 드신다고.'

나는 시종에게 눈짓했다. 그녀를 안고 욕실로 옮기라는 뜻이었다. 하지만 나선 건 황제였다.

"가시지요, 어머니."

"살인자, 살인자……."

"예, 예."

황제가 소피아 부인을 안아 욕실로 옮겼고, 나와 황후, 그리고 로웨나 황비가 그 뒤를 따랐다. 황제가 그녀를 욕조에 살포시 내려놓았다. 커튼이 쳐졌고, 시녀들이 그 안으로 들어가 소피아 부인의 옷을 벗겼다. 커튼 밖에 있던 황제와 황후, 황비, 그리고 나는 또다시 소피아 부인의 비명을 들어야 했다.

"꺄아악! 꺄악!"

"대부인, 제발……!"

그 소리를 듣고 로웨나 황비가 혀를 찼다.

"목욕을 저리 싫어하시니 피부병이 생기지요."

황제와 황후의 안색도 좋지 않았다. 나는 살짝 커튼 안으로 들어가서 시녀들에게 말했다.

"겉옷만 가져가세요."

"하지만 안에도……."

"괜찮으니까요."

난 슬립 차림의 소피아 부인을 그대로 욕조에 들어가도록 도와주었다. 더는 옷을 벗기지 않으니 얌전했다.

"자, 살살 닦을게요."

나는 드러난 살만 조심스럽게 물로 닦았다. 시간이 어느 정도 지나고 옷이 물을 가득 머금었다. 무겁고 불편한 모양인지 소피아 부인이 인상을 썼다.

"불편하시지요?"

"으……."

"그럼 치마만 살짝 벗을까요?"

그러고 그녀의 귀에 속삭였다.

"욕조 안에 계시니 밖에선 옷을 벗었는지 몰라요."

"……."

"괜찮으시죠?"

"으응……."

난 생긋 웃고, 그녀 치마를 조심조심 잘랐다. 혹시라도 갑자기 움직일까 봐 시녀들에게 주의 깊게 살피라고 명했다. 소피아 부인은 거짓말처럼 얌전히 목욕을 마쳤다.

난 잠든 소피아 부인의 머리를 쓰다듬다가 조심스레 침대를 벗어났다. 침대 주변에 친 발을 빠져나오니 황제와 후·비들이 모두 놀라운 얼굴로 나를 쳐다보고 있었다. 황후가 믿을 수 없다는 듯 중얼거렸다.

"어떻게……."

"네?"

"어떻게 네 말을 저리 순순히 들으시지? 목욕할 때마다 황궁이 전쟁통 같았는데."

"평소에 목욕하실 때 커튼 밖에서 경비병들이 대기하고 있었나요?"

로웨나 황비가 이해되지 않는다는 듯 눈을 깜빡였다.

"그야 당연히. 난동을 부리시니까 경비병들이 지켜야 할 수밖에."

"치매 환자라고 수치심을 못 느끼는 게 아니에요."

게다가 소피아 부인은 명예를 목숨처럼 여기는 귀부인이었다. 칠순이 훌쩍 넘은 노인이고, 욕실에 커튼이 쳐졌다곤 하나 한 공간에 남자가 있는데 옷을 벗고 싶을 리 없다. 그리고 그런 상황이 계속 반복되면 목욕 자체를 끔찍하게 싫어하지. 내 얘기를 들은 황제가 날 빤히 쳐다보았다.

"영애."

"예, 폐하."

"당분간 이곳에서 어머니를 도와줄 순 없겠는가."

나는 놀라서 눈을 동그랗게 떴다. 하지만 난 곧 개학인데? 내가 곤란해하자 황제가 다시 말했다.

"단 며칠이라도 좋아. 시녀들을 가르쳐다오."

순간 머릿속의 전구에 번쩍 불이 들어왔다.

'이거 기회일지도!'

난 황제를 힐끔 쳐다보며 말했다.

"하지만 전 폐하의 명으로 보그를 가져와야 하고……."

"시일을 늘려주지."

황궁에 있으면 포털을 열 기회도 있을 테지? 나는 속으로 쾌재를 불렀다.

"명 받들겠습니다."

그러자 황제가 시종에게 명해 황가의 문양이 새겨진 휘장을 주었다. 상시 출입패를 가진 대귀족이나 후·비의 말벗들도 황궁에 들어오기 전엔 해야 할 일이 산더미였다. 몸수색, 동반 출입하는 사용인들의 인적 사항 확인 등.

하지만 황가의 휘장을 가진 자는 그런 일에서 모두 제외된다. 언제든 쉽고 빠르게 황궁에 들어가고, 나올 수 있었다. 거의 준황족급의 대우였다.

이 소식을 들은 프렌시프의 가신들과 행정관들은 입을 함지박만하게 벌렸다.

"실로 프렌시프의 보물이십니다!"

"보물? 수호신이겠지요!"

"군사 훈련 허가가 이번엔 어찌나 쉽던지요. 벌써 이번 일이 소문 난 모양이더이다."

"그렇겠지요, 뭐든 날름 갖다 바칠 겁니다. 다들 어떻게든 아가 씨의 끈을 잡으려고 안달이에요!"

"이게 다 우리 아가씨의 덕이 아니겠습니까!"

껄껄, 웃는 소리가 회의실을 가득 채웠다. 아빠와 오빠들도 잘했 다고 칭찬해 주어서 나는 기뻤다.

이튿날, 나는 소피아 부인의 궁을 찾았다. 침대에서 초점 없는 눈 으로 허공만 바라보고 있던 그녀가 나를 보고 미소지었다.

"아기가 왔구나."

"좋은 꿈 꾸셨나요, 대부인?"

소피아 부인은 대답 없이 멍하니 내 뺨을 쓸었다. 나는 시녀들에 게 부인이 오늘 식사를 하셨냐고 물었다.

"통 드시질 않으십니다."

자주 쓰러지는 이유도 그 때문인 듯했다. 나는 소피아 부인의 아 침으로 나온 수프를 들었다. 후후, 불어서 입에 가져가자 부인이 휙 고개를 돌렸다.

"어째서 식사를 하지 않으세요?"

"맛이 없어……."

그럴 리가. 제국이 자랑하는 로열 키친에서 만든 음식이다. 아카 데미 교수들의 음식도 그렇게 훌륭했는데 맛이 없을 리가. 나는 수프를 맛보았다.

'엄청 맛있는데!'

아주 묽은 편인데도 깊은 맛이 난다. 고기를 다진 대신에 식감을 위해 목이버섯을 넣었는데, 특유의 꼬들꼬들한 식감 때문에 개운한 맛이 난다. 내가 먹어 본 수프 중에 최고였다.

"달리 드시고 싶은 게 있으세요?"

"나들이가 즐거웠지……."

그녀는 대답 없이 다른 이야기를 했다. 시녀들이 또 저런다는 듯 한숨을 내쉬었다. 나는 수프 그릇을 내려놓고 그녀의 이야기를 경청했다.

"나들이를 가셨어요?"

"조가 가져온 음식이 맛있었어……. 우리는 함께 먹으면서 비밀을…… 비밀을……."

그러더니 방에 있던 사용인들을 보며 버럭 소리쳤다.

"나가! 말하지 않을 거야! 말하지 않을 거야! 비밀은, 비밀은……!"

갑자기 또 흥분하기 시작해서 나는 재빨리 그들을 내보내고 대부인의 손을 잡았다.

"괜찮아요, 대부인. 아무도 대부인에게 비밀을 물어보지 않을 거예요."

소피아 부인이 어깨를 바짝 움츠리고 주변을 살폈다. 그러더니 날 끌어안고 바짝 목소리를 죽였다.

"오토가 나를 감시한다."

'오토면……. 현 황제인 옥타비우스의 애칭인가.'

나는 고개를 저으며 말했다.

"폐하께서 왜 대부인을 감시하시겠어요."

"내게서 비밀을 캐내려고!"

그녀의 속삭임에 날이 섰다. 비밀이라니. 이게 대체 무슨 말일까.

황제가 소피아 부인을 감시하는 이유라면 딱 하나다. 그녀가 황태후 위(位)에서 강제로 내려오게 된 사건인 올리비에 폐공작의 역모. 황제의 친형제 올리비에는 반역을 도모했다가 실패했다.

그가 반역자이긴 했으나, 소피아 부인에겐 제 배 아파 낳은 자식이었다. 도저히 올리비에가 죽는 것을 볼 수 없었던 그녀는 황제에게 '올리비에의 목숨만은 살려 달라'고 눈물로 읍소했다.

그런데도 황제는 마음을 돌리지 않았고, 소피아 부인은 직접 올리비에를 도피시키기에 이른다. 하지만 황궁 추적대에 의해 금세 추포당했다. 결국 소피아 부인은 눈앞에서 아들이 죽는 것을 목격해야 했다.

'그 일로 소피아 부인이 황태후 자리를 잃고 정신을 놓았다고 들었어.'

하지만 그건 이미 다 끝난 일이 아닌가? 그러니까 황궁에서 보살핌받고 있는 게 아니었나?

'아니면 내가 모르는 다른 일이 있는 걸까?'

소피아 부인이 오들오들 떨며 어깨를 감싸 안았다.

"하지만 조가…… 조에겐 모든 것을 얘기하겠다고 약속했는데…… 이번에도 약속을 어기면…… 그러면……."

끊임없이 웅얼대던 그녀가 비명을 내질렀다.

"아악 — !"

나는 그녀의 신경을 돌리기 위해 얼른 커튼을 쳤다. 드르르륵! 커튼레일이 밀리는 소리에 소피아 부인이 퍼뜩 고개를 들었다. 그녀는 방안으로 쏟아져 들어오는 햇살을 멍하니 쳐다보았다.

"대부인, 날씨가 좋아요."

"날씨…… 정원에 물을, 물을……."

"그럼 함께 정원으로 갈까요?"

내가 손을 뻗자 소피아 부인은 얌전히 고개를 끄덕였다. 우리는 옷을 갈아입고, 정원으로 향했다. 소담한 들꽃 위주로, 인위적이지 않게 꾸며진 정원은 소피아 부인의 성정을 똑 닮아 있었다.

"저 꽃은 뭘까요, 대부인?"

"조가…… 조가 좋아했지."

"그렇군요."

"조를 닮은 능소화……."

조라는 사람이 소피아 부인에게 의미가 깊은 모양이었다. 나는 고개를 끄덕이며 그녀를 부축했다. 그때 맞은 편에서 한 무리의 사람들이 걸어왔다. 나는 가장 앞에 선 남자를 발견하고 무릎을 살짝 굽혔다.

"황제 폐하를 뵙습니다. 황가에 광영 있기를."

"그래. 산책 중이냐."

"그렇습니다."

"짐도 함께 걸어도 되겠느냐."

나는 멍하니 서 있는 소피아 부인을 힐끔 쳐다보았다.

"괜찮을 듯싶습니다, 폐하."

황제는 고개를 짧게 끄덕이곤 소피아 부인의 근처에 섰다. 그리고 시중인들을 멀리 물러나게 했다. 우리는 한참을 말없이 걸었다. 소피아 부인이 중간에 다리가 아프다며 중얼거릴 때까지. 나는 그녀를 벤치에 앉히고, 송글송글 맺힌 땀을 닦아 주었다. 그런 나를 보고 황제가 말했다.

"어머님이 네 앞에서는 순하시구나."

"감사한 일이지요."

"네가 마음에 들었기 때문이겠지."

나를 보는 황제의 시선이 잠시 날카로워졌다. 소피아 부인의 벤치 맞은편에 앉은 그가 이어 말했다.

"네게라면 남들에게 못할 이야기도 하셨을 법한데."

"예?"

"비밀이라든가."

황제가 비밀을 캐내려고 한다며 벌벌 떨던 소피아 부인이 떠올랐다. 내가 아무런 말이 없자 황제는 나를 빤히 응시했다.

"바라는 게 있느냐?"

"예?"

"갈망하는 일이라든가, 꿈만 꿔왔던 욕망이라든가."

쉽게 대답하지 못하자 입꼬리가 삐뚜름하게 올라갔다.

"생각해 두어라. 짐이 바라는 바를 그대가 이뤄 준다면 짐 또한 그대의 소원을 들어줄 테니."

비밀을 알아낸다면 뭐든지 해 주겠다는 뜻이었다.

'비밀이란 게 대체 뭐기에?'

*　　　*　　　*

저택에 돌아온 나는 밤늦도록 고민에 빠져 있었다. 양손으로 턱을 괴고 있는 나를 보고 가웨인이 물었다.

"무슨 걱정이라도 있어?"

"으음, 그게⋯⋯."

"뭔데."

"황제 폐하께서 제게 소피아 부인의 비밀을 캐 오라고 하셨어요."

가웨인이 대번에 인상을 찌푸렸다.

"그게 무슨 소리야?"

"그러니까 말이에요⋯⋯."

나는 그에게 오늘 있었던 일을 말해 주었다.

"남의 여동생을 염탐꾼 부리듯⋯⋯."

가웨인은 짓씹듯이 중얼거렸다.

"내키지 않으면 하지 마."

"그것도 그렇지만, 다른 일도 신경 쓰여서⋯⋯."

아빠와 함께 들어오던 란슬롯이 물었다.

"포털이 아예 열리지도 않는 거야?"

"네."

몇 번이고 시도해 봤지만 결계에 걸렸다는 얘기조차 없었다. 아빠가 내 옆에 앉으며 말했다.

"너무 신경 쓰지 마라. 평생 열리지 않더라도 괜찮아."

"그래, 세니아나. 너는 보그를 납품할 시일을 늘린 것만으로도 프렌시프에 차고 넘치는 일을 했어."

란슬롯도 그의 말에 동의했다. 내가 힘없이 웃으니 가웨인이 미간을 좁혔다.

"그게 아니면 다른 고민이라도 있어?"

난 울상이 되어 고개를 끄덕였다. 지금 가장 마음이 쓰이는 건 달리 있었다.

"소피아 부인이 식사를 안 하세요!"

내가 테이블에 엎드려 끙끙거리자 가족들이 픽 웃음을 터뜨렸다. 난 그런 가족들을 보고 미간을 좁혔다.

"정말 큰일이라고요? 이대로 계속 아무것도 안 드시면 실신하실 거예요."

가웨인이 픽 실소를 흘렸다.

"억지로라도 조금은 드시게 하잖아."

"그게 정말 위험해요. 속에도 안 좋고, 기도로 넘어갈 수도 있고, 식사를 더 싫어하시게 될지도 모르고."

대체 왜 식사를 안 하시는 거람. 소피아 부인은 뭘 가져와도 맛이 없다고만 했다. 하지만 내가 먹었을 땐 하나같이 훌륭했다.

"조라는 사람을 찾아봐야 하나……."

그 사람과 피크닉에서 먹었던 음식이 맛있었다고 했다. 그거라면 드실지도 모르는데. 내가 중얼거리니 가웨인이 내 볼을 아프지 않게 꼬집었다.

"돌아가신 분을 무슨 수로 찾게?"

"돌아가셨어요?"

"조모님 성함이잖아. 조세핀."

"조세핀? 아!"

그럼 할아버지가 알고 계실지도! 나는 얼른 할아버지에게 통신을 연결해서 할머니와 소피아 부인의 추억이 담긴 음식을 물어보았다.

[반백 년이 넘은 일이니 가물가물하군.]

"그럼 할아버지와 나들이 가셨을 때는요? 할머니는 무얼 드셨어요?"

[글쎄…….]

"……할머니가 생전에 좋아하시던 음식은요?"

[흐음…….]

그의 대답을 듣고 나는 무심결에 중얼거렸다.

"할아버지는 좋은 남편은 아니었구나."

[대신 부자였지. 권력자였고.]

그 말에 아빠의 입꼬리가 삐뚜름하게 올라갔다. 명백한 조소였다. 내가 한숨을 푹 내쉬자 할아버지가 변명하듯 말했다.

[그 사람은 우유를 전혀 못 마셨다. 우유가 조금이라도 든 음식을 먹으면 호흡조차 힘들어했지. 그리고 남부에서 온 탓에 동부 추위를 못 견뎠어. 그리고…….]

"그리고요?"

[……세바스찬! 차를 내오랬는데 어찌 이리 오래 걸리는 것이냐!]

갑자기 역정을 내는 소리가 들리더니 통신이 뚝 끊어졌다. 옆에서 비웃는 소리가 들렸다.

"그렇지! 아빠는 아시겠지요? 다정하시고, 섬세하시니까! 할머니가 무슨 음식을 좋아하셨어요?"

"……서류를 이따위로 작성한 놈이 누구야."

아빠가 슬그머니 방을 나서서 나는 어리둥절해졌다.

오늘은 왜 이렇게 다들 화를 내시지?

다음 날, 나는 소피아 부인의 궁에 들었다. 가자마자 보인 건 난장판이 된 침실이었다.

"대부인, 제발……!"

시녀들이 그녀를 억지로 붙잡고 묽은 수프를 떠먹이고 있었다.

"싫어! 싫어! 이것들이 나를 죽이려고! 올리비에야, 올리비에야……!"

나는 황급히 시녀들을 물렸다. 그리고 사지를 발발 떠는 소피아 부인을 진정시켰다. 나를 덥석 끌어안은 그녀가 시녀들을 노려보았다.

"조, 조!"

"네, 대부인, 진정하세요."

"저것들이 나를 죽이려고 해. 내가 싫다는 데도 묶어서, 묶어서……!"

팔다리에 묶인 흔적은 전혀 없었다. 황제가 두려워서라도 그런 짓은 절대로 못 했을 거다. 나는 눈짓하여 식기와 시녀들을 전부 내보냈다.

"안 드셔도 괜찮아요."

그제야 진정이 된 소피아 부인이 허헉, 숨을 몰아쉬었다. 그러다 나를 샐쭉 노려보더니 홱 돌아앉았다.

"너도 저것들의 편이지?!"

"아니에요. 저는 대부인의 편이랍니다."

그녀가 슬쩍 나를 훔쳐보았다.

"……정말이냐?"

"그럼요."

"저것들이 나빴지?"

"맞아요. 아주 나빴어요."

양심이 콕콕 찔렸지만, 부정하면 흥분할 것 같았다. 소피아 부인이 다시 나를 보더니 활짝 웃었다.

"조, 결혼하지 마라, 응? 나베리우스는 후레자식이야!"

나를 할머니로 착각한 그녀가 갑자기 애걸하기 시작했다. 할아버지의 욕에 속으로 웃음을 삼켰다. 젊을 적에 두 분이 그렇게 말씀하셨나 보다. 나는 소피아 부인 주변에 떨어진 유리 파편을 주우며 '그래요~?' 하고 물었다.

"그 남자는 난봉꾼이다."

"난봉꾼이셨나요?"

전혀 그렇게 안 보였는데! 내가 깜짝 놀라서 물으니 소피아 부인이 커다랗게 고개를 끄덕였다.

"애인이 일흔 명이란다."

"정말요?!"

"그러니까, 응? 응? 결혼하지 마라~"

애처럼 칭얼거리던 소피아 부인이 갑자기 손사래를 쳤다.

"네가 피크닉에 가져온 음식이 쉰 것 같다고 놀리지 않을게! 나 이제 그거 아주 좋아한다."

쉰 것 같았다고?

'시큼한 크림이면 그럴 수 있겠어.'

레몬 크림이라든가, 냄새를 생각하면 커스터드도 가능성이 있겠다. 그럼 파이인가?

어쨌든 나는 소피아 부인에게 결혼하지 않겠다고 약속하고, 그녀에게 걸쭉한 초콜릿을 먹였다. 일단 칼로리라도 몸에 넣어 줘야 할 것 같았다. 오후엔 낮잠을 재우고, 시간이 나서 뒤뜰에 갔다. 때마침 할아버지에게 연락이 왔다.

"할아버지!"

그가 크흠, 헛기침하고는 잘 잤느냐고 물었다.

"네."

[네가 어제 물은 것 말인데……. 내가 그녀에게 관심이 없어서 몰랐던 게 아니야. 사용인들도 다 모른다.]

그가 의기양양하게 외쳐서 나는 고개를 갸웃했다.

"물어보셨어요?"

[…….]

"그런데요, 할아버지."

[그래.]

"애인이 일흔 명이나 있었으면 두세 달에 한 분씩 만나신 건가요?"

일정 관리하기도 힘들었겠다.

[⋯⋯뭐?]

"대부인이 그러시던데. 애인이 일흔 명이었다고⋯⋯."

[노망난 할망구가⋯⋯.]

그가 으득, 이를 갈아서 나는 엄청 당황했다. 노망난 사람에게 정말로 노망났다고 하면 실례인데! 나는 주변에 들은 사람이 있을까 봐 안절부절못했다.

"그런 말씀 하시면 안 돼요⋯⋯."

[일흔 명이라니, 말도 안 되지.]

"아, 역시! 그랬던 거군요!"

[그래⋯⋯.]

내가 밝은 목소리로 얘기하자 할아버지가 중얼거렸다. 나는 활짝 웃으며 말했다.

"일곱 명이었던 거지요!"

[⋯⋯.]

"⋯⋯?"

[식사 잘 챙겨라⋯⋯.]

마지막으로 인사하는 할아버지의 목소리가 어쩐지 시무룩했다.

*　　*　　*

릴리는 외조부인 테르반 백작의 집무실에 들었다.

"제가 걱정할 일은 없겠죠?"

손녀의 말에 테르반 백작이 흘러내린 안경을 슥, 올렸다.

"내가 그리 허투루 보이나?"

"그럴 리가요."

애교 있게 웃는 손녀를 보고 책을 소리 나게 덮은 그가 히죽, 입꼬리를 올렸다. 처음에 이 아이의 부탁을 들었을 땐 놀라웠다. 머리 굳은 딸이 교육하였으니 그만큼 고지식하겠다 싶었는데, 외려 손녀는 저를 닮았다. 명민하고, 욕망에 충실했다.

"세니아나 프렌시프는 절대로 포털을 열지 못할 것이다."

"다행이네요."

릴리가 눈썹을 까딱, 들어 올리고 찻잔을 잡았다. 아찔하도록 짙은 장미 향과 함께 열리지 못한 마른 봉우리들이 핏빛 찻물 안에 맴돌았다. 테르반 백작이 낮은 목소리로 말했다.

"네 어미를 제대로 붙들어라. 그 녀석에게 프렌시프보다 더한 혼처는 없어."

물론 그가 평생을 일궈 온 가문에 그만한 이익을 줄 가문도 없을 터였다. 릴리가 빙그레 미소지었다.

"여부가 있겠어요. 저도 프렌시프 영애가 될 날만을 손꼽아 기다린답니다."

차를 머금고 잔을 소리 없이 티 코스터에 내려놓은 그녀가 나긋이 고개를 돌렸다. 어느새 먹구름이 몰려오고 있었다.

'자, 이제 사냥개가 되어 줄 멍청한 개만 찾으면 되겠구나.'

마침 생각나는 사람이 있었다.

*   *   *

나는 잠에서 깬 소피아 부인에게 견과류를 조금 먹인 후 퇴궁 준비를 했다. 이제 본성에서 오늘 결계에 이상이 없었는지 확인하면 된다. 복도를 걷다가 앞을 가로막은 그림자를 보고 화들짝 놀랐다.

"저하!"

도미니크가 희미하게 웃으며 나를 쳐다봤다.

"이제 돌아가십니까?"

"네!"

"식사는요?"

"돌아가서 가족들과 같이하기로 했는…… 아! 이거!"

나는 그의 손에 들린 상자의 문양을 보고 눈을 동그랗게 떴다. 저건 로열 키친에서 귀빈용으로만 내준다는 아주 유명한 파이였다.

'커스터드 타르트!'

아카데미 교수 중에 높으신 나리께 얻어먹었다는 사람이 있었다. 얼마나 맛있는지 타국의 사신들마저 다시 먹고 싶어서 끙끙 앓을 정도랬다. 도미니크가 상자를 다른 손에 가볍게 옮겨 들었다. 내 눈도 상자를 따라 도르륵 움직였다.

"어떻게 하면 구할 수 있지요?"

간절한 표정을 본 그가 살짝 입꼬리를 올렸다.

"황족이 명하면 내줍니다."

좋겠다, 황족……

도미니크가 상자를 슥 내밀었다.

"저 혼자 먹기엔 많군요."

같이 먹자는 얘기일까?

나는 잠깐 주저했다. 이 타르트가 엄청나게 궁금하긴 했다. 게다가 소피아 부인의 추억이 담긴 음식에 혹시 커스터드가 쓰인 게 아닐까 싶었다. 황궁의 타르트를 맛보면 도움이 될 거다.

'하지만 가족들이 기다릴지도 모르는데……'

도미니크가 상자를 다시 자신의 쪽으로 끌어당겼다. 나도 모르게 손이 튀어 나갔다.

"함께 드시겠습니까?"

"그래도, 그래도……"

"로열 키친에서 만든 상그리아를 곁들여 마시면 어떨까 싶습니다."

"……"

"잘 어울리겠죠?"

"엄청……"

평소처럼 고저 없는 목소리인데, 어쩐지 내겐 악마의 속삭임처럼 들린다. 나는 끄응, 신음했고 그는 마지막 쐐기를 박았다.

"남은 것은 포장해 드릴 수도 있는데?"

"갈게요!"

그가 씩 웃었다.

"잘 생각했습니다."

냉큼 뒤를 졸랑졸랑 쫓자 그가 픽 웃으며 중얼거렸다.

"길고양이를 유인하는 기분이 이런 거였군."

"네?"

"아닙니다."

그가 부드럽게 문을 열어 주었다.

커스터드 타르트는 정말로 훌륭했다. 나는 커다란 파이 두 조각에 상그리아 한 잔을 몽땅 비우고 한숨을 내쉬었다.

"어쩌면 이렇게 맛있을까요?"

"일전에 아카데미에서 먹었던 케이크보다 괜찮습니까?"

"으음, 저는 아무래도 이쪽."

포크로 타르트를 가리키자 도미니크가 빙그레 웃었다. 그러곤 부관에게 시선을 보냈다.

"준비해 두었습니다."

'준비?'

마침 노크 소리가 들렸다. 부관이 문을 열어 주려 하는데, 문밖에서 당황한 목소리가 들렸다.

"안 열리는…… 어?"

부관이 눈살을 찌푸렸다. 그리고 문고리를 확 잡아당겼다.

"으헉!"

거의 끌려 들어오다시피 한 어린 시종은 얼떨떨한 표정이었다.

부관은 그를 탓하듯 말했다.

"내가 열고 있으니까."

눈을 동그랗게 뜨고 있던 시종이 얼마 후 아, 아아! 하며 허리를 납죽 숙였다.

"죄, 죄송합니다."

"가져온 건."

"예."

시종이 건넨 건 커스터드 타르트의 상자였다. 그것도 도미니크가 들고 있던 것보다 배는 크다. 내가 도미니크를 쳐다보자 그가 찻잔을 들며 가볍게 얘기했다.

"좋아하시니."

"아……. 감사합니다."

"좋네요."

"제가 감사하다고 해서요?"

잿빛 눈동자가 조명에 비추어 오묘하게 일렁였다.

"뭐든."

"……."

상그리아 때문에 살짝 취기가 올라서일까. 어쩐지 얼굴에 열이 오르는 것 같았다. 나는 민망해져서 눈을 돌리다가 문득 시계를 보고 숨을 들이켰다.

'벌써 6시가 넘었어!'

얼른 가지 않으면 다들 걱정하시겠다. 얼른 돌아가려고 했는데, 도미니크가 내 손목을 붙잡았다.

"바래다 드리죠."

"하지만 마차로 갈 거라……."

"더 좋군요"

"네?"

"데려다드리겠습니다."

그가 먼저 일어나 열린 문을 향해 고개를 까딱 기울였다. 난 우물쭈물하다가 그를 따라나섰다.

마차에 탄 나는 도미니크를 힐끔힐끔 쳐다보았다.

'정말로? 정말 데려다주는 거야?'

처음엔 '농담이겠지' 하고 생각했는데 그는 정말 프렌시프의 마차를 타고 성문을 통과했다.

"성에는 어떻게 돌아가시려고요……."

"말을 빌려 가죠."

"곧 캄캄해질 텐데요? 밤에 승마는 위험해요."

내 말에 도미니크는 빙그레 미소지었다.

"수하의 시체 세 구를 말 요각에 얹어서 돌아온 적도 있습니다."

대수롭지 않게 하는 말이었지만, 그가 전장에서 자랐다는 걸 아는 나로선 가슴이 덜컥 내려앉았다. 내가 조용해지자 그가 물었다.

"동정합니까?"

"마음 아팠겠다고 생각해요."

내 말에 그는 잠시 대답이 없었다. 몇 분 후에야 그가 창밖을 보며 대답했다.

"글쎄요."

"저하는 멋진 상관이었네요."

도미니크가 짓궂게 웃었다.

"전장에서의 날 보면 그런 생각은 못 할 텐데."

"설마요."

나는 아하하, 웃으며 말했다. 내게는 이렇게 다정한데, 도깨비처럼 수하들을 휘두르는 모습은 상상이 되지 않는다. 그러자 그가 불쑥 다가왔다. 몇 센티만 더 오면 코끝이 닿을 것 같아서 나는 우뚝 굳어지고 말았다. 그가 나를 지그시 보며 입을 열었다.

"산 채로 눈알을 파낸다는 소문도 있습니다."

난 마른침을 꼴깍 삼키고 시선을 돌렸다.

"소, 소문이잖아요……."

"글쎄. 실제로 그러고 싶어지는데요."

"네?"

"너를 보는 놈들의 눈알을 죄 뽑아 버리고 싶은 건 왜일까요."

평소처럼 아주 진지한 목소리였다. 그가 아주 조금 더 다가왔다. 코끝과 코끝이 마주칠 뻔해서 난 휙! 고개를 돌렸다.

"농담하지 마세요. 다른 사람이라면 오해한다고요."

그가 다시 제자리로 되돌아가서 다리를 꼬았다.

"해 줬으면 좋겠는데, 그 오해."

"정말……."

장난이 지나치다. 얼굴에 열이 올라서 손 부채질을 했다. 그런 나를 보는 도미니크의 눈빛이 묘하게 달콤해졌다. 어두운 마차 안에 주홍빛 조명이 낮게 깔렸다. 다각, 다각, 발굽 소리만이 귓전에 맴돌았고, 나는 마치 사람 없는 소극장에서 그와 단둘이 있는 기분이었다.

성에서 저택까지 한 시간이 안 걸렸는데, 나는 고된 등산을 한 기분이었다. 그의 장난으로 잔뜩 긴장해 있었더니 피곤하다. 나는 팔을 주무르다가 멀리서 아빠와 오빠들을 발견하고 손을 흔들었다.

"아빠, 오……!"

굳은 얼굴로 걸어온 가웨인이 팔을 내밀어 나와 그의 사이를 막았다.

"진심으로 거슬리기 시작했습니다."

란슬롯은 동의하듯 서늘하게 미소짓고 있었다. 아빠는 표정이 없었지만, 왜인지 말을 붙이기 어려웠다. 도미니크는 희미하게 웃으며 나를 보았다.

"다시 에스코트할 기회가 생기길 고대하겠습니다."

내가 대답하려던 찰나 아빠가 내게 손을 뻗었다.

"이리로."

나는 도미니크를 힐끔힐끔 쳐다보다가 가족들에게 걸어갔다. 등 뒤에 숨기듯이 내 앞을 가린 아빠는 도미니크를 똑바로 쳐다보며 말했다.

"절 욕망하게 하지 마십시오."

"욕망이라……. 후작께서 더 가져야 할 것이 남았습니까?"

"제가 딸에게 붙은 날벌레를 쫓기 위해 꼭대기를 목표로 하게 된

346 로열 셰프 영애님

다면 서로 귀찮지 않겠습니까, 저하."

저하, 두 글자에 유난히 힘이 들어갔다. 나는 놀라서 아빠의 옷깃을 끌어당겼다. 하지만 아빠는 내 손을 꽉 붙잡을 뿐이었다. 도미니크의 입꼬리가 올라갔다.

"후작의 딸을 데리러 올 때는 군대라도 대동해야겠군요."

그러자 가웨인이 대답했다.

"일, 이만으로는 프렌시프의 문턱도 넘지 못할 겁니다."

도미니크는 여상하게 받아쳤다.

"명심하죠."

으응? 가웨인에게 말이 높아졌다?

나는 어리둥절해서 가족들과 도미니크를 쳐다보았고, 오빠들의 기세는 점점 더 사나워졌다.

"말씀 낮추시지요."

가웨인의 말에 도미니크가 어깨를 으쓱 올렸다.

"존경하게 되었으니 말을 높여야겠습니다, 형님."

가웨인의 얼굴이 완전히 일그러졌다. 그런데도 도미니크는 아무렇지 않아 보였다.

"말을 빌릴 수 있겠습니까."

가웨인이 입을 열려던 찰나, 란슬롯이 빅터에게 눈짓을 보냈다. 빅터는 금세 기운이 쌩쌩한 말을 도미니크에게 내주었다. 떠나는 그의 뒷모습을 보는 가족들은 말이 없었다. 나를 제외하면. 나는 히히 웃으며 양손으로 발그레해진 뺨을 가렸다. 가웨인이 울컥 인상을 쓰며 물었다.

"왜 웃어?"

"저하께서 오빠들에게 형님이라고 하셨잖아요."

황자에게까지 존경받는 오빠들이라니! 자랑스러워! ─ 라는 표정으로 가족들을 보자 란슬롯의 얼굴이 싸늘하게 웃었다.

"저런 동생 둔 적 없어."

"당연하지! 감히 누굴……!"

가웨인도 분개했다. 나는 어리둥절한 표정으로 오빠들을 빤히 쳐다보다가 말했다.

"못 써요."

"뭐?"

"뭐라고?"

"좋은 마음에 형님이라고 하신 걸 텐데……. 나쁘다, 오빠들."

그러고 걸음을 돌리자 오빠들이 "세, 세니아나!" 하며 나를 쫓아왔다.

씻고 방으로 돌아가려는데 가웨인이 자꾸만 내 주변을 맴돌았다.

"어? 왜 대답을 못 해?"

그는 저녁 내내 한 가지만 끈질기게 묻고 있었다. 나는 눈썹을 늘어뜨리며 웅얼거렸다.

"자꾸 곤란한 걸 물으시니까……."

"그게 왜 곤란해!"

"소리치시면 무서운데……."

그가 감정을 꾹 누르듯 숨을 들이켰다. 다시 입을 열었을 땐 목소리가 낮아져 있었다.

"그 녀석과 우리가 물에 빠지면 누굴 구할 거냐니까?"

"수영하실 줄 아시잖아요."

"둘 다 못한다고 가정을 했을 때 말이야."

그런 가정을 왜 한담. 나는 고개를 돌리고 발걸음을 재촉했다. 가웨인이 그런 나를 쫓아오며 다시 물었다.

"좋아, 그럼 아사 직전이야. 형과 내가 피골이 상접해서 곧 숨이 넘어갈 것 같은 거지. 낯짝만 번들번들한 그놈과 가여운 우리 중에 누구에게 고기를 줄 거지?"

"아사 직전이면 바로 고기를 먹어선 안 되는데요?"

아주 묽은 죽부터 시작해서 천천히 위장을 적응시켜야지.

가웨인이 눈을 꽉 감더니 후우, 한숨을 내쉬었다.

"그래, 그럼 우리와 그놈 중에 골라서 무조건 활 한 발을 쏴야 해. 너를 위해서라면 활에 맞아 죽어도 좋은 가련한 우리야, 아니면 재수 없는 그 새끼야?"

"전 활 쏘는 법 모르는데……."

"가정! 가정이라니까!"

그렇게 소리친 가웨인이 다시 입을 열었다.

"그럼―"

"아이, 정말!"

나는 버럭 소리치며 문고리를 잡았다. 가뜩이나 할 일이 많은데 자꾸 옆에서 이상한 문제만 내고! 내가 뾰로통해져서 그를 흘기니, 그는 매우 충격받은 표정이었다.

"사춘기야?"

"아니, 말도 안 되는 얘기를 하시니까…… 그렇지 않아도 바쁜데……."

내가 웅얼거리자 그가 미간을 좁히며 물었다.

"뭐가 바쁜데."

"할머니의 고향에서 피크닉 때 먹은 음식을 조사해야 해요. 남부 음식이라 영지엔 자료가 없어요."

"그래, 그럼 마지막. 그 자식과 우리가 함정에 빠졌어. 천에 둘둘 싸여서 형과 나는 숨이 넘어갈 것 같아. 싹수없는 그 자식과 딱한 우리 중 어느 쪽을 풀어 줄래?"

"대체 왜 둘 중에 한쪽을 골라야 하는 건…… 네?"

불현듯 머리에 무언가 스쳐 지나갔다.

"왜?"

"방금 하신 말이요!"

"함정에 빠졌다고?"

소피아 부인이 해 준 이야기. 할머니의 고향. 그리고 가웨인의 말. 나는 헉, 숨을 들이키고 얼른 주방으로 뛰어갔다.

＊　　　＊　　　＊

릴리는 살롱에서 크리스틴을 발견하고 입꼬리를 올렸다. 제 추종자들과 성의 없이 대화하는 그녀의 표정은 지루하기 그지없다.

"카드놀이도 못 하니 재미가 없네요."

"황후 폐하께서 금지하셨으니 도리가 없지요."

"그러게나 말이에요."

따분한 얼굴로 차만 홀짝이던 그녀들은 테이블로 다가온 릴리를 보고 인상을 찌푸렸다.

"레제 영애가 여긴 무슨 일로?"

릴리가 생글생글 웃으며 테이블의 한 자리를 차지했다. 사실 릴리의 사교계 평가는 그다지 좋은 편이 아니었다. 황후의 말벗 중 하나인 엘리자베스에게 붙어 사사건건 그녀를 따라 한 일로 평판이 나빠졌다.

그런 데다가 어린애같이 막무가내로 사람을 휘둘렀다. 혹자는 '릴리의 어린애 같은 면은 원하는 것을 손쉽게 거머쥐려는 악랄한 처세다'라고 힐난했다. 하지만 그 말을 믿는 사람은 없었다.

"안녕하세요?"

릴리의 말에 크리스틴이 팔짱을 꼈다.

"우리가 안부 물을 정도로 깊은 사이는 아니지 않나요?"

"제가 또 실수한 건가요?"

울먹거리는 그녀를 보고 크리스틴의 일행이 소리 없이 혀를 찼다. 여기서 울어 버리면 또 저희들 소문만 나빠질 거다.

"별말 안 했는데 뭘 그리 훌쩍이세요?"

크리스틴이 인상을 찌푸리며 묻자 릴리가 턱을 쑥 집어넣고 손을 꼼지락거렸다.

"저는 미움 받는 성격인가 봐요."

"……."

"영애들에게도 그렇고, 세니아나에게도……."

그 말에 크리스틴이 눈을 동그랗게 떴다.

"프렌시프 영애가 왜요?"

"제가 또 실수를 해서 세니아나를 화나게 했어요……."

그러고는 양손으로 얼굴을 가리고 눈물을 터뜨렸다. 주변의 시선이 집중되자 다른 영애들이 난색을 표했지만, 크리스틴은 이제야 흥미가 돌았다.

"저런, 가여워라. 프렌시프 영애가 레제 양에게 무슨 짓이라도 했나요?"

"어머니와의 결혼이 파투난 게 사실은……. 저는 정말 어머니께 죄송해서……."

프렌시프와 레제의 약혼이 합의되지 않았다는 얘기는 들었다.

'그런데 그게 세니아나 프렌시프 때문이었다고?'

크리스틴이 릴리의 손을 덥석 잡고 물었다.

"프렌시프 영애가 그리 표독한 짓을 한 건가요?"

"하, 하지만 세니아나는 좋은 애예요. 분명히 제가 뭔가 큰 잘못을 한 걸 거예요."

"손뼉도 마주쳐야 소리가 나는 거죠. 프렌시프 양에게 레제 양이 대뜸 실수할 리 있겠어요?"

"하, 하지만 세니아나는 정말 좋은 애예요. 그 애는 똑똑해서 제 검은 속내를 읽었을지도……."

"검은 속내라고요?"

릴리가 어쩔 줄을 모르고 주변을 살폈다.

"네? 무슨 일인데요."

"제가 나빠요! 제가 그 애를 의심해서……."

"의심?"

릴리는 목소리를 바짝 낮추고 중얼거렸다.

"세니아나가 포털을 여는 건 프렌시프 사람들 밖에 못 봤잖아요."

크리스틴의 무리 중 한 영애가 의아한 목소리로 말했다.

"사비에르의 가신이 포털로 쫓겨났다는 소문이 있었잖아요?"

크리스틴이 손끝으로 입을 막았다.

"소문일 뿐이죠! 확실히 그래요. 프렌시프의 사람들만이 포털을 이동하는 걸 보았어요."

"어머……. 그러네요. 다른 건 그저 소문일 뿐이었죠."

"네, 틈틈이 이동하는 걸 보여 준 사비에르 양과는 달라요."

릴리가 한숨을 가늘게 내쉬었다.

"그런 의심을 잠깐 했던 제가 못된 거예요……."

그러자 크리스틴이 버럭 소리쳤다.

"합리적인 의심은 나쁜 게 아니죠!"

"하지만 세니아나를 화나게 만든걸요."

"그게 더 이상하지 않나요? 의심뿐인데 레제 양에게 화를 내고, 약혼을 파투내고……."

크리스틴의 눈이 영악하게 번뜩였다.

"만약에 성녀라는 게 거짓이라면……."

다른 영애들이 헉, 숨을 들이켰다.

"황실을 능멸한 거예요!"

"맞아요, 새로운 성녀라며 얼마나 귀여움받았어요?"

"어머머!"

릴리가 손을 내저었다.

"아니에요, 아니에요! 세니아나가 얼마나 착한 데요! 제가 곤란할까 봐 대만찬도 대신 가 주고……!"

다른 영애들이 기함을 했다.

"대신?"

"대신이라니요? 그럼 프렌시프 영애가 대만찬에 참석했다는 게 다 영애 때문에……!"

"대만찬 참석권은 황후 폐하 파티의 게임에서 레제 양이 손에 넣었잖아요?"

릴리는 곤란한 목소리로 웅얼거렸다.

"사실은 세니아나의 도움이 있었어요……. 그 애가 곤란해질까 봐 도우려고 했던 건데 어쨌든 결론적으로 거짓말을 한 게 되니까……."

"그런 핑계로 빼앗아 갔단 말이에요?"

"세상에, 간악하긴! 대만찬을 계기로 대부인의 간병까지 맡게 되었다면서요."

영애들이 시끄러워지자 주변 테이블에 있던 사람들까지 귀를 기울였다. 크리스틴이 히죽 웃었다.

"전 처음부터 알아봤어요."

"네?"

"프렌시프 영애가 음흉하다는 걸요."

순진한 얼굴로 그런 무서운 일을 했단 말이지. 심지어 성녀 행세까지 하며. 크리스틴의 눈이 가늘어졌다.

"아무래도 이건 우리끼리만 알아선 안 되는 문제 같네요."

다른 사람들이 고개를 끄덕였다.

"맞아요."

"정말 그래요."

금세 시끄럽게 세니아나에 관해 떠드는 무리를 보고 릴리는 남몰래 입꼬리를 올렸다.

＊　　＊　　＊

이곳이 제국의 중심지인 황도라는 게 천만다행이었다. 황도엔 없는 게 없어서 재료를 금방 구할 수 있었다. 나는 밤을 꼴딱 새워서 요리를 했다.

"어때, 간 맞아?"

"맛있어요!"

"네, 적당히 짭짤하고 달아서 나들이 음식으로는 딱이에요."

그제야 나는 안심하고 요리를 도시락에 담았다. 음식을 한 번 더 확인한 후 밤새 나무 도시락을 만들어 준 사용인들에게 감사 인사를 했다.

"마일로, 정말 고마워."

"과분한 말씀이십니다."

눈 밑이 거뭇한데도 인자하게 웃는 그들을 보고 엄청 감동했다. 도시락을 끌어안고 '어떻게 보답하지' 고민하자 란슬롯이 쿡쿡 웃었다.

"휴가는 어때?"

"네?"

"사흘 정도."

"아, 좋네요! 여름이기도 하고!"

"저, 정말입니까?"

고용인들이 얼굴에 화색을 띠며 물었다.

"응! 휴가!"

내가 말하자 사용인들이 와아 ─! 소리쳤다. 주방으로 들어오던 아빠가 우리의 이야기를 들었는지 가볍게 덧붙였다.

"교대로."

"물론이지요!"

마일로는 싱글벙글 웃으며 말했다. 사용인들은 벌써부터 누가 먼저네, 나는 이때 하겠네, 하며 시끄럽게 떠들었다. 성으로 가는 내내 나도 사용인들도 기분이 좋았다. 엉겁결에 함께 휴가를 얻게 된 기사들도 신이 났다.

"아가씨께서 오시고서 저택에 사람 사는 냄새가 납니다."

"사람은 원래부터 많이 살았는걸?"

그것도 엄청 많이.

"사람으로 봐 주셔서 감사합니다. 다른 곳엔 그렇지 않은 분들이 많거든요."

카터가 다정한 목소리로 말해서 나는 좀 민망해졌다.

성에 도착한 뒤 바로 소피아 부인의 궁으로 향했다. 그런데 평소답지 않게 궁 안이 쥐죽은 듯 조용했다. 난 의아한 표정으로 침실의 문을 살짝 열었다.

'아무도 없네.'

어디 가셨나? 주변을 살피는데 마침 지나가는 하녀가 있었다.

"대부인께서 어디 가셨니?"

"시녀님들과 함께 정원에 계십니다."

나는 고개를 끄덕이고, 소피아 부인의 정원으로 향했다. 문 안으로 들어가서 도시락을 벤치에 올려 두었을 때였다.

"어머니!"

황제의 목소리와 함께 소피아 부인의 비명이 들렸다.

"이, 이 끔찍한……! 끔찍한 놈!"

"진정하십시오."

"어째서 올리비에를 죽였느냐. 하필이면 그 아이 손으로! 네가 사람 새끼일 리 없다. 사람 새끼일 리 없어!"

평소보다 또렷한 목소리였다. 난 얼른 달려가 소피아 부인을 붙잡았다. 헉헉, 숨을 몰아쉬던 그녀가 내 품에서 축 늘어졌다. 황제의 옷깃이 엉망이었다. 어찌나 격렬하게 멱살을 잡았는지 그녀의 손끝에 황제의 옷에서 떨어진 단추가 걸려 있었다.

황제가 흐트러진 옷매무새를 다듬고 말했다.

"이곳은 영애에게 부탁하지."

"예, 폐하."

황제가 등을 돌리자 그의 시중인들도 뒤를 따랐다. 그들이 우르르 정원을 나서고, 나는 숨을 거칠게 몰아쉬는 소피아 부인의 등을 쓰다듬었다.

"영애, 궁정 의사를 불러올까요?"

"저는 약을 가져오겠습니다."

"기사를 데려오지요."

시녀들의 말에 나는 부탁한다고 말했다. 그들이 모두 사라지고, 정원에 소피아 부인과 단둘이 남은 난 한숨을 내쉬었다.

"대부인."

옷깃을 꽉 쥔 그녀의 주먹이 희게 질린 채 덜덜 떨렸다.

"올리비에가…… 내 자식이 저놈의 손에……."

여전히 추억에 빠져있긴 하지만 평소보다는 눈빛이며 말투가 분명했다. 나는 그녀에게 조심스럽게 말했다.

"폐하께서는요?"

"……."

그녀가 날 쳐다보았고, 난 조그만 목소리로 물었다.

"폐하께서는 대부인의 자식이 아닌가요?"

"오토는…… 오토는……."

그녀가 혼란스러운 표정으로 머리를 짚었다. 핏발이 섰던 눈동자가 이내 천천히 본래대로 돌아오기 시작했다. 난 도시락을 소피아 부인의 무릎에 살포시 올려놓았다.

"식사하시고, 함께 걸어요."

"오토……."

"네, 폐하의 이야기도 해 주세요."

도시락을 열자 그녀가 멍하니 안의 내용물을 쳐다보았다. 난 포크를 그녀의 손에 쥐어 주었다.

"조금만 드셔 보세요."

"……."

시큼한 냄새가 살짝 올라오자 그녀의 표정이 오묘해졌다. 그러고는 덥석, 손으로 잡아 입안에 욱여넣었다. 나는 그녀에게 함께 가져온 녹차를 건넸다. 소피아 부인은 허겁지겁 내가 만든 음식을 먹었다.

다행이다! 입에 맞으신가 봐!

'역시 이게 정답이었어.'

나는 빙그레 웃으며 입가에 묻은 밥풀을 떼어 주었다.

"천천히 드세요."

그 순간, 그녀의 손이 우뚝 멈추고 눈이 커다래졌다.

*   *   *

소피아는 눈앞에서 미소 짓는 소녀를 쳐다보았다. 소중한 지기가 젊은 날과 어느 한 군데 다르지 않은 모습으로 자신을 보고 있었다.

"대부인? 어디 불편하세요?"

조세핀은 귀족답지 않게 수더분하고, 다정한 사람이었다. 평민들이나 먹을 법한 음식을 가져와서는 '이게 꽤 맛있더라?' 하며 깔깔 웃었다.

　[입가에 밥풀 묻었어.]

　[조, 네가 가져온 건 항상 먹기 어려워. 나이프로 잘라서 먹을 수 있으면 좋을 텐데.]

　[됐네요. 우리끼리 있을 땐 편히 먹자.]

　[조세핀, 이거 쉬지 않았니? 냄새가 이상해.]

　[바보! 그건 식초 냄새야.]

둘도 없이 소중한 친구였다. 그랬기에 많이도 싸웠지만.

조세핀이 결혼 소식을 숨겼을 때는 토라져서 장장 석 달을 말도 섞지 않은 적도 있었다. 서운함에 두문불출하자 그녀가 자신을 찾아왔다. 그때는 왜 그리 고집을 부렸는지 모르겠다. 찾아온 조세핀을 만나도 주지 않았더랬다.

조세핀은 정말 남다른 아이였다. 귀족 영애가 창문을 넘어 남의 방에 들어올 정도로. 그래 놓고는 대뜸 사과를 했다.

　[미안.]

　[어떻게 결혼하는 걸 내게 비밀로 해? 정말 서운해!]

둘은 엉엉 울면서 싸우고, 화해했다. 그리고 조세핀이 가져온 음식을 먹으며 둘은 굳게 약속했다. 서로 절대로 비밀을 만들지 말자고. 말하기 어려운 일이 있으면 오늘을 떠올리자고.

그날부터 이 음식은 신호가 되었다. 말 못 할 비밀이 있을 때 찾게 되는. 선대 황제가 제 자식 옥타비우스를 차기 황제로 점찍었을 적에도 조세핀은 그녀에게 이 음식을 보냈다.

'아⋯⋯.'

머릿속에서 기억이 엉켜 들었다. 친구가 세상에서 마지막 숨을 내쉬던 날이 파편이 되어 휘몰아쳤다.

[소피아, 부탁한다. 나 대신 네가 그 아이를 아껴줘⋯⋯.]

[대신이 아니더라도 귀히 여길 거다. 조, 제발 기운 차려.]

[안아 주지도 못하고 가서 미안하다고, 할미가 정말 미안해하더라고 전해다오.]

[조!]

조세핀의 몸이 조금씩 차가워지던 순간. 아이에게 조세핀의 유언대로 이름을 붙여 준 날. 황태후의 신분 때문에 사사로이 귀족의 영지로 향할 수 없음을 아쉬워하던 지난 시간. 성년이 되어 황도에 발을 디디면 더없이 귀한 자리에 오르게 하겠노라 했던 다짐. 소피아는 눈앞의 소녀를 멍하니 바라봤다.

"세니아나."

*　　　　*　　　　*

나는 깜짝 놀라서 소피아 부인의 손을 붙잡았다.

"대부인! 정신이 드세요?"

"고맙구나. 음식이 아주 맛있어."

절로 한숨이 흘러나왔다. 다행이다. 이게 추억의 음식이 맞았어.

내가 만든 음식은 유부초밥이었다. 피크닉에서 귀족 영애 단둘이 먹을 정도로 간편한 음식. 쉰내로 착각할 수 있는 식초 냄새. 두 사람이 지구로 따지면 아시아 음식을 주로 먹는 남부에서 살았다는 점. 모두 종합해서 낸 결론이 유부초밥이었다.

"잠시 계세요. 어서 사람들을……!"

소피아 부인이 내 손목을 덥석 잡았다.

"네가 알아야 할 것이 있다."

"네?"

"오토가 기를 쓰고 알아내려 했던 비밀이야. 어떻게 쓰든 네게 도움이 될 거다."

"말씀하시지 않아도 괜찮아요."

내 말에 그녀가 쓰게 웃었다.

"너는 정말로 조를 닮았구나."

"……."

"나는 그 애와 약속했단다. 너를 아껴 주기로 하였지. 이때껏 신분과 사정 때문에 약속을 지키지 못하였으니 이 정도 선물은 하게 해 주려무나."

소피아 부인이 주변을 둘러보곤 내 귓가에 속삭였다. 그녀의 말이 이어질수록 난 새하얗게 질려갔다. 얘기가 끝나고, 얼마쯤 후. 소피아 부인은 피곤한 얼굴로 잠들었고, 깼을 땐 다시 평소 같은 모습이었다.

시녀들이 싱글벙글 웃으며 말했다.

"제가 꿈꾸는 건 아니겠죠?"

"그러게 말이에요. 대부인께서 식사를 저리 잘하시다니!"

소피아 부인은 양손에 유부초밥을 쥐고, 와구와구 먹었다. 아무래도 비밀을 내게 말해 준 것이 내면에 어떤 변화를 일으킨 것 같았다. 나는 한숨을 내쉬고, 하녀들을 보았다.

"워낙 소식하던 분이시니 음식을 달라는 대로 드리면 안 됩니다."

"물론이지요, 식사량은 궁정의와 상의하겠습니다."

어느새 해가 뉘엿뉘엿 지고 있었다. 난 소피아 부인의 손을 닦아 주고, 퇴궁을 위해 움직였다. 오늘도 결계를 확인하기 위해 다른 궁으로 나섰다. 그런데 —

'뭐지?'

궁에 방문한 후·비의 말벗들이며 귀족, 몇몇 황궁 사용인들까지 나를 보며 수군거렸다.

뭔가 이상해.

기분 나쁜 예감이 스멀스멀 올라왔다. 그때, 별궁에서 보았던 시녀가 나를 향해 다가왔다. 그녀는 허리를 가볍게 굽히고 말했다.

"황비님들께서 영애를 찾으십니다."

"무슨 일이죠?"

"자세한 이야기는 전달받지 못했습니다."

난 잠깐 인상을 썼지만, 시녀의 뒤를 따랐다. 그녀가 날 안내한 곳은 황후궁과 모 황비의 궁 사이에 이어진 실내 정원이었다. 내가 들어가자 모여 있던 십수 명의 사람들이 일제히 시선을 돌렸다. 자리엔 다른 황비들은 물론, 로웨나 황비까지 있었다. 내가 치마 끝을 잡고 무릎을 굽히자 황후가 말했다.

"궁 밖에 다소 당황스러운 소문이 돌고 있더구나."

황후의 시선이 로웨나 황비의 뒤에 선 영애들에게로 향했다. 릴리와 크리스틴.

'저 둘이 뭔 짓을 저질렀구나.'

"어떤 소문이죠?"

내가 묻자 로웨나 황비가 찻잔을 들며 가볍게 말했다.

"신경 쓰지 않아도 되는 소문이야."

"물론."

황후도 그녀의 말에 동조했다. 하지만 다른 황비들이 당혹스러운 표정으로 하나둘 입을 열었다.

"하지만 폐하, 너무나 당황스러운 이야기가 아닙니까."

"입에 담기도 무서운 말이지요."

그때 크리스틴이 고개를 살짝 숙이곤 발언의 기회를 청했다. 황비 중 하나가 고개를 끄덕였고, 크리스틴이 빙그레 미소지었다.

"이번 소문은 영애를 위해서라도 서둘러 정리되어야 하지 않을까요?"

그러자 그녀와 가까이 서 있던 사람들이 동의했다.

"맞습니다."

"이런 추문이 오래가면 영애의 체면만 상하게 될 거예요."

별궁에서 내게 손을 내밀어 주었던 영애들은 인상을 찌푸렸다.

"진위를 가려도 프렌시프 양의 체면은 상할 겁니다."

"그래요. 어쨌든 황실에서 영애를 믿지 못한다는 이야기가 나올 테지요."

왈칵 인상을 찌푸린 크리스틴이 말했다.

"하지만 소문의 일정 부분은 사실이기도 하잖아요."

엘리자베스라고 하는 황후의 두 번째 말벗이 미간을 좁혔다.

"헛소문은 대부분 그렇게 만들어지지요."

"이건 후·비님들과 관련된 일이에요. 쉬이 넘어갈 수 없어요!"

크리스틴의 목소리가 높아지자 그녀의 옆에 서 있던 릴리가 나를 향해 달려왔다. 릴리는 나를 끌어안고 울먹울먹 말했다.

"세, 세니아나는 그렇게 못된 애가 아니에요!"

크리스틴이 헛웃음을 터뜨렸다.

"여기서 프렌시프 양이 못됐다고 한 사람이 있나요?"

"하지만 다들 세니아나를 믿어 주지 않으시니까……."

"신뢰의 근거가 없으니까요."

"그렇지만 세니아나는 정말 착하고……."

크리스틴 무리가 기가 막힌다는 듯 미간을 좁혔다.

"그런 말을 레제 양이 하니 당황스럽네요."

부채로 입가를 가린 영애가 나를 흘끔 쳐다보았다.

"대만찬에 갈 기회를 프렌시프 양이 강탈했다고 들었는데."

나는 릴리를 쳐다보았다.

'크리스틴을 네가 끌어들였군.'

"그건, 그건, 그러니까……."

릴리가 깜짝 놀란 표정으로 웅얼거렸다. 하지만 곧 나를 감싸듯 말했다.

"이, 이유가 있었을 거예요. 그렇지?"

황후의 표정이 불쾌해졌다. 자신이 선물한 권리를 가지고 이런 일이 생긴 게 몹시 마음에 차지 않는 듯했다. 그녀가 테이블을 두드렸다.

"그만. 프렌시프 양에게 직접 듣도록 하지."

사람들이 입을 다물고 내게 집중했다. 로웨나 황비가 찻잔을 내려놓으며 말했다.

"네가 거짓 포털을 만들어 황궁을 우롱하고 있다더구나."

릴리는 얼른 내 손을 잡고 걱정 어린 척 말을 이었다.

"으응, 네가 사실은 포털을 열지 못한다고……."

순간 표정이 굳어진 나는 릴리를 빤히 쳐다보았다.

'내가 포털을 열지 못하게 된 시점에서 난 소문.'

우연의 일치라기엔 타이밍이 너무나 절묘하다.

'내 포털에 손을 쓴 것도 너였어?'

릴리의 입꼬리가 미미하게 올라갔다.

가슴이 요동치고, 온몸의 피가 차게 식는 기분이었다. 지금 나는 포털을 열어 증명할 수 없다. 그러니 황실을 우롱한 죄인이 되는 건 당연한 수순이었다. 그리고 내가 포털을 가졌다고 인정한 가족들도 죄를 피하지 못하겠지.

나는 숨을 크게 들이켜고, 생각을 정리했다. 프렌시프 사람들 외에 내가 포털을 연 것을 목격한 사람이 한 명은 있다.

사비에르의 사신. 하지만 그는 절대로 증언하지 않을 거다. 그렇게 된다면 프렌시프 성에서 불명예스럽게 쫓겨난 게 사실이라는 걸 제 입으로 밝히는 거니까. 무엇보다 이 소문은 커지면 커질수록 사비에르엔 이득이었다. 다시 포털을 독점할 수 있지 않은가.

'당황하면 안 돼.'

최대한 침착하게 이 안에 있는 사람들을 둘러보았다.

"이 자리에서 낭설임을 증명하라고 저를 부르신 건가요?"

황비 중 하나가 고개를 끄덕였다.

"그게 쉽고 빠른 길이긴 하지."

"황궁에서 황제 폐하의 허가도 없이 후작가의 영애인 제게 포털을 열어 보라 명하시는 거군요."

그러자 증명해야 한다고 주장하던 황비가 헛기침을 했다.

"명이라니……."

"황비님께서는 저를 믿지 못하시나요?"

콕 집어 얘기하니 그녀가 당황스러운 듯 주변을 둘러보았다. 내가 정말 성녀라면 나와 척을 져서 좋을 게 없으니까.

"그, 그럴 리가."

"그럼 다른 황비님들께서는 저를 믿지 못하십니까?"

동부의 가브리엘라 황비는 대답이 없었고, 북부의 로웨나 황비는 끼고 싶지 않다는 듯 슬쩍 시선을 돌렸다.

"하면 황후 폐하께서?"

그녀는 생긋 미소지었다.

"나야 영애를 믿지."

나는 크리스틴과 릴리를 번갈아 쳐다보았다.

"모두 저를 믿어 주시니 이 자리에서 증명할 이유가 없겠군요."

"하지만……!"

크리스틴이 다급하게 외침과 동시에 릴리가 억지로 미소 지으며 말했다.

"그래도 세니아나, 영애들의 말처럼 그런 소문은 오래 두어 봐야 좋을 게……."

"난 서커스 원숭이가 아니야."

"……!"

"나를 믿는다는 네가 어째서 증명을 강요하는 거니?"

"가, 강요가 아니라……."

"증명의 끝이 아무에게도 신뢰를 주지 못한 세니아나 프렌시프라는 걸 넌 알고 있을 텐데."

릴리는 굳어져서 아무런 말이 없었다.

그것으로 끝이었다. 릴리는 수군거리는 사람들 사이에서 이를 악물고 있었다. 세니아나가 공중 정원을 나선 후, 후·비들은 하나둘 몸을 일으켰다. 크리스틴의 절친한 지기를 말벗으로 두고 있는 남부의 코트니 황비는 불쾌한 표정으로 말했다.

"말벗을 잘못 둔 덕에 창피만 당했구나."

"화, 황비님!"

"너는 당분간 황궁에 들어올 필요가 없다."

코트니 황비까지 떠나자 영애들은 본격적으로 릴리를 두고 수군거렸다. 릴리는 소리 없이 이를 악물었다.

'후·비라는 것들이 겁만 많아서.'

역시 후·비를 찔러볼 게 아니라 귀족들을 이용해 황제 쪽을 치고 들어가는 게 나았다. 릴리는 테르반 저로 가기 위해 재빨리 공중정원을 나섰다. 멀리서 세니아나의 뒷모습이 보였다. 릴리가 입매를 비틀고 그녀에게 다가갔다.

"어디 가니? 소문을 수습하러?"

그런데 이상했다. 세니아나는 비아냥에도 흥분하긴커녕 평소와 같이 가볍게 대꾸했다.

"아니, 저택으로 돌아가."

"가서 도와 달라고 간청이라도 하려는 거야?"

"그건 나중에. 내가 오늘 기가 막힌 이야기를 들어서 그것부터 처리할까 싶거든."

"뭐?"

"밝혀지면 가문 하나는 풍비박산 날 이야기란다."

세니아나가 빙그레 미소지으며 이어 말했다.

"너희 가문 말이야."

정말로 손에 쥔 패가 있다는 듯한 표정이었다. 릴리는 비죽 입꼬리를 올렸다.

"네 재능은 아무래도 허풍인 모양이네."

"지금이라도 사과할래?"

"사과는 모두를 속인 쪽이 해야지."

릴리가 세니아나를 위아래로 훑으며 말했다. 그러자 세니아나는 안타깝다는 듯 실소를 흘렸다.

"기회를 주는 거야."

그녀가 싸늘히 덧붙였다.

"죽기 전에."

순간 릴리의 어깨가 흠칫 오그라졌다. 고작 이깟 계집애에게 당황했다는 게 수치스러웠다. 세니아나가 아무렇지 않게 자리를 떠나고, 릴리는 바로 테르반 저로 향했다.

"귀족들을 동원해 황제 폐하께 소문의 진상을 밝히길 요청하세요."

"후·비 쪽은 실패한 거냐."

"……"

"어찌하였기에 멍청한 계집애들 선동하는 것 하나 제대로 못해!"

테르반 백작이 소리치자 릴리는 마른침을 삼켰다. 사교계의 잡담 중에 나온 이야기라면 몰라도 정식으로 증명을 요청하는 건 몹시 위험했다. 만에 하나 문제가 생겨서 포털이 열리면 책임을 피하지 못할 거다. 릴리는 애써 태연한 척 말했다.

"절대 열리지 않을 거라고 하셨잖아요. 걱정하지 마세요. 곤란해지는 쪽은 그 애예요."

"프렌시프와 척을 진다면!"

"그러니 할아버지께서 잘 해 주셔야죠."

"너……!"

"이번 일만 잘 풀리면 프렌시프의 사돈이 되는 거예요."

"……"

"금좌 11석의 한 자리를 차지하게 되실지도 모르는데, 이런 위험은 감수하셔야죠."

세니아나가 성녀가 아니라는 게 드러나면 프렌시프는 일을 수습하기 위해 귀족 한 사람이라도 더 포섭하려 할 거다. 테르반과 레제의 손을 거절할 리 없다.

"이 일에 자금이 어디까지 들었는지 똑똑히 새겨 두어라."

릴리가 빙그레 미소지었다.

일이 터진 건 사흘 뒤. 테르반에 의해 움직인 귀족들이 황제에게 알현을 청했다. '

*　　*　　*

오늘은 소피아 부인을 마지막으로 보는 날이었다. 난 잠든 그녀를 확인하고 조심스럽게 방을 빠져나왔다. 때마침 기사 고레일과 빅터가 다가왔다. 오늘은 날이 날인 만큼 아빠가 궁 안에 기사를 대동할 수 있도록 손을 써 주었다. 고레일이 말했다.

"아발론 궁에 파리 떼가 집결했습니다."

"황제 폐하께선?"

"도착하셨습니다."

나는 두 사람과 함께 아발론으로 향했다. 알현실 안에선 시끄러운 소리가 새어 나오고 있었다. 불을 놓으면 금방이라도 터질 듯한 일촉즉발의 분위기였다.

"확인만 되면 가라앉을 소문이지 않습니까."

"그깟 헛소문에 추밀원의 고문이 나선 것이 문제란 말입니다!"

"그러니 더더욱 프렌시프에서 증명을 해야지요."

"고작 호사가의 말 몇 마디입니다. 어린 숙녀의 체면을 구둣발로 짓밟으셔야겠습니까!"

프렌시프의 당파와 테르반이 움직인 귀족들이 팽팽하게 맞섰다. 나는 거대한 문 앞을 지키고 선 경비병에게 말했다.

"고하세요."

곧 경비병의 목소리가 우렁차게 울렸다. 황제가 입실을 허락했고, 나는 천천히 문 안으로 들어갔다. 수십 쌍의 눈이 일시에 내게 모였다. 안엔 소문의 진원지인 릴리와 크리스틴의 무리도 함께였다. 나는 황제를 향해 무릎을 살짝 굽혔다.

"황가에 광영 있기를."

황제는 옥좌 팔걸이에 기대 미간을 지그시 눌렀다. 얼굴에 피로감이 역력했다. 증명이 필요하다던 귀족이 한발 앞서 나왔다.

"프렌시프 영애가 직접 나와 주었으니 차라리 잘 되었군요."

"그렇습니다."

"이 자리에서 포털을 증명해야 합니다."

릴리와 크리스틴이 히죽 웃었다. 내가 절대로 포털을 열지 못할 거라는 믿음으로 가득한 표정이다. 난 황제를 똑바로 쳐다보며 말했다.

"폐하, 발언의 기회를 청해도 되겠습니까."

"허하겠다."

"저는 제 능력을 증명해야 한다는 귀족들의 주장이 도무지 이해
되지 않습니다."

내 말에 장내가 크게 술렁였다.

"저, 저……!"

"무례하군!"

"증명을 못 하는 게 아니라?"

반대쪽 사람들이 기가 막힌다는 듯 말했고, 프렌시프의 당파 몇
몇도 당혹스러운 표정을 지었다. 황제가 자세를 바로 하며 내게 물
었다.

"영애가 한 말의 의미를 알고 있는가?"

"물론입니다."

"흐음……."

"폐하, 저는 포털을 열 수 있긴 하지만, 포털로 인한 그 어떤 권리
도 갖지 못했습니다."

그러고 증명을 주장했던 사람들에게 시선을 돌렸다.

"권리가 없을진대 어떻게 의무가 있나요?"

"……!"

"그러니 포털이 있다, 없다 밝힐 이유도 없지요."

그러자 중년의 귀족이 고함을 내지르듯 말했다.

"포털은 제국의 앞날을 좌우할 보물이오! 프렌시프에서는 신의
축복을 홀로 독점하겠다는 거요!"

"물론 제 포털이 도움될 날이 있다면 나설 겁니다."

"그렇다면 이 자리에서 밝혀야……!"

"하지만 만에 하나 포털이 없더라도 힐난받을 이유는 없어요."

사람들이 당황했고, 난 산뜻하게 이어 말했다.

"정식으로 발표한 것도 아니고, 포털이 있다는 이유로 이득을 취한 것도 아닌데요."

실제로 포털이 없다면 나와 프렌시프는 도의적 책임을 져야 하긴 할 거다. '우리 영애님 포털 있다, 부럽지?' 하고 떵떵거리던 가신들을 말리지 못했으니까. 아빠와 할아버지가 포털을 넌지시 인정하기도 했고.

하지만 그렇다고 저들이 이렇게까지 들고 일어날 만큼 큰 벌을 받을 일은 아니다. 아마 저들은 내가 황실과 암암리에 어떤 거래를 하고 있다고 생각한 듯했다. 초대부터 현재의 사비에르 영애까지 모두 그랬으니까. 하지만 난 아닌걸.

'그런 거 별로 필요 없으니까.'

내 주장을 들은 사람들은 입을 뻐끔거렸고, 아빠와 오빠들은 웃음을 삼켰다. 그때, 부들부들 떨고 있던 크리스틴이 소리쳤다.

"영애는 포털로 인해 후·비님들께 귀여움받았잖아요! 황실을 속인 거라고요!"

"말씀 삼가세요."

"뭐라고요?"

"만백성의 어머니인 후·비께서 개인적인 영달을 위해 절 아껴주셨다는 얘기로 들리잖아요?"

크리스틴은 대답하지 못하고 이를 악물었다. 릴리는 어리숙한 표정으로 말했다.

"그런데 어째서 이곳까지 온 걸까……."

혼잣말처럼 중얼거리는 그녀에게 시선이 쏠렸다.

"아, 아니, 두렵지 않은데 왜 이곳까지 왔는지 난 모르겠어서……."

크리스틴이 옳다구나 하며 히죽 웃었다.

"그래요! 영애의 말이 진심이라면 헐레벌떡 폐하를 찾을 이유가 없잖아요."

"……."

"사실은 두려운 거 아니에요?"

"……."

"스스로도 황실을 속였다고 생각하고 있는 거죠?"

나는 생긋 웃으며 황제를 보았다.

"제가 이곳에 온 이유는 달리 있습니다."

"달리 있다, 라."

"그분께서 입을 여셨습니다."

내가 지칭하는 사람이 소피아 부인임을 황제는 금세 알아차렸다. 순식간에 표정이 달라진 그가 벌떡 몸을 일으켰다. 소피아 부인이 지난 십여 년간 절대 입에 담지 않던 비밀. 그건 황제 곁에서 올리비에 폐공작에게 정보를 흘린 사람이 있다는 것이었다.

나는 지금껏 한 차례도 입을 열지 않은 노년의 신사를 바라보았다. 릴리의 곁. 그러니까 그녀의 외조부인 테르반 백작을!

"폐하, 테르반 백작은 과거 올리비에 역모 사건의 잔당입니다."

황제의 시선이 그를 향했고, 장내가 터질 듯 시끄러워졌다. 테르반 백작이 희게 질려 굳어졌다.

"뭐라고!"

"그, 그게 무슨……!"

"말도 안 돼!"

귀 아픈 소음으로 가득한 공간 안에서 릴리가 입을 뻐끔거렸다.

"……거짓말! 거짓말이야!"

릴리가 테르반 백작을 붙들었다.

"뭐 하시는 거예요, 이대로 거짓말에 놀아나실 건가요!"

잔뜩 당황하니 순진하던 표정은 온데간데없이 사라졌다. 테르반 백작이 마른침을 삼키고, 억지로 웃음을 터뜨렸다.

"무서운 소리를 입에 담는군. 지금 발언, 책임질 수 있는가."

그러자 사람들의 시선이 다시 나를 향했다. 황제마저도. 황제는 낮은 목소리로 내게 물었다.

"증좌가 있나."

나는 쿵쿵 뛰는 심장을 애써 진정시키고, 황제와 시선을 맞추었다.

"물론입니다."

그렇지 않고 어떻게 반역을 거론하겠는가. 소피아 부인은 말했다.

[올리비에가 죽어가면서 내게 말해 주었다. 배신하지 않기 위해 서로의 몸에 어떤 표식을 해 두었다고.]

나는 테르반 백작을 가리키며 말했다.

"그의 아킬레스건에 십자 모양의 문신이 있을 겁니다."

"문신……."

황제가 중얼거리자 테르반 백작이 사색이 되어 소리쳤다.

"끼워 맞춘 것에 불과합니다! 나이 들며 점이 생겼을 뿐……!"

나는 황제의 시선을 피하지 않고 말했다.

"그럼 연명장에 찍은 테르반의 인장은 어떻게 설명할 거죠?"

테르반 백작의 무릎이 덜덜 떨렸고, 릴리는 어찌할 바를 모른 채 제 외조부를 쳐다보았다.

"할아버님."

"……."

"연명장이라니요!"

황제가 내게 물었다.

"연명장을 가지고 있느냐."

황태후는 가장 안전한 곳에 연명장을 숨겨 두었다. 황제의 손에! 연명장을 황태후 궁의 출납 장부로 둔갑시켜 황제에게 들려준 것이다.

"폐하께선 이미 연명장을 가지고 계십니다."

"설마 장부가……."

황제가 중얼거렸고, 나는 고개를 끄덕였다. 테르반 백작이 허둥지둥 황제의 앞으로 달려왔다.

"폐, 폐하……!"

"아무래도 짐과 그대는 나눌 이야기가 많은 모양이야."

"예?"

"고문실에서."

그 말을 끝으로 황제는 테르반의 추포를 명했다. 테르반 백작이 경비병들에게 질질 끌려가며 "폐하! 폐하!" 하고 소리쳤다. 새파랗게 질린 릴리가 그를 따랐다.

나는 가족들과 함께 성을 나섰다. 가웨인이 히죽 웃곤 내 볼을 살짝 꼬집었다.

"신통방통하단 말이지."

"놔, 놔주세요……."

사람들 눈도 있는데! 내가 우울한 표정으로 그를 보자 란슬롯이 쿡쿡 웃었다.

"장하다는 거야."

난 슬그머니 아빠를 보았다. 먼저 말하지 않았다고 혼을 낼까 봐 걱정했는데 그는 픽 실소를 흘릴 뿐이었다.

"화…… 안 내세요?"

"안 내."

"……."

"너를 믿고 있었으니까."

난 헤헤 웃으며 아빠의 손을 살짝 잡았다.

"왜?"

가족들이 물었다.

"그냥요, 좋아서……."

내 말에 란슬롯은 곤란한 얼굴이 되었다.

"나날이 귀여워져서 어떡하지."

난 화들짝 놀라 주변을 둘러보았다. 그리고 목소리를 바짝 낮추고 미간을 줍혔다.

"사람들이 듣는다니까요……."

가웨인이 나를 번쩍 안아 마차에 태워 주며 말했다.

"들으라지."

"하지만……."

란슬롯이 빙그레 웃었다.

"사용인들 휴가도 보냈으니 식사는 밖에서 하고 갈까?"

"좋아요!"

아빠도 고개를 끄덕여서 우리는 좋은 레스토랑에서 맛있는 식사를 했다. 즐거운 시간을 보내는 와중에도 마음 한구석엔 불안이 서려 있었다. 어찌 되었건 오늘 포털을 증명한 게 아니니까. 잠시 회피했을 뿐이었다.

테르반은 이제 되돌릴 수 없는 폭풍에 휘말렸고, 악에 받친 릴리는 절대로 내 포털에 무슨 짓을 했는지 알려 주지 않을 거다. 약이 바짝 오른 크리스틴이 어떻게든 포털 일을 크게 부풀리려 할 테고…….

식사를 마친 가족들이 중얼거렸다.

"이대로 돌아가는 건 아쉬운데. 이 녀석 방학도 얼마 남지 않았잖아."

"막내가 가고 싶은 곳으로 가자."

"좋아요!"

난 활짝 웃으며 대답했다. 우리 가족이 레스토랑을 벗어나기 위해 문을 막 나서려던 참이었다. 문밖에서 갑자기 사람이 들어왔다.

그는 우리를 보고 놀라서 "죄, 죄송……." 하고 중얼거렸다. 그러자 문득 최근의 일이 머릿속을 스쳐 지나갔다.

[내가 열고 있으니까.]

난 눈이 커졌고, 가족들은 무슨 일이냐는 듯 나를 쳐다보았다.

설마……!

*　　*　　*

이틀 후, 나는 다시 공중 정원에 불려갔다. 로웨나 황비가 황후를 보며 인상을 찡그렸다.

"며칠 전에 그런 일이 있었는데 또 아이를 불러내셔야겠습니까."

아무래도 로웨나 쪽은 헛소문을 신뢰하는 것보다 내 편을 들기로 한 모양이었다. 황후가 빙그레 미소지었다.

"사과할 겸 불렀네. 기막힌 가문과 중신을 설 뻔했으니 영애에게 부끄러울 따름이야."

하지만 눈빛에 스민 날카로움은 숨겨지지 않았다. 황후로서는 애가 타긴 할 것이다. 사비에르의 배상금 사건으로 에이레네 사비에르와 4황자의 결혼이 약간 지체되었다.

'아마 그동안 나를 포섭하려 했던 거겠지.'

사비에르 영애가 4황자와 결혼을 땅땅 못 박으면 내가 그녀의 줄을 잡는 걸 망설일까 봐. 한데 내가 포털을 열 수 없다면 괜히 아까운 시간만 허비한 것이다.

크리스틴이 다급히 로웨나 황비에게 말했다.

"테르반 사건이 끝나면 다시 포털 얘기로 시끄러워질 텐데 그 전에 후·비님들께서 진상을 파악하셔야지요. 물론 수습을 위해서 말이에요."

내 걱정은 전혀 안 하는 표정이었지만.

"……."

"그게 결과적으론 프렌시프 영애에게 도움이 될 겁니다."

황후가 고개를 끄덕였다.

"로웨나의 말벗은 영리한 편이군."

로웨나 황비는 팔짱을 낀 채 한숨을 흘렸다. 황후가 내게 말했다.

"얘기가 나온 김에 들어 볼까. 영애는 성녀가 맞는가?"

크리스틴 무리가 얼른 동조했다.

"폐하께서 여쭤보시잖아요."

"포털이 있든 없든 영애는 신경 쓰지 않는다고 했다면서요. 그럼 보여 줘도 되는 게 아닌가요?"

"또 체면 핑계를 대실 거예요?"

나는 황후를 빤히 쳐다보다 이내 생긋 미소지었다.

'카르스족의 영토.'

내가 생각할 수 있는 가장 먼 장소를 떠올리고 목걸이를 잡았다. 순간이었다. 덜컹! 발 디딘 땅이 진동하고, 성의 천장이 흔들렸다. 화들짝 놀란 사람들이 주변을 살폈고, 얼마 지나지 않아 놀란 시녀장이 뛰어들어 왔다.

"폐하, 성의 결계에 균열이 생겼습니다!"

황후와 크리스틴의 표정이 빳빳하게 굳어졌다. 그 말인즉, 내가 포털을 열었다는 뜻이었으니까.

'왜 안 열렸는지 이제 알았다고요.'

내 포털을 열 수 없도록 뒤에서 조종한 사람이 누군지도!

〈다음 권에 계속〉